Pasaporte al infierno

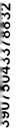

GUILLERMO ZAMBRANO

Pasaporte al infierno

EDICIONES B
MÉXICO

MÉXICO · BARCELONA · BOGOTÁ · BUENOS AIRES · CARACAS
MADRID · MONTEVIDEO · QUITO · SANTIAGO DE CHILE

Pasaporte al infierno

Primera edición, marzo de 2011

D. R. © 2011, Guillermo Zambrano
    Derechos gestionados a través de la agencia literaria
    Antonia Kerrigan
D. R. © 2011, Ediciones B México, S. A. de C. V.
    Bradley 52, Anzures DF-11590, MÉXICO
    www.edicionesb.com.mx
    editorial@edicionesb.com

ISBN 978-607-480-144-6

Impreso en México | *Printed in Mexico*

A mis hermanos
Patricia, Sergio y Óscar

¿Qué hemos hecho?
¿Por qué se nos ha podrido el alma?

JUAN RULFO

1

—Son ojetes, y además son rateros, asesinos e hijos de la chingada… a reserva de mejorarlos —dijo Constitución, que estaba borracho, bebiendo vasitos de whisky, acodado en la barra del bar El Oasis, mientras Ulises, detrás de la caja, revisaba las cuentas del día y se preparaba para cerrar.

—Tienes razón —dijo Ulises, sin voltear a verlo, mientras apilaba unas facturas y las engrapaba—. Todos nuestros presidentes han sido iguales.

—¡Ni madres! —dijo Constitución, con tono amargo—. No todos son iguales. Todos son ojetes, pero hay unos peores; mucho peores. Como el culero de Salinas, el pelón de mierda, el chorejas hijo de puta. Salinas es un paria. Le temen por su poder político, y lo elogian por su dinero, pero nadie lo respeta. Ni en México ni en el mundo. Y él lo sabe. Aunque en público trate siempre de aparentar que es un hombre feliz y realizado, que escribe libros y maneja los hilos políticos, en el fondo sabe que es una mierda y que nadie lo aprecia. Tiene poder para mandar matar a quien se le antoje o desgraciar la carrera política de cualquiera, pero él lo sabe muy bien: es un paria. Y eso debe dolerle mucho, porque él se imaginó que pasaría a la historia como el gran estadista, y terminó en un mal chiste.

—¡Que se joda!

—Calderón, por su parte, es un hombre derrotado. Desde el primero de diciembre de 2006, cuando entró al Congreso por la puerta de atrás en medio de una rechifla general para ponerse él mismo la banda presidencial, supo que estaba derrotado. Por eso sacó al ejército a las calles: para que no le dieran un golpe de Estado... Y los muertos, Ulises, los más de diez mil muertos que ha habido en México cuando apenas llevamos un año y ocho meses de su sexenio. Esos miles de muertos, que al final de su gobierno llegarán fácilmente a más de veinticinco mil, quizá hasta treinta mil, por su estúpida y mal planeada guerra contra el narcotráfico, son ahora y serán siempre la sombra de su derrota.

—¡Que se joda también!

—Que se jodan los dos —coincidió Constitución—. ¡Por rateros! Eso les pasa por robarse las elecciones y subirse a huevo a la silla presidencial.

—¿Y qué me dices de Fox, del pendejo, loco y ratero de Fox, y de la señora Me Harta? —preguntó Ulises, cerrando su caja registradora.

—Díaz Ordaz, Echeverría, López Portillo, De la Madrid, Salinas, Zedillo, Fox y ahora el imbécil de Calderón son la misma mierda: asesinos, rateros, y pendejos para administrar los bienes de la nación. Y son además unos pinches vendepatrias.

—¿Será? —dijo Ulises, con cinismo, mientras llenaba el vasito de whisky de su amigo.

Después de que Ulises cerraba el negocio en la madrugada, cuando ya había despachado a las meseras, a la cocinera, al cantinero y al muchachito que barría, disfrutaba enormemente conversando a solas con Constitución mientras hacía las cuentas.

Ulises, dueño de El Oasis, era un hombre gastado por la vida: un caso grave de viruela le había dejado el rostro marcado, era miope y un poco bizco. Usaba unos anteojos gruesos, de vidrios verdes, como fondos de botella. Siempre traía puesto un aparato para la sordera en la oreja derecha, los dientes postizos se le movían constantemente al hablar y le faltaba el dedo meñique de la mano izquierda.

No obstante, era feliz en El Oasis.

Había comenzado a trabajar a los doce años en la cantina, como mozo. A los veintiuno se había convertido en el encargado del lugar y a los treinta se había casado con la única hija de la dueña. A los pocos meses había enterrado a la suegra y después, cuando ya había cumplido los cuarenta y nueve, había enviudado. A la muerte de su mujer se había convertido en el único dueño. No tenía hijos ni familiares. Había sido huérfano. Vivía en la parte de atrás del bar y casi no salía fuera de su territorio. Era un hombre solitario y reflexivo. Nunca se alteraba y siempre decía que todo tenía remedio; "hasta la muerte —explicaba con una sonrisa lastimera— que acaba por solucionar todo".

Había resistido bien el temporal de sus sesenta años (al cumplirlos había dejado de contar, así que nadie sabía qué edad tenía), y aunque no era un hombre amargado, se había alejado de todo contacto con la sociedad. El único amigo que tenía era Constitución.

Ulises no se quejaba nunca de nada. Cada mañana se levantaba con ánimo y nuevos bríos: feliz de estar en este mundo, dispuesto a seguir dándose de puñetazos con la vida.

Constitución y Ulises hablaban exaltadamente de política, de amores viejos, de añoranzas y de todo lo que hablan los amigos mientras toman tragos.

—¿Y qué me dices de Calderón? —volvió a preguntar Ulises, con cinismo, dándole un sorbo a su vasito de ron, y tratando de enfurecer a su amigo.

—Es igual que los otros: mentiroso, ratero, mierda y prepotente, y además es mocho y pendejo. Ha de ser del Opus Dei, el hijo de la chingada. Sólo falta que su gobierno le exija la fe de bautismo a cualquier ciudadano para identificarse, en vez del acta de nacimiento. Desde que tomó el poder no ha hecho nada bueno. Llenó el país de militares. Y los pinches sardos de mierda siguen asesinado al pueblo. ¡Son chingaderas! Mira lo que dice este periódico... Te voy a leer lo que dice aquí —dijo Constitución, furioso, y comenzó a hojear el diario vespertino que tenía a su lado, sobre la barra, para encontrar la noticia—. Aquí está: "En Los Alamillos, Sinaloa, un piquete de soldados deshizo a balazos un vehículo, matando a cinco de sus ocupantes, dos adultos y tres niños. Los del retén se justificaron diciendo que el chofer no obedeció la señal de alto y ellos sospecharon que la camioneta familiar transportaba droga. La versión de algunos testigos es que los soldados habían estado bebiendo cerveza toda la tarde".

—Calderón tiene razón —dijo Ulises con sorna, para picar más a su amigo—. Está luchando contra el narcotráfico. Y eso que dice ahí, pues ni modo: son daños colaterales.

—¡Daños colaterales! —gritó Constitución—. ¡Ya ni la chingas! Estás hablando como los locutores de Televisa.

—Te lo vuelvo a repetir —dijo Ulises para picar a su amigo—: está luchando contra el narcotráfico.

—¡Narcotráfico mis huevos! —rugió Constitución, con la lengua estropajosa—. Se robó las elecciones y se siente inseguro. Quiere quedarse en Los Pinos, y si el ejército está en las calles es más difícil que le den un golpe de Estado. Le vale madres que los sardos de mierda estén masacrando al pueblo. Quiere conservar el poder. Ése es su pedo: conservar el poder.

—¿Y los narcos? —preguntó Ulises, feliz de haber sacado de sus casillas a su único amigo.

—Los narcos están bien, muy bien, los hijos de la chingada. Cabezas ruedan por aquí y por allá, y aparecen después cuerpos decapitados, y luego no coinciden. A veces hay más cabezas que cuerpos, y nadie sabe nada. Y los capos, los meros capos, siguen en Miami, en sus yates, con sus putas de lujo, contando sus fortunas. ¿Y el pueblo? Reventando de hambre, como siempre, soportando a los políticos ineptos y corruptos, y ahora también a los soldados de mierda, que hacen chingaderas en los barrios marginales y en las rancherías. Siempre joden a los pobres y a los más desprotegidos.

—Si te oyen, te chingan... —le dijo Ulises, muy serio esta vez, y con tono preocupado.

—No me van a oír. Sólo que hubiera micrófonos en tu cantina, y que la grabación cayera en manos de los agentes del Cisen.

Constitución Elizondo no había logrado involucrarse nunca en forma permanente con ninguna mujer, aunque él sabía —pese a que no quería admitirlo— que se debía al hecho de que siendo niño presenció la violación de su madre y el asesinato de su padre a manos de tres asaltantes. Era un hombre fuerte, cínico y frío, "de cuarenta y tantos años", según decía, sin confesar nunca su edad, ex fotógrafo de la nota roja de un diario de la capital y ex policía judicial, ahora metido a investigador privado para subsistir.

En los bajos fondos era conocido por su probado cinismo, su eficiencia y su rudeza sin límites. Su mutismo era legendario, así como su negativa a llegar a acuerdos con nadie que no fuera quien lo hubiera contratado.

Además, se había otorgado a sí mismo licencia para matar y actuaba siempre solo, convencido de que tenía que hacer desaparecer de la faz de la tierra a los seres humanos que, desde su punto de vista, no merecían vivir.

—¿Sigues leyendo novelas policiacas de escritores extranjeros? —le preguntó Ulises.

—Policiales, mi querido Ulises, policiales... —dijo Constitución, imitando el acento español. Le dio un trago largo a su vaso de whisky y se quedó en silencio, pensativo.

El solitario investigador privado, amante del jazz y de la compañía femenina, seguía buscando reconstruir, desde su perspectiva alcoholizada y obsesiva, los escombros de su existencia.

—Policiales, pues... —dijo Ulises.

—Ya no. Me dan hueva las traducciones —dijo Constitución y le dio otro trago a su vasito de whisky—. Suenan como los cómics editados en España: "Oye, tío, voy a por mis espejuelos para cambiar el neumático del auto. Come algo mientras tanto; en el frigorífico hay un emparedado, anda, ve a por él".

—¡Pinche Constitución! —dijo Ulises con una carcajada—. Suenas como el secretario de Gobernación.

Constitución tenía ahora, por fin, una computadora portátil y leía algunos diarios en Internet, y había comprado también, luego de pensarlo mucho, una cámara digital. Leica, porque era su marca preferida. Y hasta tenía un teléfono celular y leía revistas especializadas en tecnología de punta.

Ulises, negado para cualquier técnica, se sorprendía cada vez más con los nuevos e ingeniosos aparatos que había comenzado a usar su amigo.

"Renovarse o morir", le decía Constitución a Ulises, cada vez que le mostraba un nuevo artefacto.

—Mira este teléfono —le dijo esa noche—. Párate allá, delante de tu estante de botellas, y saluda con la mano... —y enseguida le mostró un video en el que Ulises aparecía con sus gruesos anteojos de vidrios verdes y su sonrisa lastimera, moviendo tímidamente la mano.

—¡Es increíble! —dijo Ulises sorprendido, sonriendo con sus enormes dientes postizos, que se le movían constantemente al hablar.

—¡Increíble la nueva tecnología! —coincidió Constitución—. Y tengo también unos audífonos especiales que le robé a un agente del Cisen para utilizarlos en la caja de registro de los teléfonos.

—¿Para escuchar conversaciones?

—Es un sistema para interceptar comunicaciones. Tiene la ventaja de ser totalmente imperceptible para el proveedor del servicio, y por supuesto para el sujeto investigado, y lo maravilloso es que se trata de algo muy sencillo: es una caja de resonancia que llevas contigo, de la que salen dos audífonos y dos alambres que terminan en una pequeña pinza. Sólo tienes que enganchar la boca del caimán a la línea telefónica.

—Supongo que para violar el derecho a la intimidad —dijo Ulises, aparentando estar serio—. Sabes muy bien que cualquier procedimiento de interceptación debe comenzar teniendo un fundamento legal y unos motivos éticos muy claros y sólidos.

—Sería lo ideal en un país ideal... pero aquí en México, donde nadie obedece las leyes, lo hace el que puede y sanseacabó.

—¿Y los celulares?

—Eso ya es más complicado... aquí el gobierno utiliza un sistema parecido al Echelon, que manejan la CIA y el FBI en Estados Unidos, y que opera sobre redes GSM, con cualquier algoritmo de encriptación de voz, en tiempo real y que...

—¿Tú lo utilizas? —lo interrumpió Ulises, para no escuchar una explicación técnica que no le interesaba.

—No. Son equipos carísimos. Necesitas además una conexión a un satélite, y una conexión sellada en el celular que estás escuchando, para que no aparezca ninguna señal en la pantalla del celular, porque son muy sensibles.

—Cuánta técnica —dijo Ulises, con tono aburrido—. Yo me quedé en las licuadoras es de tres velocidades... —agregó de buen humor.

—¡Exactamente! —dijo Constitución, feliz—. ¡Cuánta técnica! Y le robé también al pinche agente dos micrófonos muy pequeños, pero muy potentes, inalámbricos, que puedes esconder en cualquier lugar.

—¡Puta madre! —dijo Ulises, serio esta vez—. ¿Crees que alguien nos esté espiando?

—Ni madres; tú y yo no somos nadie. No les interesamos. Ellos espían solamente a líderes sindicales, políticos encumbrados, opositores, banqueros, industriales y jóvenes guerrilleros. Nosotros no somos nadie.

—Pues ojalá tengas razón. Toda la mierda que hemos dicho hoy sobre los presidentes no es algo que los agentes del Cisen quisieran oír.

—No es nada nuevo, mi querido Ulises; todos los mexicanos lo saben.

—Sí, pero no lo andan contando por ahí.

—Tú y yo no lo andamos contando por ahí: estamos conversando decentemente, en tu cantina, a solas, sin hacer escándalo.

—Ojalá tengas razón; no quisiera ir a parar a las mazmorras del campo militar número uno.

—¡Ni madres! ¡Nos pelan la verga! —dijo Constitución, molesto, subiendo el tono de voz—. Además de asesinos y corruptos, algunos son putos. Acabo de leer un libro de un periodista mexicano exiliado en España que asegura que a uno de nuestros ex presidentes le gusta vestirse de mujer.

—Han de ser rumores —dijo Ulises—. Esas cosas nunca se pueden comprobar.

—Pues serán chismes, pero eso comprueba mi teoría de que todos esos hijos de la chingada han estado concentrados en sus asuntos personales, sin que les haya interesado jamás el pueblo al que dicen amar con toda el alma en sus discursos. Así que te lo repito: todos han sido, y son todavía, pendejos de mierda e ineficientes, y todos, sin excepción, le han dado las nalgas a los gobiernos extranjeros.

—No todos —dijo Ulises—: Juárez y Cárdenas fueron muy hombres, cabrones con muchos huevos. Pero mejor vamos cambiando el tema… y baja la voz.

—Como quieras, pero yo pondría en tu lista a Gómez Farías también.

—No sé tanta historia, pero si tú lo dices.

—Tengo mucha sed, pásame una chela.

Con movimientos pausados, Ulises destapó una botella de cerveza y la puso enfrente de su amigo. Después sacó un sobre grande de un cajón y vació su contenido sobre la barra. Eran cuatro fotografías de treinta centímetros por lado, en blanco y negro.

—Quiero que veas esto —le dijo.

Constitución tomó una de la fotografías y la acercó a una lámpara de pie que Ulises tenía junto a la caja. El bar no estaba a oscuras, pero la lámpara era muy potente y Ulises la encendía todas las noches, tras haber cerrado el negocio, para ver mejor a la hora de hacer las cuentas.

Una mujer joven, de no más de treinta años, aparecía despatarrada en el piso, boca abajo, en medio de un gran charco de sangre. Apretaba la cacha de un cuchillo en una mano, tenía la falda levantada hasta la cintura y tres tiros en la espalda. Las diminutas pantaletas blancas hacían resaltar su prominente trasero.

Otras dos fotografías mostraban lo mismo desde ángulos distintos, y la última era un acercamiento a las heridas que tenía la mujer en la espalda.

—La mataron con una .22 —dijo Constitución, mientras dejaba la cuarta fotografía sobre la barra—. Pero no te puedo decir si fue con arma corta o arma larga. ¿Quién es?

—La hermana mayor de Alicia.

—¡¿Cómo!?

—Alicia está deshecha.

—No me dijo nada. ¿Cuándo fue?

—Hace tres días, pero tú no habías venido.

—Me pudo haber hablado.

—Está destrozada; no quiere hablar con nadie.

—¿Y tú? ¿Por qué esperaste tanto…? Tampoco me hablaste, y ya llevamos una hora aquí, discutiendo sobre política.

—La verdad es que no sabía si iba a decírtelo o no.

—Falta de confianza, mi querido Ulises; me extraña. Algún día me tenía que enterar.

—Alicia no quiere que nadie sepa.

—¿Y la policía?

—Están investigando, pero el marido de Tina…

—¿Así se llamaba?

—Ernestina… su marido es chofer de un caca grande.

—¿Y eso qué tiene que ver?

—Que el cabrón le prohibió a Alicia hablar de esto con nadie porque, según él, su jefe es un político muy poderoso… yo me enteré porque Alicia me pidió permiso para faltar dos días. Tenía que arreglar trámites y esperar a que le entregaran el cadáver.

—¿Y qué tiene que ver que el jefe de su cuñado sea un político poderoso? —insistió Constitución—. Debe ser una mierda, como todos.

—No quiere que el nombre de su jefe ande en boca de todos.

—¡Hijo de puta! —estalló Constitución.

—Eso mismo dije yo.

—¿Y cómo conseguiste estas fotos?

—Son copias de las que sacó un fotógrafo de la Procuraduría del Distrito Federal en casa de Álvaro.

—¿Álvaro es el marido? ¿Fue en casa de ellos?

—Así es.

—Puta madre… qué chinga. Pobre Alicia.

—Como no tengo ninguna relación familiar con ella y sólo soy jefe de Alicia, en la delegación no querían que viera las fotos, pero le di una lana al agente del Ministerio Público y al día siguiente el tipo me entregó, en su oficina el muy cínico, este sobre cerrado, que por supuesto no tiene membrete. Alicia no sabe que las tengo.

—Todos son una bola de corruptos, del presidente para abajo. El chofer del camión recolector de mi colonia, que es un pinche empleado del gobierno, no se lleva mi basura si no le doy una lana semanal. ¡Cabrón hijo de puta!

—Pero las conseguí. La corrupción tiene su lado bueno; a mí hace años no me ponen una multa de tránsito: cuando un mordelón me pide la licencia, se la doy junto con un billete de cincuenta, muy bien dobladito, y sanseacabó. Muerto el perro, se acabó la rabia.

—Tienes razón, sí sirve —dijo Constitución, y le dio un sorbo a su vasito de whisky antes de darle un trago largo a la cerveza.

—Está destrozada —reiteró Ulises, dándole también un trago a su vaso de ron—. Su hermana mayor era todo para ella. Tina la cuidó cuando ambas se vinieron de Acapulco a vivir a la capital, a casa de un tío que trató de violarlas. Por eso se fueron a vivir solas, jovencitas como estaban, de quince y trece años, a un cuartito de azotea, y fue cuando comenzaron a trabajar en una cocina económica que estaba en la esquina de su edificio.

—Eso nunca me lo habías contado —dijo Constitución meditabundo, acariciando la helada botella de cerveza—. Lo de la cocina económica y lo del tío... ¡hijo de puta!

Alicia, una morena de ojos verdes almendrados y espléndidas piernas largas, vestía siempre, por órdenes de Ulises, una faldita de cuero negro que resaltaba su hermosa cinturita, que aún parecía de adolescente. Aunque en El Oasis tenía que lidiar con borrachos y hombres taimados todos los días, a sus veintiséis años Alicia conservaba una buena opinión de los seres humanos en general, y de los hombres en particular.

Todas las meseras de El Oasis vestían igual: falditas cortas de cuero negro, blusas blancas casi transparentes para que se viera el brassiere negro, y zapatos negros con tacones de aguja. Ulises les había ordenado que no se pusieran medias: "Las piernas de las mujeres mostradas sin medias, cuando llevan puestos unos zapatos de tacón muy alto, son más sensuales", les había dicho. "Quiero que los clientes vengan a verles las piernas… Y siempre muevan las nalgas cuando vayan de una mesa a otra".

Todas ganaban una comisión por las copas que se tomaban con los clientes. Pedían amaretto o coñac, que son bebidas caras, y un vasito de Coca Cola como *chaser*, que utilizaban durante la charla, en medio de las risas y los coqueteos, para ir escupiendo discretamente traguitos de licor sin que los parroquianos lo notaran.

Tenían que trabajar turnos de diez horas diarias, sirviendo mesas y agasajando a los clientes cuando éstos les pedían que se sentaran a beber con ellos, así que lo último que querían era emborracharse.

Pero Alicia se emborrachaba con Constitución algunas veces y salían después del bar, trastabillando los dos, cantando y abrazados, hasta un hotel de paso que estaba enfrente.

Los vecinos y comerciantes del barrio ya los conocían, y cuando los veían pasar movían la cabeza con preocupación: un hombre alto, de hombros anchos y poderosos, de grandes manos, borracho, cantando a todo pulmón, y una muchacha menudita, borracha también.

Cuando Constitución tenía problemas, se refugiaba entre las piernas de Alicia. "Alicia de Maravillas", le decía complacido, luego de estar con ella en el hotel.

Alicia, delgada y bajita, de pechos increíbles y un hermoso trasero redondo que agitaba con gracia cuando Constitución la montaba, sonreía con una sonrisa pícara y se acomodaba el pelo corto mientras se vestía, y a veces le hacía a su hombre un guiño de complicidad.

—Pinche tío de mierda —dijo Ulises—. Estaban muy jovencitas cuando llegaron. Les organizó una fiesta de bienvenida, las emborrachó y se las quiso coger a las dos.

—¡Hijo de puta! —reiteró Constitución.

Ulises sintió que era el momento de pedirle el favor a su amigo:

—¿Te interesa el caso?

Constitución, que se había ganado ya, tras muchos años de trabajo, un buen prestigio como investigador, no estaba buscando nuevos casos porque siempre había sido muy ahorrativo y no necesitaba mucho dinero.

Al principio, sin una reputación a su favor y luego de pasar dos años como judicial, se había convertido en otro más de los cientos, miles tal vez, de investigadores huele braguetas que hay en el Distrito Federal, y había tenido que aceptar, investigar y fotografiar decenas de casos de esposos infieles, esposas lesbianas y maridos homosexuales.

Luego comenzó a investigar desapariciones, sobre todo de mujeres y niños. Después pasó a hacer averiguaciones sobre futuros empleados de casas de Bolsa, bancos y agencias financieras.

Y ahora, años después, Constitución investigaba asuntos que sus clientes llamaban "serios y privados" sobre la política nacional, aunque a veces se trataba, y él lo sabía, de venganzas personales y ajustes de cuentas.

Muchos de sus clientes eran dueños de diarios y de estaciones de radio y de televisión, que le pagaban muy bien por investigar, para luego poder ellos desprestigiar a algunos personajes de alto perfil.

Para sus investigaciones, Constitución utilizaba métodos fuertes, aunque era un hombre de principios y nunca aceptaba contratos para matar (cuando lo hacía era por convicción, en defensa propia o por asuntos personales, y nadie se enteraba jamás; todo quedaba entre el muerto y él). Y tampoco investigaba asuntos de narcotráfico.

"Lo primero —decía muy serio, cuando hablaba en privado con algún cliente que quería contratarlo para incursionar en alguno de esos dos campos— es por conmiseración, y lo segundo por seguridad… según estadísticas de la Interpol, una avalancha anual de cuatrocientos mil millones de dólares generados por el narcotráfico corrompe a militares, jueces, jerarcas eclesiásticos y gobernantes, recluta banqueros y fortalece las debilitadas economías de decenas de países. Cuatrocientos mil millones de dólares es el doble de la deuda externa de México… ante la magnitud de esa tremenda fuerza, sustentada siempre por guardaespaldas y matones, prefiero hacerme a un lado y seguir viviendo en paz… Y de todos los demás asuntos no siempre acepto casos nuevos. Trabajo cuando es absolutamente necesario hacerlo. Es decir, cuando ya no tengo más dinero".

Ahora Constitución realizaba investigaciones sobre mafias en la policía y casos de corrupción en el gobierno y en el ejército, y muchos de sus casos, sin mencionarlo nunca a él, habían sido noticia de ocho columnas.

Sus contratos eran siempre secretos, y la paga en efectivo.

Su teléfono no estaba en el directorio. No tenía tarjetas de crédito. Tampoco tarjetas de presentación ni cuenta de banco, pensión de retiro, licencia de conducir, seguro de vida o pasaporte. Su nombre no estaba en las computadoras de ninguna institución u oficina gubernamental. Todo lo pagaba en efectivo. Mucha gente lo conocía como Efectivo Elizondo.

A pesar de que no los buscaba, siempre le llegaban casos nuevos (muchos a través de Ulises), pero casi siempre los rechazaba.

Constitución pasaba buena parte del día tratando de no trabajar y procurando ahorrar, para no tener que tomar ningún caso.

Hacía mucho ejercicio, practicaba boxeo chino con su entrañable amigo Wong, hablaba de política con Ulises, hacía el amor con Alicia, escuchaba jazz, leía periódicos y, a veces, libros de historia y tratados de sicología. Revelaba sus fotografías de arte, que eran desnudos de Alicia en blanco y negro. Tomaba mucho –más cada día–, y pensaba a veces en su padre y en su madre.

Un día típico consistía en levantarse, tomar una cerveza helada para controlar la resaca, ducharse, rasurarse y dirigirse a la fonda de la esquina a desayunar unos chilaquiles bien picosos y un café negro sin azúcar. Después se pasaba el día visitando amigos (incluso judiciales), y comenzaba a beber al mediodía –ligeramente–, para llegar "bien dispuesto", decía, a sus largas libaciones nocturnas, cuando se sentaba a escuchar jazz y a rumiar su incapacidad para relacionarse con una mujer de manera definitiva.

Según él, Alicia no tenía la reciedumbre y entereza de la mujer que él querría conservar siempre a su lado, así que Constitución sostenía, todo el tiempo, amoríos con otras meseras de otras cantinas buscando, según él, a la mujer perfecta.

Sin aviso previo, como le sucedía a veces cuando estaba bebiendo, recordó esa noche, en forma imprevista mientras Ulises había ido al despacho de la cantina por unas facturas, el aborrecido y caluroso mediodía en el que su padre cayó abatido a balazos y a su madre la violaron sin piedad, entre gritos y puñetazos.

Constitución levantó en silencio una de sus grandes manos, gruesa y de dedos anchos, y la pasó por su cabello negro, buscando olvidar.

Todavía se pensaba culpable; entonces tenía apenas seis años y era pequeño y débil, pero la culpa lo perseguía.

Por consejo de su padre moribundo, había corrido a esconderse en unos matorrales, desde donde había visto todo, lleno de asco y de terror.

La madre había quedado muda el resto de su vida.

A partir de ese día, Constitución vivió apartado del mundo, rumiando su culpa: no había hecho nada para impedirlo. Los tres sujetos los detuvieron en una solitaria carretera del sur del país para robarles el auto. Al final de esa danza macabra, los tres asesinos, con aliento alcohólico, se llevaron el auto de su padre... y él y su madre, muda, despeinada, con el rostro sangrante y la ropa hecha jirones, los ojos vacíos, se quedaron solos, junto al cadáver, en medio de la carretera. Sin saber qué hacer.

Después, ya siendo adulto, había comenzado a actuar en forma cada vez más fría e impersonal. Suponía que era consecuencia de aquella tarde en que a su madre se le había muerto el alma.

A veces deseaba haber tenido una infancia feliz y una madre normal, cariñosa y amable, y no la mujer huraña en que se convirtió su progenitora tras la salvaje violación.

De joven, además de leer mucho en la biblioteca pública, estudiar sociología en la universidad, fotografía en un taller gratuito de la delegación y hacer ejercicio diariamente, se había dedicado a cuidar a su madre en Xochimilco, y había trabajado como guardaespaldas de un comerciante rico de la zona, que cargaba siempre mucho dinero en efectivo.

Al morir su madre se había sentido abatido y libre a la vez, así que se mudó a un cuartito de azotea en el centro de la ciudad y entró a trabajar como fotógrafo de la plana roja de un periódico. Tenía fascinación por los hechos de sangre, aunque en el fondo le repugnaban.

Con el tiempo se había convertido en un hombre fuerte, culto, inteligente y solitario. Después se había convertido en un investigador privado, pasando antes por la Policía Judicial del Distrito Federal, donde conoció a muchos agentes mientras cubría la fuente. Había decidido hacerse judicial para aprender los trucos del oficio.

Al convertirse en investigador privado se había apartado más de los seres humanos. Le gustaba observar desde lejos y no se mezclaba jamás en sus casos. No se involucraba emocionalmente en ningún asunto.

Y ahora, cuando se ponía a escuchar jazz en las noches, bebiendo solo, seguía rumiando su incapacidad para relacionarse con una mujer de manera definitiva.

Sin embargo, y a pesar de sus amoríos con meseras de otras cantinas, en sus sesiones de arte sólo fotografiaba a Alicia.

—Me conmueve lo de Alicia —le dijo Constitución a Ulises cuando éste regresó a la barra con un montón de facturas—, pero no voy a tomar el caso. Lo siento.

—¿Ni siquiera por amor a ella?

Constitución se quedó callado.

—Yo te pago los gastos —insistió Ulises.

—Me ofendes, cabrón… no es por eso.

—¿Entonces?

Constitución permaneció callado, rumiando su tristeza, le dio un trago a su vaso de whisky, y enseguida se tomó el resto de la cerveza.

Ulises lo sacó de sus malos recuerdos y le dijo:

—Alicia no sabe de esto… y si tomas el caso, no debe saber. Yo te pago los gastos —insistió Ulises.

Tras una larga pausa, Constitución dijo por fin:

—Sabes que no es por dinero. ¿Tienes más detalles? ¿Cómo dices que se llama el marido? Y que conste que te lo pregunto sin haber decidido.

—Álvaro Cruz. También es de Acapulco. Alvarito, le dicen. Se conocieron aquí, en el DF, cuando Tina trabajaba en una lavandería automática y él iba a dejar la ropa de su jefe.

—¿No que era un caca grande? ¿Acaso no tiene quién le lave la ropa en su casa?

—Cuando la esposa viaja a la casa que tiene el licenciado en Puerto Vallarta, se lleva en avión a la cocinera, la recamarera y la lavandera.

—¡Pinche huevona!

—Así son los ricos de mierda… ya sabes.

—Tú eres rico Ulises, no te hagas; El Oasis te deja mucha lana.

—Ni tanto… tengo muchos gastos, más los sueldos y las mordidas a los inspectores.

—Dicen que donde lloran está el muerto.

—No te creas… ya lo verás cuando por fin aceptes quedarte con el negocio.

Constitución rechazaba siempre esa oferta, para no tener ataduras de ninguna especie. Y tampoco había aceptado nunca ser socio de Wong en el restaurante de comida china del callejón de Dolores.

—Gracias, mi querido Ulises, pero ya sabes que no puedo aceptar tu generoso ofrecimiento.

Constitución atendía casi todos sus negocios en El Oasis, en el despacho de Ulises. Se conocían desde hacía muchos años, cuando Constitución empezó a frecuentar el bar, recién llegado a la ciudad.

—El negocio camina solo. No tienes que hacer nada. Y antes de que me muera te puedo entrenar. No tengo a quién dejarle esto.

Constitución recordó que Wong le había dicho casi lo mismo acerca de su café de chinos. Ninguno de los dos conocía el ofrecimiento del otro.

Wong y Ulises no se conocían personalmente, pero se sabían al dedillo la vida del otro por las charlas de Constitución. Ambos pensaban que su querido amigo, el solitario investigador, era un hombre íntegro y justo, con la voluntad y la pericia necesarias para sobrevivir, y que era el mejor candidato para que sus respectivos negocios siguieran funcionando.

Constitución, por su parte, sabía que había aprendido la humildad a través del sufrimiento, y que su orgullo era producto de la fortaleza de haber sobrevivido a éste, pero se describía a sí mismo como un hombre sin voluntad, incapaz de vencer su alcoholismo. Y se sabía un triste solitario sin remedio.

—Gracias de nuevo, querido Ulises, pero no quiero ataduras.

—Un día de estos voy a hacer un testamento, sin preguntarte; te lo dejo y sanseacabó.

—Déjaselo a tus meseras, haz una cooperativa.

—Un negocio lo debe llevar una sola persona, si no, se vuelve un desmadre.

—Ellas se beneficiarían.

—Cuando me muera y te lo deje, tú podrás hacer lo que quieras… pero ni me lo cuentes, porque me da rabia.

—No te sulfures mi querido Ulises —dijo Constitución con una amplia sonrisa, y le dio después un trago al nuevo vasito de whisky que le había servido su amigo—. Todavía no he aceptado nada… estábamos en el chofer, el tal Alvarito…

—Algún día te voy a convencer… pero bueno, volvamos al favor que te acabo de pedir… antes nunca lo hacía, pero ahora ha estado hablando con Alicia a diario, dice que quiere ayudarla económicamente y sacarla de esto, que esto no es para ella… pero es un cínico de mierda. Está viendo su provecho personal, no quiere que el nombre de su jefe salga en los medios.

—¿Viene aquí?

—No. Todo ha sido por teléfono, pero Alicia me lo cuenta.

—¿Tiene dinero?

—Trabaja para ese licenciado que está metido en la política, así que gana bien y tiene buenas prestaciones. O por lo menos eso le ha dicho a Alicia.

Alicia de Maravillas… pensó Constitución. Alicia, Alicia… gracias a ti estoy aprendiendo a salir de mí mismo. Y se terminó el contenido del vasito en silencio, y en silencio también, decidió ayudarla.

—¿Entonces? —le preguntó Ulises—. ¿Le entras al caso? ¿Quieres otro whisky?

—No gracias —dijo Constitución, tapando con una de sus grandes manos el vasito vacío—. ¿Dónde lo encuentro?

—¿A quién?

—A Alvarito.

—Vive en una unidad habitacional del Fovissste, en la lateral del Periférico, cerca del Estadio Azteca. Aquí tengo la dirección, me la dio Alicia.

2

ALICIA ESCUCHÓ TRES GOLPES FUERTES, se echó encima una bata raída y fue a abrir la puerta de su pequeño departamento. Estaba despeinada, sin pintar, y traía puestas unas pantuflas desgastadas.

Al verlo ahí, de pie, inmóvil ante la puerta abierta, con su cabeza de oso, sus grandes hombros, anchos y poderosos, y los brazos y las manos colgando como cosas muertas, sin saber cómo comportarse, le sonrió con su acostumbrada coquetería, pero Constitución notó que en el fondo de los ojos, Alicia tenía la marca de la adversidad.

—¿Puedo pasar? —preguntó, sin saber qué más decir.

—Claro —dijo ella, con una sonrisa forzada, y se arregló el pelo corto con coquetería—. Qué milagro que me visitas; ¿a qué se debe?

—No te he visto, no sé nada de ti.

—No has ido, yo siempre estoy ahí… trabajo diario y nunca falto.

Al dejarse caer pesadamente en el sofá de la sala de estar, una ola de compasión inundó el pecho de Constitución.

—¿Quieres un trago? Tengo del whisky que te gusta.

—Gracias. Con un vaso de agua aparte.

Alicia fue a la cocina, sacó la botella de whisky de la alacena y dos vasos cortos, pero mientras ponía todo a un lado del fregadero, cerró los ojos un instante y sintió que las lágrimas trataban de salir.

—¿Quieres hielo? —le preguntó, sin abrir los ojos todavía, en un esfuerzo por controlar el llanto.

—No, no te molestes —contestó él desde la salita de estar—, así solo, y un vaso de agua aparte.

—Tengo hielo —dijo Alicia, abriendo por fin los ojos, dispuesta a ocultarle la tragedia—. No es molestia.

—No. Gracias.

Alicia estaba bebiendo más últimamente, para mitigar la presión de no poder comentar con nadie el asesinato de su querida hermana.

Su cuñado, al que había odiado durante muchos años por considerarlo un hombre demasiado servicial con sus patrones, sin orgullo y sin valentía, se había convertido de pronto en la imagen paterna que nunca había tenido en casa de su madre, y Alicia había comenzado a pensar que lo estimaba. Por eso estaba dispuesta a ayudarlo para que el nombre de su jefe no se viera mezclado en ese horrible asesinato.

Sin embargo, estas nuevas emociones la confundían y la estaban llevando a beber más de lo acostumbrado. Nunca había tenido mucho dinero, y ahora el marido de su hermana le daba dinero a manos llenas, quizás para comprar su silencio, pensaba Alicia... y en verdad no sabía qué hacer ni cómo reaccionar.

Por fin salió de la cocina, con su bella sonrisa y una vieja charola de aluminio con el logotipo de una cervecería en el centro, en donde había puesto la botella de whisky, los dos vasos cortos, una jarrita con agua de la llave, y dos vasos largos.

—¿Quieres un poco de queso fresco? —le preguntó mientras ponía la charola sobre la mesa de centro.

—No, no te molestes.

—No es molestia, me da gusto verte —dijo ella, y se sentó a su lado.

—A mí también.

—Qué milagro —insistió Alicia.

—Te he extrañado —le dijo Constitución, y le acarició suavemente el rostro con una de sus grandes manos de oso.

Ella cerró de nuevo los ojos, pero sintió que el llanto se le quería escapar, así que se puso de pie y le dijo:

—Voy por servilletas.

—¡Siéntate ya, mujer! ¡Por Dios! No estamos en El Oasis.

—Ya voy —dijo Alicia, y dio media vuelta, tratando de contener el llanto.

Sin su hermana se sentía sola y abandonada. Y Constitución era lo único real que tenía en la vida, pero él era como todos los hombres: enamorado de su libertad, sin querer comprometerse nunca.

Ella lo entendía y nunca había forzado las cosas, pero este día, con el sentimiento a flor de piel, no sabía cómo podría ocultarle la tragedia.

Se sentía inclinada a decírselo, pero no quería su compasión.

Y además, Álvaro le había pedido, más bien rogado, que no hablara con nadie sobre el tema. A Ulises se lo había tenido que contar porque tuvo que pedirle dos días libres para ocuparse del pavoroso asunto de la entrega del cadáver y de la cremación, pero ella a su vez le había suplicado a Ulises que no se lo dijera a nadie.

Constitución llenó los dos vasitos con whisky y luego vertió agua en los dos vasos largos.

Alicia regresó de la cocina con su bella sonrisa y un puñado de servilletas de papel, y se sentó de nuevo al lado de Constitución.

—Salud —dijo él, levantando su vasito, y esperó a que ella tomara el suyo para entrechocarlos.

Constitución se tomó su whisky de un solo trago y se sirvió otro, antes de darle un sorbo a su vaso con agua.

Al sentarse, Alicia dejó deliberadamente la bata entreabierta para que sus muslos morenos y bien torneados quedaran al descubierto. Quería hacer el amor ahí mismo, en el sofá, desnuda, gimiendo y arañándole los hombros, antes de que las lágrimas la traicionaran, así que se acercó a Constitución y le susurró al oído:

—Qué milagro…

Pero no pudo reprimir sus sentimientos y se abalanzó a los brazos de Constitución para llorar amargamente.

—¿Qué sucede? —le preguntó Constitución, sin saber tampoco si debía comentarle que ya sabía lo de su hermana, porque Ulises le había pedido que no se lo dijera, y no quería romper el lazo de confianza que Alicia tenía con su jefe.

—Anoche vino a verme Álvaro —dijo Alicia incorporándose y secándose los ojos con una servilleta.

—¿Quién es Álvaro? —volvió a mentir Constitución.

—Mi cuñado… me dio una mala noticia.

—¿Qué te dijo?

—Que Tina tiene cáncer.

—¿Quién es Tina?

—Ernestina, mi hermana mayor.

—Nunca me habías hablado de ella, y tampoco de tu cuñado.

—La verdad es que antes casi nunca hablaba con él. Mi mamá no lo quiere y yo creo que eso me influyó.

—¿Y con tu hermana? ¿Hablas con ella?

Sin darse cuenta, Alicia frunció el ceño durante una fracción de segundo. Después dejó escapar un largo suspiro y dijo:

—Mi pobre hermana está muy enferma. Yo creo que se va a morir… se fue a Acapulco. Mi mamá la está cuidando.

—¿Te puedo ayudar en algo?

—Alvarito me está ayudando. Pero gracias por preguntar.

—¿Y por qué Alvarito y no yo?

—Alvarito es de la familia, últimamente lo he estado viendo, y me he dado cuenta de que es un hombre bueno.

—Se me hace que te gusta.

—¡No seas idiota, Constitución! ¿Cómo crees?

Constitución prefirió hacerse el ofendido, se puso de pie, y le dijo:

—Cuando te olvides del tal Alvarito, me buscas.

—¿Eres acaso tan estúpido? —le preguntó Alicia, furiosa, y se tomó de un solo trago su vasito de whisky—. ¡Siéntate!

Pero Constitución salió dando un portazo, con el corazón destrozado porque no quería que sus sentimientos lo traicionaran. No pensaba decirle que iba a investigar el caso.

Alicia se quedó sola, sentada en el sofá, y se cubrió las piernas con la bata. De pronto se sintió abandonada y cerró de nuevo los ojos un instante, al notar que las lágrimas trataban de salir.

Mientras bajaba las escaleras del edificio, Constitución se sintió terriblemente mal por abandonar a Alicia en un momento así.

Los siguientes tres días los pasó encerrado bebiendo whisky, sin comer, recriminándose por la estúpida actuación, mientras sus viejos sentimientos autodestructivos estuvieron rondándole todo el tiempo.

Su oficina ya no era sólo su despacho, sino también su departamento. Había decidido dejar de pagar una renta y una línea telefónica. Sus finanzas no le permitían tener un departamento para dormir en la colonia de los Doctores, y un despacho en el centro de la ciudad, donde finalmente dormía la mayoría de las noches. Así que había mudado sus cosas a la oficina: una cama, dos estantes enormes repletos de libros, un equipo de sonido con bocinas de gran potencia, una mesa de comedor, dos sillas, una cómoda, un viejo ropero y un baúl. Había instalado todo en la habitación del fondo del despacho.

La computadora, que era nueva, la había puesto sobre su escritorio, para darle un toque de modernidad a su negocio.

Una puerta dividía el despacho, decorado con dos sillones de cuero negro, un horrible y amplio sofá de cretona floreada que le había regalado Ulises, un escritorio de roble y una silla giratoria, de roble también, que habían pertenecido a un abogado criminalista amigo suyo. Tenía una vieja alfombra persa comprada en La Lagunilla, una lámpara de pie con patas de bronce que semejaban las garras de un león, y un par de cuadros de un pintor desconocido, originario de Oaxaca, que lo había contratado para localizar a su mujer y al final no había tenido dinero para pagar sus servicios.

Lo único que no tenía en su despacho era una cocina, pero nunca había cocinado nada en toda su vida. El baño, que tenía regadera, no se lo prestaba jamás a sus clientes, a los pocos clientes que recibía en su oficina. Casi todos sus negocios los atendía en El Oasis, en el despacho de Ulises.

Tres días, con sus noches, estuvo bebiendo whisky, sin comer nada, sin contestar el teléfono ni el celular, reprochándose la estúpida actuación ante la inconsolable Alicia.

No entendía la razón de que ella se hubiera negado a contarle lo del asesinato y de que le hubiera mentido sobre su hermana. Seguramente Alvarito estaba detrás de esa decisión, pero Alicia tendría que haberle tenido más confianza a él, a Constitución. Sin embargo, y sin preocuparse mucho más, se dijo que ya tendría tiempo para hablar con el famoso cuñado y aclarar las cosas, cuando su maltrecho cuerpo le hiciera saber que debía dejar de beber.

Tampoco entendía sus razones, las de él, las de Constitución, para no decirle nada Alicia, y sospechaba que había sido un pretexto para encerrarse a beber a sus anchas y culpar a otros de su vicio.

Pensando en Alicia se dio cuenta de que no sabía nada sobre ella.

Gracias a Ulises, ahora sabía que recién llegada de Acapulco, cuando tenía apenas trece años, un tío de mierda, hermano de su madre, había tratado de violarla. O quizá la había violado y ella no quiso que nadie se enterara…

Sabía también que ella y su hermana habían trabajado después en una cocina económica. Y que desde hacía poco más de tres años era una de las meseras de El Oasis, pero no sabía cómo había llegado ahí ni cómo era en realidad su relación con Ulises. Había un lapso de diez años, desde los trece hasta que cumplió veintitrés, que fue cuando llegó a El Oasis, del que tampoco sabía nada.

Y la bebida no le ayudó a descifrar el asunto. Lo único que logró fue sacar a flote los ya viejos y conocidos sentimientos de soledad e incapacidad para relacionarse con una mujer en forma definitiva.

No obstante, en medio de la borrachera, reafirmó su propósito de ayudar a Alicia, sin que ella o Ulises lo supieran, y se prometió descubrir al o los asesinos para vengar la muerte de Tina.

3

TRES DÍAS DESPUÉS, luego de dormir más de diez horas, con la ropa arrugada y sucia, en el sofá de su despacho, Constitución salió por fin de esa crisis autodestructiva; se prometió, por enésima vez, no volver a beber, y vació el whisky que le quedaba en el retrete. No se permitió tomar siquiera una cerveza para la terrible resaca. Se duchó con agua fría, se rasuró, se lavó los dientes, se puso ropa limpia, metió su Colt .38 especial en la funda sobaquera, se puso su inseparable saco azul de pana y, muerto de hambre, salió a las tres de la tarde a desayunar unos chilaquiles muy picosos y un café negro bien cargado, sin azúcar.

Regresó a su despacho sintiéndose aliviado; se quitó el saco de pana pero se dejó puesta la sobaquera con la .38, se puso su viejo y desteñido uniforme de empleado de la compañía de Luz y Fuerza del Centro, y esa misma tarde fue al domicilio del cuñado de Alicia.

Estudió pacientemente los buzones del correo para cerciorarse de tener correcto el número del departamento. El único Álvaro, Álvaro Cruz, vivía en el 202, así que subió un piso por la escalera y tocó el timbre de la puerta, pero nadie contestó. Bajó de nuevo y esperó un rato paseándose por ahí, cerca del edificio, por las áreas verdes del conjunto habitacional, haciendo como que revisaba los medidores de la luz. Quería conocer de cerca las rutinas y los horarios del tal Alvarito.

Cuando por fin se encendieron las luces dentro del departamento de Álvaro, eran pasadas las ocho de la noche. Las farolas amarillas de la unidad habitacional se habían encendido desde hacía más de una hora, pero ningún vecino había prestado atención a un empleado de la compañía de luz que estaba trabajando tarde, revisando los medidores.

Álvaro abrió una de las ventanas y desde un pequeño jardín frente al edificio Constitución pudo ver que era un hombre moreno y corpulento, de cabeza pequeña pero de hombros y brazos poderosos. Tenía el rostro ovalado, nariz ancha, pelo negro ensortijado, cejas tupidas y labios gruesos; pensó que tenía que haber un negro entre sus antepasados.

Ese primer contacto visual le bastó a Constitución para dar por terminado su día de trabajo. Al llegar a su departamento-despacho llamó por teléfono a Wenceslao y lo citó al día siguiente, a las seis de la mañana.

Wenceslao Iturralde era hijo de un español republicano que había muerto en México con un enorme sentimiento de admiración por El Tata Cárdenas, pero amargado porque no había logrado "hacer las Américas" como era debido, para irse después con mucho dinero a pasar sus últimos años a Galicia.

Wenceslao, que había estudiado hasta la preparatoria en el Colegio Madrid, era un hombre gordo, de unos cuarenta años, con los dientes manchados de tabaco y café. Se ganaba la vida manejando un taxi que era de su propiedad y que no daba a trabajar a nadie porque decía que salían más caras las reparaciones que había que hacerle al auto después de que pasaba por las manos de choferes descuidados.

Constitución solía contratar los servicios de Wenceslao por horas, e incluso por días, y recostado cómodamente en el asiento trasero del auto, con su cámara fotográfica y sus binoculares, podía seguir, vigilar y registrar los movimientos de cualquier persona sin ser visto.

En ocasiones, Constitución utilizaba una furgoneta blanca, con letreros laterales de una tintorería, para vigilar sospechosos. A veces pasaba días enteros metido ahí, con sus binoculares y su cámara fotográfica, porque nadie le daba importancia a la furgoneta de una tintorería estacionada en alguna esquina.

Ulises la había comprado al contado, con dinero de Constitución, pero estaba a nombre del primero. "Tintorería México" decían los letreros laterales.

Constitución, que no quería ninguna factura a su nombre, decía con orgullo que la camioneta le servía "para limpiar al país de ojetes de mierda".

A veces la manejaba él mismo, en las noches, pero de día prefería que la manejara Wenceslao, y le pagaba el doble: por su tiempo de chofer en la camioneta y por dejar el taxi estacionado.

Sólo que para seguir los pasos de alguien, sorteando el intenso tráfico de la ciudad, era más práctico usar el taxi de Wenceslao, y más barato.

Durante los siguientes tres días, desde el asiento posterior del taxi de Wenceslao, Constitución descubrió, recorriendo la ciudad con su cámara y sus binoculares, y entrando a veces a pie a algunos edificios de gobierno, muchas cosas de la vida de Álvaro, y supo además que su jefe era secretario privado de un poderoso y autoritario oficial mayor.

Alvarito llegaba, puntual siempre, a las siete de la mañana, al domicilio de su patrón manejando un Mustang rojo de un modelo atrasado pero muy bien cuidado. Lo estacionaba a un lado de la mansión y lo cubría con una lona especial. Después abría las puertas de la cochera y sacaba un lujoso

Chevrolet Impala negro, último modelo, y lo estacionaba sobre la acera para lavarlo por dentro y por fuera. Luego entraba por la puerta de la cocina, que daba a la calle, y una sirvienta con uniforme y delantal blanco le entregaba una aspiradora, con la que limpiaba los tapetes y la alfombra de la cajuela del auto.

A pesar de la buena voluntad de Álvaro, su patrón, un hombrecito moreno, delgado y bajito, con el pelo pintado de rubio, salía siempre muy bien vestido, con trajes hechos a la medida y corbatas brillantes, pero de pésimo humor, y antes de abordar su auto lo revisaba con ojos implacables. Si descubría alguna mancha, armaba un escándalo a gritos, ahí mismo, en la calle, a la vista de todo el mundo.

—¿A qué hora llegaste hoy? —alcanzó a escuchar Constitución desde el taxi, estacionado en la acera de enfrente de la mansión.

—Buenos días, licenciado; a las siete, como siempre.

—Pues no parece —dijo el hombrecito, y consultó después su reloj de pulsera—. Son las siete y media, y el coche no está bien lavado. Mira esas manchas en la defensa de atrás... te preocupas más por tu pinche Mustang que por mi carro.

—Es el agua, señor... no la sequé y dejó esas manchas, pero ahorita se las quito.

—Ya déjalo, vámonos así. Tengo que estar en la oficina a las ocho y media... al pendejo de mi jefe se le ocurrió madrugar, así que apúrate, guarda todo y vámonos.

Alvarito corrió a dejar la aspiradora y alcanzó a cerrar la puerta del auto cuando su patrón se instaló en el asiento posterior.

—¡Déjate de pendejadas! —le gritó, colérico—. Yo puedo cerrar la puerta, no estoy tullido. ¡Súbete ya!

—Sí señor.

Esa mañana, mientras el taxi de Wenceslao seguía al Impala negro a una prudente distancia para no ser descubierto, pero suficientemente cerca para no perderlo de vista, Constitución dijo desde el asiento posterior:

—Te aseguro que el jefe de ese hombrecito lo trata muy mal a él, y por eso se desquita con Alvarito.

—Sí —dijo Wenceslao—. Y supongo que por eso se pinta el pelo, para tratar de subir de clase social.

—Ojete —dijo Constitución—. Otro más de nuestros miles de políticos corruptos. Y eso que apenas comienza, porque sólo es secretario privado de un oficial mayor que seguramente es más corrupto que él. Pero si este pendejito es sumiso y leal, y sabe comer platos de mierda sin hacer gestos cada vez que su jefe quiera, puede llegar muy lejos... mira dónde está ahora el culero, con su chambita jodida, y ya tiene su mansión.

—Cabrones... —dijo Wenceslao meditabundo, sin quitar la vista del pesado tráfico—. Mi padre me decía que era una lástima que no hubiera en México más políticos como don Lázaro Cárdenas.

—Tenía razón. Fíjate en el Estado de México, el estado más rico del país. Sus arcas fueron asaltadas vilmente por un gobernador de mierda que se casó después con una francesa que al final le quitó el dinero y los castillos que el pendejo compró en Europa.

—Felicito a esa mujer. Ladrón que roba a ladrón... ¿Montiel, verdad?

—Ese mero, pero no deberíamos felicitarnos por esas cosas —dijo Constitución—, más bien deberíamos darnos el pésame.

—Tienes razón... el pueblo sigue muerto de hambre mientras los políticos mexicanos andan paseándose por el mundo, comprando lujosas mansiones en el extranjero para irse a vivir fuera cuando pierdan el poder, porque aquí nadie los quiere ni los respeta.

—Claro que a todos esos cabrones de mierda —dijo Constitución, hablándole a la nuca de Wenceslao— les importa un carajo si la gente no los quiere o no los respeta… para ellos el valor del dinero es más importante que cualquier otra cosa… y suelen embarrarnos su dinero en la cara, como diciéndonos: miren bola de pendejos, yo sí pude triunfar en la vida, no como ustedes, que son unos muertos de hambre, fracasados y miserables, mírenme a mí, vean mis mansiones, mis ranchos, mis caballos, mis autos de lujo y las güerotas que me ando cogiendo, mientras ustedes, pendejos de mierda, se la pasan quejándose siempre, enfermos y jodidos, sin saber cómo van a pagar la renta. Mírenme a mí, bola de fracasados…

—¡Puta madre!

—Así son esos culeros.

Wenceslao dio un frenazo que lanzó a Constitución hacia delante, porque el auto de enfrente se detuvo inesperadamente, sin que ningún semáforo o un policía de tránsito le hubiera dado la orden de parar.

Iban circulando hacia el centro. Estaban a dos cuadras de Reforma, pero la avenida Insurgentes parecía un estacionamiento.

Tres automóviles más adelante estaba el Impala negro, detenido también, y Constitución pudo ver con sus binoculares que el hombrecito con el pelo pintado manoteaba como un loco, y al parecer le estaba gritando a su chofer.

Mujeres con vestidos de percal muy desteñidos, niños calzando huaraches y ancianos con pantalones de manta marchaban junto a hombres morenos de rostros duros, curtidos por el trabajo a la intemperie. Habían bloqueado la intersección de Reforma e Insurgentes.

Con sus binoculares, Constitución pudo ver las mantas que llevaban los manifestantes. Se trataba de una marcha de agrupaciones campesinas. Casi todos los hombres traían sombreros de palma.

Pensó que no podían ser más de cien personas, entre niños y adultos. Iban caminando lentamente. Las mujeres llevando de la mano a los niños más pequeños.

De pronto, sin saber de dónde habían salido, más de veinte granaderos atacaron al grupo y comenzaron golpear a los manifestantes con sus toletes.

Las mujeres y los niños comenzaron a correr hacia todos lados, entre gritos y órdenes, protegiéndose la cabeza con las manos, al tiempo que el grupo compacto comenzaba a deshacerse.

Los hombres que se enfrentaron a los granaderos fueron golpeados con más saña y subidos, muchos de ellos sangrando profusamente, con la cabeza partida, en camiones de redilas que arrancaron haciendo rechinar las llantas.

En menos de tres minutos, cuando los granaderos se habían retirado con sus rehenes, dos patrullas de la policía de tránsito lograron restablecer la circulación de vehículos y una señora elegante, conducida por un chofer uniformado, abrió la ventanilla de su automóvil de lujo y desde el asiento de atrás le gritó a uno de los policías: "gracias oficial... qué bueno que les dieron su merecido. Bola de comunistas".

—¡Es el colmo! —dijo Wenceslao, volteando a ver a Constitución—. ¿Oíste lo que dijo esa señora?

—Si no son marchas campesinas —respondió Constitución—, son manifestaciones de maestros mal pagados, o concentraciones callejeras para protestar contra el gobierno del presidente Calderón... Pobre México.

—¡Presidente mis huevos...! —gruñó Wenceslao—. Es un espurio.

—Nunca se demostró el fraude —dijo Constitución con ironía, pero se dio cuenta de que Wenceslao no había captado la broma.

—Claro que sí. ¿No viste la película de Mandoki?

—La vi, pero ése es su punto de vista… el ojete de Mouriño piensa distinto.

—¡Pues claro! —dijo Wenceslao, molesto—. Piensa que le van a dejar el poder… pero eso no quiere decir que tenga razón. Mouriño, Fox, Martita, los Bibriesca, Calderón y el resto de esos cabrones son una bola de rateros…

—¿Eso te enseñaron en el Madrid? ¿A criticar a la gente decente?

—Me enseñaron a pensar, a leer buenos libros, a estar bien informado. Un profesor en particular, un viejito republicano de barba blanca, me enseñó a desconfiar de Televisa y de los políticos de mierda.

—¿Eres comunista? —le preguntó Constitución con sarcasmo, mientras le sonreía a su amigo con cariño, quien lo miraba por el espejo retrovisor.

—¿Te estás burlando?

—Claro que no —le dijo Constitución, y le hizo un guiño por el espejo—. Al contrario, te aprecio mucho. Entiendes que la desigualdad, la creciente pobreza de la mayoría, la imparable corrupción, y la impunidad policial están acabando con el país.

—¡Puta madre! —dijo Wenceslao. Y después guardó silencio.

Cuando Constitución salía a investigar algo en el taxi de Wenceslao, llevaba siempre una pequeña maleta con un disfraz de mesero y otro de cartero, además de su uniforme de empleado de la compañía de luz, para entrar y salir a diferentes lugares, según se presentaran las circunstancias.

Esa mañana, mientras él y Wenceslao circulaban despacio, entre frenazos, hacia el edificio del centro de la ciudad donde trabajaba el jefe de Álvaro, Constitución se preguntó para sus adentros si valía la pena lo que estaba haciendo.

Nunca antes había oído hablar de Tina, no sabía qué tan amigas podían haber sido las dos hermanas, y Alicia ni siquiera se había tomado la molestia de avisarle a él, que era un investigador profesional… pero decidió continuar. Tenía que averiguar al menos si Álvaro la había amenazado para que no hablara, o si se lo había pedido como un favor.

—Ayer, cuando caminé por el estacionamiento —dijo Constitución—, lo vi hablando con otros choferes en forma sospechosa.

—¿Sospechosa? —preguntó Wenceslao sin voltear a verlo.

—Hablaban como en secreto, formando un círculo cerrado, como si quisieran que nadie viera o escuchara.

—Estarían hablando mal de sus jefes. Los choferes pasan muchas horas esperando, y odian a sus jefes.

—Era algo más… no sé qué, pero no era una conversación normal.

—¿Ya comenzó a trabajar tu mente investigadora?

—No, es sólo que me pareció extraño… nada más.

—¿Quieres que te deje otra vez en el estacionamiento?

—No… hoy quiero que nos vea, que lo sigas muy de cerca, para que se dé cuenta de que lo estamos vigilando. Y cuando nos vea, voy a sacar los binoculares por la ventana y lo voy a ver fijamente.

—¿Y eso?

—Ya conocemos sus rutinas… sabemos que los martes en las tardes, al dejar a su jefe en Gobernación para que asista a los cursos especiales que les están dando a los secretarios privados de los oficiales mayores…, otra de las mamadas del gachupín de mierda para, según Mouriño, organizar mejor el combate al crimen organizado. Álvaro aprovecha y se va un rato al estudio de danza, a visitar al bailarín y a su hermana.

—¿Y para qué quieres que nos vea?

—Quiero ver cómo reacciona.

—¿Y entonces de qué sirvió tanta precaución? Tanto cuidado en seguirlo todos estos días sin que nos viera…

—Ya sabemos qué hace y a dónde va; ahora necesito ver si se siente culpable de algo, o si sabe algo que lo haga sentirse culpable.

—Tú pagas, así que tú mandas.

—Exactamente. Y eso que acabas de decir es la regla de oro.

—¿La regla de oro?

—El que tiene el oro hace la regla.

—Pues regla o no regla, disfruto más trabajando contigo que levantando pasaje en la calle, aunque a veces no te entiendo.

—Lo que vamos a hacer es que nos vea un par de veces, y luego volvemos a desaparecer.

—¿Para confundirlo?

—Para obligarlo a dar algunas vueltas innecesarias, y para que piense que puede hacernos perder la pista.

—Conmigo no puede —dijo Wenceslao.

—Hazle creer que puede, y cuando ya se sienta confiado, vuelves a aparecer y yo vuelvo a sacar los binoculares por la ventanilla.

4

CONSTITUCIÓN Y WENCESLAO siguieron a Álvaro hasta el edificio de Gobernación sin que éste los viera, pero después de que su jefe bajó del Impala negro, se le aparecieron por el espejo retrovisor, y Constitución sacó los binoculares por una de las ventanillas del taxi.

Alvarito comenzó a dar vueltas en "U" y a pasarse algunos altos para perderlos, y Constitución le dijo a Wenceslao que desapareciera.

Después de varias vueltas, Alvarito volvió a circular enfrente del edificio de Gobernación y se aseguró de haberlos perdido.

Enseguida enfiló, como todos los martes, hacia la colonia de los Doctores, al estudio de danza.

Constitución se puso encima de la ropa su uniforme de empleado de la Compañía de Luz y le pidió a Wenceslao que lo dejara atrás del pequeño edificio de tres pisos. Constitución había investigado el inmueble y a sus inquilinos desde hacía varios días, enfundado siempre en su uniforme.

El estudio de danza estaba en el tercer piso. En la planta baja había una zapatería, y al lado, en un espacio mínimo, una barra en donde vendían tortas y refrescos. En el segundo piso vivía un viejo relojero viudo, de grandes bigotes blancos, al que cada vez le llevaban menos trabajo.

Constitución se subió a la azotea por las escaleras de incendio y se acostó, pecho tierra, justo encima de una de las ventanas del estudio. Se sabía el estudio de memoria. Lo había fotografiado dos días antes desde la azotea del edificio de enfrente con un lente de largo alcance. Estaba justo encima de la ventana que daba a la calle, y comenzó a escuchar la voz de Álvaro. Notó también un ligero olor a tabaco. Pensó que Alvarito estaría acodado en la ventana, fumando plácidamente.

Quizás el bailarín dueño de la academia le había pedido a Alvarito que fumara cerca de la ventana, que estaba abierta, para que su estudio no oliera a tabaco…

—Estoy preocupado, Chema —dijo Álvaro.

—¿Por qué? —preguntó el otro.

Constitución los escuchaba con toda claridad, y aunque no podía verlos, se los imaginaba, porque ya los había fotografiado a los dos.

Álvaro era alto y fuerte, y el bailarín era fuerte también, pero bajo y delgadito, con el cuerpo correoso y elástico, quizá por tantos saltos y vueltas en el aire.

Le gustaba usar una malla muy apretada cuando les daba clases de ballet a sus alumnas. Sus glúteos se redondeaban y seguramente se ponía algo en la entrepierna, pensaba Constitución, porque la malla casi reventaba por el abultado promontorio que más que genitales parecía una montaña.

—Alguien me está siguiendo.

Constitución se sintió complacido: su táctica había funcionado.

Se los imaginó a los dos, acodados en la ventana, viendo hacia la calle, muy quitados de la pena, pensando que estaban solos, con las espaldas de ambos reflejadas en el gran espejo detrás de ellos, que corría de una pared a la otra y del piso al techo, y donde el bailarín obligaba a sus alumnas a ver detenidamente cada paso que daban, para corregir los errores.

—¿Es por lo de tu esposa?

—No sé.

—¿No le dijiste a Alondra que la policía te había declarado inocente?

—Pues sí.

—¿Entonces?

—No sé —insistió Álvaro.

—Está cabrón… Si te están siguiendo ya no puedes venir aquí.

—¿Y dónde voy a ver a tu hermana?

—Me vale madres, pero aquí ya no puedes venir. Tú y Alondra deben verse en otra parte. En tu casa, o donde quieras, pero aquí ya no.

—¿Y el bisne?

—Buscamos otros canales; tal vez Alondra… Pero aquí ya no.

—¿Crees que ella quiera?

—No sé. Luego vemos. ¿Te habrán seguido hasta aquí?

—No creo. Di varios rodeos antes de llegar, seguro que los perdí.

—¿Seguro?

—Seguro.

—¿Quiénes son? —volvió a preguntar el bailarín, con preocupación en la voz.

—Un par de cabrones en un taxi.

—¿En un taxi?

—Sí.

—¡Puta madre!

—¿Qué? ¿Qué tiene que ver que sea en un taxi?

—Nada. No sé. No estoy seguro, pero me parece extraño que la policía use taxis.

—A mí también.

—Lo que sí es seguro es que aquí ya no vuelves. Háblame por teléfono y nos ponemos de acuerdo, pero ahorita ya vete.

—Estoy seguro que no me siguieron, pinche Chema.

—Me vale madres. Ya vete. Y háblame por teléfono.

Constitución se puso de pie, lentamente para no hacer ruido, y sin moverse de su sitio revisó la azotea con la vista, buscando la caja de los teléfonos, que localizó justo enfrente de un gran depósito de agua.

Caminó sin hacer ruido, sobre las puntas de los pies, y en silencio abrió la caja metálica con la ayuda de una ganzúa, después sacó de uno de los bolsillos de su uniforme una lámpara de baterías y buscó la línea que correspondía al departamento del tercer piso.

Enseguida enganchó la boca del caimán a la línea telefónica y esperó la llamada de Álvaro, quien seguramente hablaría en breve para aclarar las cosas y terminar la conversación, interrumpida por la urgencia del bailarín de que su amigo desapareciera de ahí.

En silencio, mirando hacia unas nubes que surcaban el cielo calmosamente en el atardecer, Constitución escuchó que el bailarín marcaba un número de teléfono. Lamentó no haber encendido su grabadora portátil, porque después, analizando el sonido en su computadora, podría saber cuál era el número.

Luego de tres timbrazos el bailarín colgó, pero volvió a marcar enseguida y esperó otros tres timbrazos.

Del otro lado de la línea contestó una voz ronca.

—Diga.

—¿Moy? Habla Chema.

—¿Qué onda, mamacita?

—Nada, mi amor; aquí nomás, extrañándote.

—¿Te gustaron las pantaletas que te mandé?

—Están riquísimas, mi amor.

—¿Y los colores?

—Ya sabes que me encanta el rojo, pero las otras también. Gracias, mi amor.

—¿Y las medias y los zapatos?

—Todo está riquísimo, mi amor, gracias. Me voy a ver muy linda.

Constitución arqueó las cejas, sorprendido de que el bailarín hablara de sí mismo como si fuera una mujer.

—Yo creo que hacen juego con tu vestido rojo —dijo la voz ronca.

—Sí, pero te tengo una sorpresa: mi hermana me compró un vestido de raso negro, largo y entallado, con un escote pronunciado en la espalda, y las nalgas se me ven divinas, riquísimas. Me estuve viendo en el espejo.

—No sigas, mamacita, porque me arranco para allá ahorita mismo.

—Pues vente, mi amor.

—Cuando hablas así me dan ganas de morderte las nalgas y de chuparte el culo, con tu olor a fundillito. Me gustan mucho tus nalgas, mamacita, duras como el acero, y me aprietas durísimo cuando cogemos.

Constitución frunció de nuevo el ceño, y en forma inconsciente hizo un gesto de repulsión.

—¡Ay, mi amor! Eres un salvaje. ¿Qué diría tu mujer si nos oyera?

Durante unos segundos hubo un silencio total, y después la voz ronca rugió desde el otro lado de la línea:

—¡Te he dicho mil veces que mi mujer y mis hijas quedan fuera de esto! ¡No te atrevas a mencionarlas!

—Disculpa, amor; es que me dejé llevar por la emoción.

—¡Que no se te olvide, cabrón!

—Tan romántico que estabas…

Hubo otro silencio total.

El bailarín, para enmendar su error, dijo:

—La verdad es que me gusta mucho que me muerdas las nalgas y que me chupes el culo... me pongo muy caliente... por eso me lavo la cola con agua y jabón tres o cuatro veces al día, para estar lista para mi señor, cuando él quiera...

Otro silencio.

Constitución pensó que podría conectar su grabadora en ese momento, pero prefirió no hacer ningún movimiento que pudiera delatarlo.

—¿Moy? —preguntó el bailarín—. ¿Estás ahí?

—Ya ni chingas. Me quitaste la inspiración.

—Discúlpame mi amor, ¿me perdonas?

—Sí, claro.

—Gracias, mi amor. Y sí me gustaron mucho las pantaletas, sobre todo la roja, pero todas se me ven divinas. La verdad es que me gusta mucho vestirme de mujer para ti, aunque debo decirte, ya que estamos hablando seriamente, que me gusta hacerlo en privado, sólo para tus ojos. Cuando salimos a bailar a un lugar público no me gusta tanto.

—Te llevo a bailar y a cenar porque siempre que te vistes de mujer te ves guapísima. A donde llegas eres las envidia de todas las mujeres, tienes un aire de mujer fatal que me vuelve loco.

—Gracias, mi amor. Bueno, pues ya te lo dije, para que sepas cómo me siento cuando salimos, pero no te preocupes, lo vamos a seguir haciendo, lo hago porque estoy enamorado de ti. Ése es mi problema, que te quiero con amor de hombre, con amor fuerte y dispuesto a todo.

—Mañana en la noche voy a pasar a tu estudio, a las diez de la noche, y nos vamos a cenar y a bailar.

—¡Ay, mi amor! Mañana no puedo, discúlpame.

—¿No que tanto amor?

—Tengo que trabajar.

—¿No te alcanza con las grapas y la mota?

—No es eso. El negocio va bien porque tengo el estudio de pantalla.

—¿Entonces?

—Mañana es un día muy especial. Voy a dar una clase nocturna a un grupo de niños de entre siete y diez años.

—Te has de querer coger a alguno, pinche maricón —dijo el otro con tono irónico, y soltó después una carcajada.

—No soy de clóset, ni soy pederasta —dijo el bailarín, molesto—. Sólo con adultos, y sólo si hay consentimiento mutuo.

—Se me hace que te estás curando en salud —insistió el otro, con tono irónico—. Seguramente tu maestro de ballet te dio pa'dentro cuando eras niño, y luego te gustó.

—No fue con él, pero de niño sí hablé con él sobre el tema, porque yo estaba muy preocupado.

—¿Y por qué carajos tomabas clases de ballet?

—Mi abuela, que fue la que me crió, me metió a las clases porque ella limpiaba en las noches el piso de un estudio de danza y no le cobraban. Mi hermana y yo aprendimos ahí.

—Y el maestro te violó.

—No fue él. Él era un tipo muy decente. Yo hablé con él, y le dije, muy preocupado, que me gustaban otros niños, y él me presentó con otro niño, un poco mayor, y los dos lo hicimos delante del maestro y de su novio, que era un cargador muy fuerte de La Merced.

—Parece telenovela.

—No me crees, ¿verdad?

—La verdad es que quiero verte mañana, quiero verte con tu vestido nuevo y con los zapatos rojos de tacón de aguja que te regalé.

—Ya te dije que no puedo. Esto es algo muy serio. Me comprometí hace meses. Los niños vienen con su maestra desde Puebla. Son parte del grupo de ballet de la Secretaría de Educación del estado. Vienen a ver una obra de teatro, y después van a recibir mi clase, aquí en el estudio.

—Estás tomando la vida demasiado en serio. No me gusta que te pongas tan seria, mamacita. Me gustas más cuando estás empinada.

—Ya que estamos hablando en serio, tengo que decirte algo.

—¿Algo muy serio, mamacita? —preguntó el otro, de buen humor.

—A mi socio lo están siguiendo.

—¿Cuál socio? ¿De qué carajos me estás hablando? —preguntó la voz, con tono grave.

—No te había dicho, pero tengo un socio.

—¡Eres un pendejo! —gritó la voz, colérica esta vez—. ¡Un pendejo de mierda!

—¡Ay, mi amor!

—¡Qué amor ni que la chingada, pinche puto de mierda!

—Mejor no te hubiera dicho nada. Si quieres nos vemos mañana y cancelo la clase de ballet.

—¡Eres un pendejo! ¿Quién es tu socio?

—Es de confianza, mi amor. No te preocupes, es el novio de mi hermana.

—¡A mí me vale madres quién se esté cogiendo a tu hermana! ¡Te dije que nadie más tenía que vender!

—Ya lo sé... pero es que...

—¡Te lo dije bien claro!

—Ya sé, mi amor. Fue mi culpa...

—¿Qué hace tu socio? ¿Dónde vive?

El bailarín, nerviosamente, se disculpó de nuevo con el enfurecido hombre al otro lado de la línea y le dio los datos de Álvaro.

—Búscale otro novio a tu hermana —dijo la voz ronca—. Le voy a dar piso a ese hijo de la chingada. Los muertos ya no dan lata.

Los ojos de Constitución adquirieron una expresión de astucia. Tenía que ganarle la carrera al hombre de la voz ronca, del que sólo sabía que le decían "Moy".

El bailarín, sorprendido por la violenta reacción de su interlocutor, trató de calmarlo y, con voz nerviosa, le dijo:

—Déjame resolverlo, Moy. Estoy seguro de que no es tan grave. Yo me encargo.

—¡Pinche puto de mierda! ¿No te das cuenta? Me van a matar si se jode este negocio. Mis jefes son unos hijos de la chingada. Te lo dije antes: el negocio es secreto, entre gente de confianza.

—Álvaro es de confianza, y vende mucho, por eso me asocié con él —dijo el bailarín con voz nerviosa, pero con un tono que demostraba cierta seguridad—. Y además, querido Moy, ¿qué sucede si le das piso, como tú dices, y te metes después en un problema con la policía? ¿Quién me surte a mí de material?

—¡No seas pendejo, Chema! —gritó el otro, enfurecido—. Aparte de puto eres pendejo… ¡La policía está en nuestra nómina!

—No me gusta que me digas puto. Soy bailarín.

—¡Eres un pendejo y un pinche puto de mierda! ¡Y si esto se complica, también te doy piso!

Ante la amenaza y el peligro inminente, el bailarín, con voz nerviosa, preguntó angustiado:

—¿Y quién se vestirá de mujer para ti, querido Moy? ¿Quién dejará que le chupen el culo?

La voz, colérica, gritó desde el otro lado de la línea:

—¡Yo puedo comprar todos los bailarines que quiera!

—No todos los bailarines son como yo: hay algunos que son muy machos, y no creo que les guste chuparte las pelotas.

—Pero putos sobran en el mundo, y con dinero baila el puto.

—¡Eres una mierda!

—¡Y tú eres un puto de mierda! ¡Además de maricón, eres pendejo!

—¡Chinga tu madre!

—¡Le voy a volar la tapa de los sesos! Le voy a dar piso al amante de tu hermana, y si sigues así, te parto la madre a ti también —dijo el otro, colérico, y colgó.

Agitado, aunque con mucha tranquilidad porque tenía prisa y no quería cometer errores, Constitución regresó los cables telefónicos a su lugar, guardó el caimán, cerró la caja de registro y abandonó silenciosamente la azotea del edifico.

Mientras caminaba de prisa para calmarse, en medio del gentío que a esas horas de la tarde había en la colonia Doctores, Constitución sintió que el pecho le estallaba por la furia contenida. Necesitaba, cada día más, hacer desparecer de la faz de la tierra a sujetos que, como los que habían asesinado a su padre y habían violado a su madre, no merecían vivir.

—¡Moy, hijo de puta! —dijo en voz alta.

La tarde comenzaba a caer. En el poniente se veían ya algunos resplandores violeta. La noche se apoderaría pronto de la gran ciudad.

Desde su celular llamó a Wenceslao para que pasara por él y lo llevara esa misma noche a la casa de Alvarito. Tenía prisa, pero debía esperar a su amigo, así que se metió a la cantina en la que habían quedado de verse, y aprovechó para tomarse dos tragos de whisky en la barra, mientras veía las noticias por televisión.

5

—¿Qué tal te fue? —le preguntó Wenceslao a Constitución al sentarse a su lado en la barra.

—Alvarito es un pendejo —dijo Constitución mientras dejaba sobre el mostrador dos billetes arrugados de cincuenta pesos—. Vámonos.

—¿Qué pasó?

—Te cuento en el camino. Vámonos.

Los dos se pusieron de pie al mismo tiempo.

—¿Dónde te estacionaste?

—Estoy aquí enfrente. Le dejé las llaves al franelero.

Ambos subieron al taxi, luego de que Constitución le diera un billete de veinte pesos al cuidador.

—Alvarito es una mierda —dijo Constitución, molesto, dejándose caer pesadamente en el asiento de atrás—. El hijo de puta está metido en la venta de mota y de perico.

—¿Cómo supiste?

—El estudio de danza es una tiendita —dijo Constitución. Y con tono meditativo agregó—: Lo que me extraña es que no me di cuenta cuando estuvimos vigilando el lugar y tomando fotos.

—Vimos entrar y salir a bailarinas y bailarines —dijo Wenceslao, mirando hacia el frente porque el tráfico se estaba complicando.

—Claro que como siempre llevan sus maletines para la ropa y las zapatillas —dijo Constitución, todavía meditativo, mirando hacia la calle desde una de las ventanillas del taxi—, podían salir después con toda calma, luego de haber ensayado...

—Y de haber comprado —lo interrumpió Wenceslao.

—No pensaba que los bailarines, con sus cuerpos atléticos y sus dietas especiales, consumieran drogas.

—Me imagino que la mayoría no bebe alcohol, para conservarse ágiles y atléticos. Y supongo que cuando quieren alterar sus sentidos, utilizan otros estimulantes.

—Tienes razón —dijo Constitución—. Es sólo que no me lo hubiera imaginado.

De pronto el tráfico comenzó a hacerse más lento. En sentido contrario venía una manifestación de hombres y mujeres de todas las edades, vestidos humildemente, caminando hacia el Zócalo.

Muchos llevaban carteles alusivos a la supuesta privatización de Pemex, de la que hacía muy poco habían hablado públicamente algunos funcionarios del gobierno de Calderón, y a la que el grupo se oponía.

La marcha, encabezada por un hombre alto, de ojos saltones, se movía lentamente. Con la ayuda de un altavoz, el hombre de los ojos saltones decía, sin dejar de caminar:

—El futuro de Pemex está en juego, compañeros, y nosotros, el pueblo trabajador, debemos impedir a toda costa que Calderón, la burguesía, los imperialistas de Estados Unidos y sus perros falderos del PAN y del PRI se salgan con la suya.

Algunos manifestantes se veían cansados. Caminaban arrastrando los pies, con los rostros morenos surcados de arrugas y la mirada puesta en el infinito, haciendo cuentas, tal vez, de las carencias de toda una vida.

—Ellos —continuó el hombre de los ojos saltones, sin dejar de caminar al frente del grupo— han transformado a México en un infierno para los trabajadores y los campesinos a pesar de las inmensas riquezas que tiene nuestro país. Los burgueses, representados por los gobiernos del PAN y del PRI, han trasformando a millones de mexicanos en pobres. Ellos son los que han llevado a la ruina a Pemex, y ahora quieren sepultarlo definitivamente, entregándolo a intereses privados y extranjeros.

Muchos hombres y mujeres parecían no escuchar ya al hombre de los ojos saltones, pero seguían marchando decididos, lentamente, con los rostros y los cuerpos sudorosos, bebiendo agua de cantimploras improvisadas con envases de refresco, movidos tal vez por el convencimiento de que el pueblo unido tiene más poder que las personas aisladas.

El grupo compacto de hombres y mujeres humildes, con sus ropas desteñidas y sus cartelones alusivos a Pemex, seguía caminando lentamente, recortándose contra la luz dorada del atardecer.

No había granaderos en los alrededores, ni policías atendiendo el flujo del tránsito vehicular. Los hombres y las mujeres caminaban tranquilos, con rostros extenuados pero confiados. Las farolas del alumbrado público se encendieron de pronto. La noche cayó a plomo, y Constitución apremió a Wenceslao.

—¿No hay forma de rodear esto?

—No.

—¡Pinche Calderón de mierda! —dijo Constitución.

—No debemos permitirlo —seguía diciendo el hombre de los ojos saltones desde su altavoz—, y aunque la fatiga trate de vencernos, no debemos descansar hasta evitar que Calderón y Mouriño se salgan con la suya.

—Pobres —dijo Wenceslao—. Seguramente van a dormir en el Zócalo, con sus petates y sus cobijas, sin agua ni baños ni facilidades.

—Así es—musitó Constitución, sin apenas mover los labios, viendo hacia el compacto grupo de hombres y mujeres humildes.

—Pobres —reiteró Wenceslao.

—Ellos, que nada tienen —dijo Constitución con un tono de voz desprovisto de inflexiones, como tratando de tomar distancia—, están dispuestos a dar la batalla por todos nosotros, que tenemos más que ellos.

—Así es —susurró Wenceslao, inmóvil y sin saber qué más decir.

—Me vas a dejar en la unidad habitacional —dijo Constitución, para cambiar el tema—, y te vas a tu casa. Ya es suficiente para ti.

—Te puedo esperar, si quieres. No me importa. Y además apago el taxímetro. El tiempo extra va por mi cuenta.

—No, gracias. No hace falta. Voy a confrontar a Álvaro en su propia casa, y además le voy a decir en su cara que es un pendejo y una mierda, y después tomo un pesero en la lateral del Periférico.

—¿Seguro?

—Seguro. Te llevas mi maleta y mis cosas.

—¿Lo vas a madrear?

—Si se pone bravo, no me va a quedar otro remedio.

—Ten cuidado. Tú mismo me dijiste que está muy grandote.

—Sí, mamá —dijo Constitución, con tono burlón.

6

BAJO EL MANTO DE LA NOCHE, Constitución entró sin ningún disfraz a la unidad habitacional y caminó plácidamente
por las áreas verdes y las zonas peatonales, rodeando los gi-
gantescos edificios de ladrillo rojo.

Tocó ligeramente con una mano su funda sobaquera y se
sintió bien. No sabía cómo iba a enfrentar a Álvaro, así que
pensó que lo mejor era no planear. Vería cómo se desarro-
llaban las cosas y actuaría en consecuencia.

El edificio de Álvaro estaba al fondo.

Ya casi no había nadie afuera. Algunos vecinos habían
bajado de sus autos y se encaminaban, tras un largo día de
trabajo, a sus departamentos. Un grupito de jóvenes jugaba
futbol entre gritos y aspavientos, alrededor de de una farola.
Nadie se percató del hombre grandote, de hombros cargados
y manos inmensas, que caminaba tranquilamente rumbo a
uno de los edificios.

Las farolas amarillas del alumbrado exterior bañaban todo
con una extraña capa dorada, difusa y opaca.

Constitución había realizado una búsqueda en Google y sabía que el jefe de Álvaro, el hombrecito moreno, delgado y bajito, con el pelo pintado de rubio, bien vestido, con trajes hechos

a la medida, corbatas brillantes, y de constante mal humor, se llamaba Leopoldo... El ratero licenciado Leopoldo Esquivel, pensó Constitución con desprecio, mientras caminaba.

Volvió a palpar ligeramente con una mano su funda sobaquera y sonrió en forma socarrona al decidir cómo iba a enfrentar a Álvaro.

Al llegar a la puerta del departamento se plantó firme, con las piernas ligeramente abiertas bien apoyadas en el piso.

Tocó el timbre tres veces y esperó.

—¿Quién? —preguntó una voz desde el interior.

—¿El señor Álvaro Cruz? Me mandó el licenciado Esquivel. Es algo muy urgente.

Álvaro abrió la puerta y lo primero que vio fue un puño enorme que fue a estrellarse contra uno de sus ojos. Rodó por el suelo, sin proferir un solo grito, y Constitución entró en el departamento rápidamente, cerrando la puerta tras de sí con una patada.

Álvaro, atontado por el golpe, trató de sentarse en el piso, pero sintió una patada en el estómago que le sacó el aire y lo hizo rodar de nuevo por el suelo.

Constitución se agachó y lo levantó por las axilas para ponerlo de pie, pero Alvarito seguía atontado, así que lo aventó sobre un sillón de la sala, a donde fue a caer, desmadejado.

—¿Qué quiere? —musitó el chofer, con miedo—. ¿Quién es usted?

Constitución le propinó otro golpazo en la boca que salpicó sangre por todos lados. Después arrastró una silla del comedor hasta la sala y se sentó a caballo, con las grandes manos sobre el borde del respaldo.

Álvarito tenía un labio partido y no podía abrir un ojo. En la camisa, las manchas de sangre le llegaban hasta la cintura.

—¿Quién lo mandó? No fue el licenciado...

—Te andan buscando y te van a matar.

—¿Quién es usted? —volvió a preguntar Álvaro, moviendo con dificultad los labios.

—Te van a matar —volvió a decir Constitución, sentado a caballo sobre la silla.

—¿A mí? ¿Por qué?

—Tú sabrás...

—No le hago mal a nadie.

—Te van a matar. Ya te chingaste.

—¿Usted vino a matarme?

—No seas pendejo. Vine a avisarte.

—¿Quién es usted? —volvió a preguntar Alvarito.

—Considérame un amigo.

—¡Puta madre! —dijo el chofer, inmóvil, pálido— ¡Pinches amigos!

—A ver, cabrón —le dijo Constitución, sentado a caballo sobre la silla del comedor—, piénsale tantito: ¿qué hiciste, o qué haces para poner tu vida en peligro?

—Nada... —musitó el otro, sin apenas mover los labios—. Soy un hombre honrado y trabajador.

—¿Y crees que por eso te van a matar?

—No sé...

—¡No te hagas pendejo! —le gritó Constitución, mientras se ponía de pie y lo amenazaba levantando un puño en el aire.

El otro se encogió en el sillón y levantó amabas manos para cubrirse la cabeza.

—No te hagas pendejo —volvió a decir Constitución, montándose de nuevo en la silla—. ¿Qué es lo que haces? ¿Por qué te quieren matar?

—¿Es usted policía?

—Ya te dije que soy un amigo.

—No sé —dijo Alvarito, moviendo con dificultad los labios, y se quedó callado, como si estuviera meditando. Segundos después dijo, lentamente, midiendo sus palabras—. Quizá porque vendo marihuana... y cocaína también.

—¡Ya salió el peine! —dijo Constitución poniéndose de pie— No veo que seas tan honrado —y fue a la cocina, donde cogió un trapo y lo mojó en la llave del fregadero—. Toma —le dijo al volver a la salita—. Límpiate.

Alvarito tomó el trapo, se limpió la cara con gran esmero, retirándolo de vez en cuando para inspeccionarlo con su único ojo sano, y lo aventó después sobre la mesita de centro. El trapo húmedo, manchado de sangre, hizo un ruido seco al caer sobre el cristal de la mesita.

Constitución comenzó a dar grandes zancadas por la salita del minúsculo departamento, que era tan pequeño que con dos trancos estaba en el comedor y con otros dos pasos estaba ya en la cocina.

—¿A quién le vendes?

—Trabajo como chofer de un político muy encumbrado.

—Eso ya lo sé.

—Entonces sí es policía.

—Ya te dije que no.

—¿Y cómo sabe usted del licenciado Esquivel?

—Eso no te importa.

Alvarito se quedó callado, viendo fijamente a Constitución, pero en realidad no lo estaba observando; parecía haberse escapado hacia el interior de su alma, como si estuviera reflexionando sobre el problema en que estaba.

—¿A quién le vendes? —volvió a preguntar Constitución, sin dejar de caminar por el pequeño departamento—. ¿A quién le compras?

—Tengo un socio —dijo Alvarito, saliendo de su mutismo.

Constitución detuvo sus pasos y se le quedó viendo.

—¿Quién es tu socio?

—No es policía ¿verdad? —preguntó Alvarito, viendo a Constitución y luego hacia la mesita donde estaba el trapo húmedo, manchado de sangre.

—¡Cómo jodes! —gritó Constitución, aparentando estar molesto, para que el otro comenzara a hablar—. ¡Ya te dije que no!

—Es un bailarín que tiene un estudio de danza y que vende ahí, entre sus alumnos y sus alumnas.

—¿Cómo lo conociste?

—Soy novio de su hermana.

—¿Y a ella, cómo la conociste?

—Usted sabe que soy chofer.

—Ya sé; ¿cómo la conociste?

—Me cansé de ser un chofer de mierda, porque eso es lo que somos los choferes: sirvientes de cuarta que sabemos manejar un auto, así que me inscribí en una academia de inglés, para mejorar y subir en la escala social.

—¿Ahí la conociste?

—Sí.

—¿Y aprendiste inglés? —preguntó Constitución, divertido, aunque sin dejárselo notar.

—Soy de cabeza muy dura.

—¿No aprendiste?

—No. Duré seis meses y no pude. Pero no hizo falta.

—¿Por qué?

—Yo le había dicho a Alondra, cuando empezamos a salir, que quería aprender inglés para superarme y ganar más dinero, y ella le platicó a su hermano, y su hermano quiso conocerme.

—¿Así nomás?

—Al principio todo fue normal, Chema se comportó…

—¿Chema? —preguntó Constitución, haciéndose el ignorante.

—José María, el bailarín, el hermano de Alondra. Le dicen Chema. El caso es que al principio se comportó como si fuera su papá, me preguntó mis intenciones y que cuánto ganaba y esas pendejadas.

—¿Y qué le dijiste?

—Que era chofer y que estaba estudiando inglés para superarme. Y a los pocos días volvió a peguntarme más cosas y quiso saber quién era mi patrón. Cuando le dije, se interesó mucho.

—¿Le dijiste que trabajas para un político?

—Sí, por eso se interesó.

—¿Y qué te dijo?

—Yo sabía que Chema era homosexual porque me lo había dicho Alondra y porque además se nota, es muy afeminado. El caso es que Chema me dijo ese día que su novio era un narco. Cuando me lo dijo, me quedé de a cuatro.

—¿Por qué te dijo eso?

—Quería que vendiera aquí, en la unidad, porque nadie se metería con el chofer de un político. Me propuso poner una tiendita en mi casa.

—¿Y que le dijiste?

—Que no, que aquí todo el mundo me respeta, que todos me ven para arriba por mis conexiones políticas.

—¿Conexiones políticas? —dijo Constitución—. Si no eres más que un simple chofer; me lo acabas de decir.

—Sí, pero aquí creen que soy guardaespaldas, y yo los dejo creer.

—¿Y qué te dijo?

—Que sondeara entonces entre los choferes de los otros jefazos.

—¿Y qué le dijiste?

—Que lo iba a pensar… pero me asusté un chingo.

—¿Le dijiste que te habías asustado?

—No. Hice como si eso fuera normal.

—¿Y luego?

—Alondra me dijo después, esa noche, cuando estábamos solos, que era muy fácil, que no había peligro, y que podía ganar un chingo de lana.

—Así que los hermanos querían expandir su negocio...

—Supongo —dijo Alvarito, y se acarició después el labio partido.

—Y finalmente le entraste ¿verdad?

—Qué remedio... cuando uno es pobre.

—Ni tanto —dijo Constitución, molesto—. Tienes un Mustang.

—Lo compré hace poco, con dinero del negocio.

—¿Y a quién le vendes?

Alvarito comenzó a decirle, moviendo con dificultad los labios hinchados, y viéndolo con su único ojo sano, que vendía entre los choferes de algunos políticos, que eran sus conocidos porque coincidían en actos oficiales de sus patrones y tenían a veces que esperar durante horas, en estacionamientos y explanadas, mientras los jefazos arreglaban el país, vendía mucha marihuana y bastantes gramos de coca.

—Así que los choferes de nuestros políticos son motos y pericos.

—No sé si la droga la consumen ellos, o sus jefes, o los hijos de sus jefes. No sé quién les haga los encargos. Yo no pregunto, pero las ventas van para arriba.

—¿Tú consumes?

—No soy pendejo. Yo la vendo, pero no la toco. Ni que estuviera loco.

—¿Y ganas bien?

—Tengo mi Mustang...

—Aparte de eso.

—¿Quién lo mandó a usted aquí, a mi casa? ¿Por qué pregunta tanto? ¿Quiere dinero? Le puedo pagar bien, si me dice quién quiere matarme.

Al escuchar el ofrecimiento, Constitución sintió que una corriente eléctrica se apoderaba de todo su cuerpo y, furioso, como un energúmeno, se abalanzó contra el chofer, lo levantó en volandas, lo aventó contra una pared y comenzó a estrellarle el cráneo contra el muro.

—¡Métete tu dinero por el culo, hijo de puta!

Después lo dejó caer.

Alvarito, casi desmayado, cayó al piso y se quedó inmóvil.

—¡Levántate, cabrón, o te agarro a patadas!

El chofer, desesperado, hizo el intento de levantarse. Comenzó a gatear lentamente y se apoyó después en la mesita donde estaba el trapo húmedo, manchado de sangre.

—¡Levántate, cabrón! —volvió a gritarle Constitución, y luego lo ayudó a ponerse de pie y lo aventó de nuevo contra el sillón.

El otro cayó enroscado sobre sí mismo, tapándose el rostro con ambas manos para protegerse de posibles golpes.

Constitución comenzó a pasearse otra vez por el departamento y le dijo con un tono de voz que denotaba cólera:

—Te lo vuelvo a repetir, hijo de puta: ¡métete tu dinero por el culo!

—Disculpe usted… no se ofenda —dijo Alvarito, bajando las manos y viendo a Constitución con el único ojo sano que tenía.

—¿Te has puesto a pensar en el daño que le haces a los jóvenes y a los niños?

El otro no dijo nada. Sólo se le quedó viendo, con gesto compungido.

—¿A cuántos jóvenes envenenas cada día? ¿A cuántos conviertes en drogadictos? —preguntó Constitución, dando grandes zancadas por la salita del departamento y luego se detuvo a mirar un mueble alto, de donde tomó una botella de Hennessy vsop y se la mostró—. ¿Acaso te vale madres la vida de esos muchachos, y la cambias por esta mierda de coñac?

—Usted no sabe lo que es nacer pobre —gimoteó el otro—. Mi primer trabajo, a los siete años, fue de bolero, en un mercado.

—¿Y eso a mí qué chingaos me importa? —dijo Constitución, molesto, mientras dejaba la botella en su lugar—. Yo fui mandadero cuando murió mi padre, y no ando pavoneándome por ahí, con fajos de dinero mal habido.

El otro se quedó callado, viendo a Constitución con su único ojo.

—Tú eres producto de un capitalismo salvaje y depredador —dijo Constitución deteniendo sus pasos, y señalándolo con el dedo índice—. Crees que un Mustang te pone por encima de los demás, y en realidad no eres más que un pobre diablo, pero aquí el problema es que tus acciones, las pendejadas que haces para olvidar que fuiste bolero, repercuten en las vidas de otros.

Alvarito seguía callado, viendo a Constitución y acariciándose con sumo cuidado el labio partido.

—Y ahora tus pendejadas no sólo repercuten en los demás. Ya te voltearon la tortilla y te van a matar, por mierda y por pendejo. Por no pensar en los demás.

Alvarito comenzó a gimotear, apesadumbrado, y a revolverse en el sillón con movimientos compungidos, y luego preguntó en voz alta, viendo a Constitución:

—¿Qué hago?

—Irte de aquí.

—No tengo a dónde ir… —dijo, y trató de levantarse, pero no tuvo fuerzas y se dejó caer sobre el sillón—. Y además no es cierto lo que usted dice. El perico, la mota y las tachas…

—¿También vendes tachas?

—Vendo todo lo que me da Chema. La coca y las tachas ayudan a los chavos a sentir la música en el alma cuando van a bailar a sus raves, como ellos dicen.

—¿Y en cuánto vendes esa mierda?

—Un gramo de coca lo vendo en 300 pesos y de ahí salen 15 líneas… y además los chavos están dejando de tomar alcohol.

—Ahora resulta que los estás ayudando a que no beban.

—Es la verdad, ya no están tomando. Y no me diga que los padres de esos chavos no son drogadictos… casi todos consumen pastillas para dormir, y al despertarse en la mañana, se toman otras para estar alertas, y toman también pastillas para los dolores de espalda. Esas medicinas están en todos los botiquines de las familias, y las combinan con alcohol, pero como todo es legal, nadie dice nada. Yo le aseguro que es más sano una tacha que dos o tres cubas, y además los chavos no hacen pendejadas después de fumar un poco de mota, sólo se ríen y la pasan bien, no como sus padres, que se quieren agarrar a chingadazos cuando se emborrachan, o que de plano les da por golpear a sus mujeres. Así que no estoy haciendo el mal, como usted dice. Gano mi buena lana, pero no le jodo la vida a nadie.

Constitución se quedó callado, profundamente sorprendido al ver que ese hombre creía realmente que estaba haciendo el bien.

Alvarito aprovechó el silencio de Constitución y pensó que era el momento de volver a ofrecerle dinero.

—No se ofenda —dijo Álvaro con precaución— ni vaya a golpearme otra vez, pero le repito: le puedo dar una buena lana si me dice quién quiere matarme.

Constitución se aproximó lentamente al sillón y se agachó para ver a Alvarito directamente a la cara.

El chofer echó el cuerpo para atrás lo más que pudo, y se cubrió el rostro con las manos.

Constitución, con una voz exquisitamente educada, dijo:

—Ya te dije que tu dinero me vale madres. Quiero que me veas como a un amigo. Tú podrás decir todo lo que quieras acerca de las bondades de la mierda que vendes, pero eso a mí no me convence.

—Es la verdad —dijo el otro, bajando las manos al comprobar que el hombre grandote no iba a golpearlo de nuevo.

—Si quieres que te ayude no vuelvas a ofrecerme dinero —dijo Constitución, incorporándose—. Tienes que pensar en mí como un amigo.

—Algo tiene que querer...

—Quiero que me digas quién mató a tu mujer —dijo Constitución con voz firme.

Alvaro, sorprendido, le dirigió una rápida mirada mientras trataba de ponerse de pie.

Constitución lo empujó de nuevo contra el sillón.

—¿Quién es usted? —volvió a preguntar Álvaro con voz lastimera.

—Un amigo, ya te dije...

—¿Qué quiere? —preguntó compungido.

—Quiero que me digas todo lo que sabes sobre la muerte de tu esposa.

—No sé nada —dijo Álvaro con fingida inocencia, pero su rostro, blanco como el papel, dejaba ver que se sentía atrapado y sin salida.

—Te lo repito: la única manera de que yo te ayude, es que me digas todo lo que sabes.

Alvarito se quedó callado, sumido de nuevo en sus pensamientos.

—¿Viste los periódicos ayer, o la televisión? —le preguntó Constitución con un tono de voz que pretendía ser amable.

—No sé de qué me está hablando —dijo Alvarito, saliendo de su mutismo.

—Miembros de la Armada de México incineraron en Salina Cruz seis toneladas de cocaína.

—No vi. No supe.

—Era el cargamento que encontraron hace dos semanas en un submarino que detuvieron frente a las costas de Oaxaca. Venían cuatro tripulantes, todos colombianos, cuidando la droga.

—¡Puta madre! ¿Usan submarinos?

—Son muy cabrones —dijo Constitución, buscando asustarlo—, y son, además, muy hijos de la chingada.

—No vi.

—La droga tenía un valor de ochocientos millones de pesos, y en Estados Unidos casi cien millones de dólares, y con ese cargamento se podrían haber elaborado veinte millones de dosis.

—¡Puta madre!

—Entonces, si ves el panorama general, debes darte cuenta de que no eres nadie. Te dan piso y no sucede nada. El comercio sigue adelante. Otros venderán lo que tú vendes y ya. Para ellos no hay pedo: te pueden cortar la cabeza, y arrojarla en el Periférico desde un auto en marcha, y echar después tu cuerpo en un canal de Xochimilco.

—¿Quién es usted? ¡Dígame, por favor!

—Claro que habría que ver si en verdad lo hicieron… o si quemaron paquetes de leche en polvo ante la prensa, y se chingaron la coca para mandarla después al otro lado. Ellos tienen todos los contactos y conocen…

—¿Quién es usted? ¿Qué quiere? —lo interrumpió Alvarito de nuevo, con tono quejumbroso—. ¡Dígame, por favor!

Constitución, muy serio y viéndolo directamente a los ojos, le dijo:

—Te van a matar, ya te lo dije, y después al bailarín.

—¿Y qué puedo hacer?

—Decirme la verdad sobre el asesinato de tu esposa.

—Si la policía no sabe nada, menos yo, que soy la víctima.

—¡No te hagas pendejo! —le gritó Constitución, molesto de nuevo, y se paró frente al chofer.

El otro, sintiéndose terriblemente solo y desamparado, comenzó a sacudir la cabeza en un reiterado movimiento de negación.

—No sé nada… ya le dije.

Constitución le plantó una sonora cachetada y le dijo, colérico:

—¡Te van a matar! Ya te lo dije. Soy tu única salvación.

—¿Es usted policía? —preguntó Alvarito, con voz dolorida.

—No seas pendejo. Soy tu única salida.

—Si no es policía, ¿por qué sabe tanto? ¿Qué sabe de la muerte de mi mujer?

—Vi las fotos de la escena del crimen. Las fotos que tomó un agente de la policía.

—Entonces sí es policía.

—¡Ya te dije que no, carajo! ¡No insistas! Vi las fotos del cadáver de tu mujer. Tirada en el piso, en medio de un charco de sangre.

—¿Quién me quiere matar? ¿Mi suegra contrató un matón en Acapulco?

—¿Qué tiene que ver tu suegra?

—Es una mujer muy cabrona… muy hija de la chingada. Se gana la vida leyendo las cartas y sabe un chingo de magia negra. Vive en Acapulco, pero nació en un pueblo llamado Tepecoacuilco, que en náhuatl quiere decir Cerro de las Culebras Pintadas. Y ella es una verdadera víbora. Y me odia. Nunca quiso que me casara con su hija. Me decía que yo era un fracasado, que era un pobre diablo, que no tenía un centavo partido por la mitad, y luego, cuando empecé a ganar bien trabajando para el licenciado, tampoco me quiso, porque decía que todos los políticos son rateros.

—Tiene razón tu suegra.

—Para callarle la boca empecé el negocio con Chema y comencé a mandarle regalos caros, y nunca los aceptó. Le mandé tres refrigeradores nuevecitos, y me los devolvió la hija de la chingada, y nunca vino a visitarnos, a pesar de que le mandé los boletos de avión. Sólo permitía que su hija viajara a Acapulco, pero sin mí, la hija de la chingada. Y mi mujer tampoco me tenía ningún respeto. Iba y venía a Acapulco, sin avisarme, y yo, de pendejo, pagando todo, y tratando de ganarme a la bruja de mierda.

—¿Sabes quién mató a tu mujer?

El ojo sano de Alvarito adquirió de pronto un destello de esperanza.

—¿Me va a ayudar? —le preguntó.

Constitución, con un tono exasperado, pero pensando que ya lo había ablandado, le dijo:

—Ya te dije… si me cuentas todo te salvo la vida, te quito del camino de esos matones de mierda.

Alvarito, con voz fría, sin asomo de cordialidad o de arrepentimiento, empezó a contarle:

—Esa noche discutimos fuerte, y ella comenzó a amenazarme con un cuchillo de cocina. Fue en defensa propia.

—¿Una mujer cuyo cadáver tiene tres tiros en la espalda? —gruñó Constitución, furioso—. ¿Amenazándote? ¿Crees que soy pendejo? ¿Eso le dijiste a la policía?

—No. Les dije que yo no estaba en la casa. Que encontré a mi mujer muerta cuando llegué.

—Si no te han detenido es porque te creyeron. ¿Tenías una buena coartada? ¿Por qué discutieron?

—Cuando llegué esa noche estaba cansado y harto de la vida, el licenciado me había estado cagando una buena parte del día: que si esto, que si aquello, que si te equivocaste, que si te dije que hicieras esto, que si ya fuiste a la escuela por los niños, que si llegaste tarde, que si el coche no está bien lavado, que si eres un pendejo y un huevón, que si te pago mucho y tú no respondes a mi confianza, que si esto, que si lo otro… Llegué a mi casa hasta la madre, y mi mujer se me abalanzó y me dijo, muy contenta: "¡Viejo, viejo, estoy embarazada!". La muy pendeja no supo nunca, porque nunca se lo dije, que antes de conocerla y de casarme con ella, me había hecho la vasectomía. Es una estupidez traer niños a este mundo de mierda, pero nunca se lo dije, porque ella sí quería tener hijos, así que pensé que podía hacerme pendejo unos años, y decirle, como le dije tantas veces, que si Dios no nos mandaba hijos, él tendría sus razones, pero la muy puta, con tantos viajes a Acapulco, debe de haber encontrado un macho por allá y pensó echarme la responsabilidad… Así que esa noche le dije la verdad. Se puso furiosa, fue a la cocina, sacó un cuchillo y me amenazó con matarme.

—No te creo nada.

—Usted vio las fotos, ella acabó tirada, muerta, pero con un cuchillo de cocina en la mano derecha.

—Se lo pudiste haber puesto tú.

—La policía piensa que ella trató de defenderse del intruso que al final la mató, y además abrí los cajones de la cómoda y tiré todo al suelo, como si se hubiera tratado de un robo que salió mal, y rompí un vidrio de la ventana y les dije que se habían llevado veinte mil pesos en efectivo que tenía guardados dentro de un cajón. Antes de hablarles, retiré toda la droga que tenía en la casa. La enterré aquí abajo, en una bolsa de plástico, bajo unos arbustos.

—¿Te sientes muy chingón? ¿No te sientes mal?

—Para nada. Pinche puta… me puso los cuernos.

—En la autopsia... ¿se supo que estaba embarazada?

—No estaba embarazada. Pregunté, y me dijeron que no. La pendeja seguramente se confundió con sus reglas, pero eso me comprobó que en Acapulco tenía un cabrón. Pinche puta de mierda.

—¿Nadie oyó los disparos? ¿Algún vecino declaró a la policía?

—Nadie... ya tiré la pistola. Tenía un silenciador.

—No es fácil conseguir una pistola, y mucho menos un silenciador...

—Me la vendió un capitán retirado, padre de uno de los choferes. La compré por consejo de Chema, para cuidar el negocio.

—Los viajes de tu mujer te convenían, te permitían estar con tu novia.

—Eso sí.

—¿Y tu coartada?

—Al poco rato del problema, antes de saber qué iba a hacer, y antes de hablar con la policía...

—¿Cuál problema?

—De que tuve que matarla... Me habló el licenciado y me dijo que era necesario que, si su esposa me preguntaba, yo dijera que desde la mañana de ese día habíamos ido juntos a Cuernavaca y que allá habíamos pasado todo el día, en su casa de campo, porque el licenciado está tratando de comprar unos terrenos para construir un hotelito, pero la verdad es que el licenciado se pasó toda la tarde aquí en la ciudad con su amante, en un hotel de paso, porque su jefe salió de viaje.

—¿No que te había estado cagando todo el día?

—Parte del día, durante la mañana. Después el pendejo se fue a encerrar en el hotel con su amante y me dejó libre, y yo me fui a ver a Alondra, pero nos peleamos, así que llegué encabronado a la casa.

—Y la policía te creyó lo del viaje.

—Cuando le preguntaron al licenciado dijo que sí, que habíamos ido a Cuernavaca, pero después se enojó otra vez conmigo y me preguntó, cuando estuvimos solos, si yo la había matado, y le dije que no, que yo había pasado también parte del día con mi novia.

—Así que mientras él cogía con su amante, tú mataste a tu esposa y le hiciste pensar que estabas con tu novia.

—Así mero.

—¿Y el personal de la casa de campo?

—No es casa de campo. Así le dice él, pero es una cabañita a orillas de la carretera vieja, y nadie vive ahí. Cuando vamos, vamos siempre por la carretera vieja, así que no hay boletos de casetas ni nada para comprobar.

—Te salió bien.

—La verdad, sí.

—Pero ya te chingaste. Te van a matar.

—¡Puta madre! ¿Qué hago?

Tras la confesión de Alvarito, Constitución pensó informar a las autoridades de su falsa coartada y entregarlo a la policía.

—Te voy a entregar a la policía…

El otro, asombrado, lo miró un segundo con su único ojo bueno y después volvió la vista hacia la mesita de centro, donde estaba el trapo húmedo manchado de sangre, y sin voltear a verlo, dijo con voz sorprendida:

—Ese no fue el trato.

—¡Te voy a salvar la vida, cabrón! —gruñó Constitución, colérico.

—Ese no fue el trato —insistió Alvarito, viéndolo con su único ojo.

—Las autoridades no te van a matar. Te van a juzgar. No por vender mota y coca y tachas; de eso no se van a enterar, a menos de que tú se los digas. Te van a juzgar por el asesinato de una pobre mujer inocente —le dijo Constitución, tratando de refrenar su furia.

—Ese no fue el trato —insistió el chofer.

—¿Qué hiciste con el cadáver?

—El Servicio Médico Forense me lo entregó al otro día, después de la autopsia.

—¿Y?

—Uno de los doctores del Semefo me recomendó un crematorio y la llevé ahí.

—¿En tu carro?

—No —dijo el otro, sorprendido de que este policía grandote, con manos de oso, no supiera las reglas—. El servicio crematorio tiene vehículos autorizados para transportar cadáveres.

—¿Y luego?

—Me tuve que esperar ahí, en una salita, al lado del horno crematorio, como tres horas, hasta que un empleado me entregó una urna.

—Con las cenizas —dijo Constitución. Su rostro mostraba una frialdad extrema.

—Sí —dijo el chofer meditativamente.

—¿Y luego? —volvió a preguntar Contitución, con tono grave.

—Ahí estuvo el pedo: tuve que ir a Acapulco con la urna y enfrentar a mi suegra, y yo creo que me echó mal de ojo, la hija de la chingada, o me hizo alguna magia negra, la cabrona.

—¿Por qué dices eso? —preguntó Constitución, con voz sorprendida.

—¿Cómo por qué? —gruñó el chofer, exasperado—. Nadie sabía nada de esto... ni siquiera la policía, y de pronto aparece usted y me madrea y me hace decirle la verdad. Ya me chingué.

—Ya te lo dije: las autoridades te van a juzgar por el asesinato de una pobre mujer inocente, pero tendrás un abogado defensor, y todo se hará en el marco de la ley.

Desde que había visto las fotos que le mostró Ulises, hacía ya más de diez días, y sin decirle nada a nadie, sin cobrar un solo centavo, había decidido investigar el caso para vengar la muerte de la hermana de Alicia.

Alvarito, temiendo recibir otra golpiza, pero desesperado y sintiéndose perdido, trató de zafarse del predicamento y le dijo al hombre de las manos grandotas:

—No tiene pruebas… será su palabra contra la mía y contra la del licenciado. Él volverá a testificar lo mismo; además, el licenciado es un hombre muy poderoso en el gobierno, y si queda en evidencia se vengará de usted en cuanto tenga una oportunidad.

—Tu licenciado de mierda me vale madres.

—Ese no fue el pacto.

—Yo no hago pactos con asesinos… y menos con gente que trabaja para El Moy, que es un verdadero hijo de la chingada.

—¿El Moy? —preguntó Alvarito, con tono compungido—. No lo conozco. Yo trabajo con Chema. Lo único que hago es vender lo que él me entrega. No sé nada más, y no conozco a nadie más.

—El Moy es un hijo de la chingada… y hace apenas un par de horas juró que te iba a matar, así que te estoy salvando la vida.

—Ayúdeme, pues — le suplicó Alvarito de nuevo, paralizado y muerto de terror—. Ya le dije todo lo que sé.

Constitución se le quedó viendo pensativo, mientras el otro se retorcía en el sillón muerto de miedo, y recordó entonces a su padre y a su madre; y la injusta situación que sufrieron… Pensó en los ojos de su madre, llenos de terror, y en sus propios dolores de adolescente por aquel suceso maldito.

Pensó también en Alicia, envilecida por ese trabajo de mesera-puta, y en él, en Constitución, haciéndose deliberadamente el desentendido, tratando de mantenerse alejado de ella, que tanto lo necesitaba porque estaba sola en este mundo, como él también lo estaba...

En silencio recordó que su obligación, un deber autoimpuesto, pero válido porque era lo que regía su vida, era hacer desparecer de la faz de la tierra a los seres que, como los que asesinaron a su padre y violaron a su madre, no merecían vivir.

A pesar de saber que ese hombre había matado a la hermana de Alicia, y a pesar de saber también que enfrentarse al narcotráfico era firmar su sentencia de muerte, y de haberse prometido a sí mismo miles de veces que nunca se metería en asuntos de droga, decidió finalmente ayudar al chofer, cuyo terror le recordaba el terror de su madre.

—Te voy a ayudar, cabrón —le dijo Constitución, serio, sintiendo más miedo que el chofer, porque sabía a lo que se enfrentaría—. Pero tienes que hacer exactamente lo que yo te diga. Por lo pronto tengo que sacarte de aquí, y además tienes que dejar tu trabajo. Vas a usar tus ahorros para sobrevivir.

—¿Y por qué?

—¿Eres pendejo? ¿No te das cuenta del pedo en el que estás metido? Ayer, según datos de la policía, una funcionaria municipal de Michoacán fue levantada, un agente federal acribillado, un militar y un judicial asesinados, y se registró el intento de asesinato de un subdirector operativo. En Tijuana un hombre fue decapitado y otro torturado, y hubo además 19 homicidios en diferentes estados. Y para rematar, ayer fueron localizados los cuerpos de dos empresarios del municipio de Poza Rica, que habían sido secuestrados hace una semana.

—¿Alicia mi cuñada sabe algo de esto? Supongo que usted conoce a Alicia.

—No la conozco —dijo Constitución, con una voz desprovista de inflexiones, y volvió a dudar sobre si debía mezclarse en asuntos de droga, mientras sentía que una poderosa mano de hierro le atenazaba las entrañas. Sabía que los que se involucran en ese mundo terminan muertos. Que tarde o temprano, todos mueren.

—¿Y entonces por qué me está siguiendo? ¿Quién es usted? ¿Usted venía en el taxi?

Constitución decidió mostrar sus cartas, acercó el rostro al de Álvaro y le dijo, lentamente, mirándolo a los ojos:

—Si me ayudas, te ayudo. Y sí, sí conozco a Alicia. Es mi compañera.

—Ella nunca me dijo nada de tener un novio; ella toma con cualquier hombre que la invita…

—¡No es mi novia… es mi compañera! —le gritó Constitución enfurecido, salpicándole el rostro con saliva, y luego se incorporó—. ¡Eres un pendejo de mierda!

—Está bien, está bien. Disculpe. ¿Qué quiere que haga?

—Fíjate bien lo que te voy a decir —dijo Constitución, serio.

—Sí, sí… lo que usted diga.

—Ni una palabra de esto a Alicia. Y además, te vas a ir a vivir a un hotel del centro. Aquí te chingan.

—¿Y mis cosas?

—¿Qué cosas?

—Mi ropa… mi Mustang.

—Haces una maleta, y ahorita mismo te vas.

—¡Puta madre!

—¿Prefieres tener tu Mustang y acabar muerto?

—¡Puta madre! ¿Qué le digo al licenciado? Él me ayudó a conseguir este departamento.

—No te quejes, cabrón. Mataste a tu mujer y nadie sabe, y además, te les vas a escapar a esos hijos de la chingada.

—¡Puta madre!

—¡Ya cállate! Haz tu maleta.

—¡Puta madre!

—No seas llorón.

—¡Puta madre!

—¡Ya cállate, cabrón! Y no le vas a decir nada a tu jefe. Simplemente vas a desaparecer.

—¿Y mi trabajo?

—Tu trabajo se jodió, y si quieres seguir vivo tienes que ponerte muy listo o te chingan. Así que de vez en cuando tendrás que cambiar de hotel.

—¡Puta madre! Tengo que avisarle a Chema.

—Si vuelves a ver a Chema o a hablarle, te localizan y te dan piso. Y a Chema también, y a su hermana. Así que olvídate de tu novia.

—¡Puta madre!

—Si quieres vivir, te tienes que esconder.

—¿Para qué? ¿Qué caso tiene vivir así, cagado de miedo?

—Te escondes, yo te digo dónde, y luego te digo cuándo puedes ayudarme.

—¿A qué?

—A partirle la madre al Moy, para que puedas vivir tranquilo, y para que el mundo quede más limpio.

—¡Puta madre! ¿Y mi Mustang?

—Aquí se queda. Le pones la lona, si quieres, pero aquí se queda.

—¡Puta madre!

—¡Ya cállate, cabrón! Haz tu maleta y vámonos.

—¡Puta madre!

—¿Tienes celular?

—Sí.

—¿Cuál es el número?

El otro se lo dijo, y luego le preguntó:

—¿No lo va a apuntar?

—Tengo muy buena memoria. No te apures.

7

ESA NOCHE CONSTITUCIÓN INSTALÓ a Álvaro en un hotel del centro bajo un nombre falso, con instrucciones precisas de no revelar su verdadero nombre, y lo obligó a leer en voz alta, cuando estaban dentro del cuarto, una noticia aparecida en los diarios de la tarde, para que el chofer entendiera por fin que estaba metido en un lío gordo.

—"Ejecutan a un general y a sus escoltas en Cancún" —comenzó a leer Álvaro torpemente, con miedo, sentado en la cama, sintiéndose un imbécil, con los labios hinchados y un ojo cerrado.

Constitución comenzó a pasearse por la habitación.

—Sigue leyendo —le dijo—. ¿Dónde está fechada la nota?

El otro continuó leyendo, con voz temblorosa.

—En Cancún, Quintana Roo —dijo, y luego se aclaró la garganta—. "Un general en retiro fue hallado muerto, con huellas de tortura, junto con su asistente, un teniente coronel, y su chofer, un sargento, en un paraje cerca de la carretera libre a Mérida. El asesinato del militar ocurrió a menos de 24 horas de haber sido designado asesor de Seguridad Pública del municipio y a 20 días de su llegada a este centro vacacional. La Procuraduría de Justicia estatal informó que los tres cuerpos fueron hallados en la madrugada de hoy, cerca del poblado Cristóbal Colón. La dependencia atribuyó las ejecuciones al narcotráfico".

—Son unos hijos de la chingada —dijo Constitución, deteniendo sus pasos y mirándolo de frente—. Fíjate con qué facilidad pueden matar a un general y a sus escoltas.

Alvarito siguió leyendo, con terror en la voz:

—"Las víctimas estaban atadas de manos, con huellas de tortura. El procurador de justicia del estado dijo que el general fue el más agredido por sus captores. Tenía quemaduras en la piel y rotos los huesos de las manos, los dedos y las muñecas. La Secretaría de Seguridad Pública del estado se declaró en alerta máxima y reforzó la vigilancia en todas sus instalaciones.

"Hoy, durante toda la mañana, helicópteros de la Secretaría de la Defensa Nacional sobrevolaron la ciudad y la zona hotelera.

"El alcalde de Cancún confirmó que el general trabajaba como asesor externo en materia de seguridad pública de este municipio. Con la ejecución del general en retiro suman ya dos los militares de alto rango asesinados en Cancún que prestaban sus servicios al ayuntamiento. En 2006 fue asesinado otro general que investigaba las rutas que usan los cárteles para el trasiego de cocaína. Los nombres de las víctimas no fueron revelados de momento por las autoridades para no entorpecer las investigaciones".

Álvaro, con el rostro todavía hinchado, puso el diario en la cama con ademanes lentos, conteniendo su miedo.

—¡Hijos de la chingada! —dijo en voz alta, tratando de darse ánimos, pero con mucha cautela, para no desatar la ira del hombre de las manos de oso—. Yo sólo quería juntar un poco de dinero para que mi pinche vieja de mierda me respetara.

—Desde hoy nadie debe saber tu verdadero nombre, acuérdate que te llamas Baldomero... Baldomero Palomino... no se te olvide.

—¡Pinche nombre de mierda! —dijo Alvarito con sorna, tratando de no demostrar el terror que sentía.

—No te quejes, cabrón. El tipo ya se murió, lo mataron a balazos durante un decomiso de droga, pero era uno de los mejores instructores de tiro en la Academia de Policía.

—Entonces usted sí es policía.

—Fui, pero ya no. Está todo podrido allá adentro. Corren ríos de mierda por los pasillos. Hay mafias como La Hermandad y Los Granalocos, que durante más de tres décadas han manejado el poder en los gobiernos del Distrito Federal por ser dos grupos de policías muy cabrones, que fijan las reglas a partir de abusos y corrupción.

—¡Puta madre! —dijo Alvarito—. ¿Qué puedo hacer?

—Quedarte tranquilo. No salir mucho de este cuarto, comer en alguna fonda cercana, y no hablar con nadie.

—Pero ¿qué voy a hacer?

—Nada… esperar a que yo me comunique contigo. Si te preguntan algo, diles que eres un vendedor de filtros de agua de una marca que quiere abrir rutas en el centro histórico de la ciudad.

—¡Puta madre! Estoy jodido.

—Estás metido en un pedo muy apestoso… pero si te mantienes callado, no te van a encontrar.

—A usted lo van a chingar también, por tratar de ayudarme.

—¡Conmigo no pueden! —gruñó Constitución, furioso—. ¡Tengo mucha calle! Así que pueden ir a chingar a su madre, bola de putos.

—¿Por qué quiere ayudarme?

—Por Alicia, ya te dije; pero si le dices algo a ella, entonces yo mismo te parto la madre.

—¿Otra vez? —preguntó Alvarito con una sonrisa lastimosa, tratando de hacer una broma.

Constitución se le quedó viendo en silencio, fijamente, sintiendo envidia, porque Alvarito estaba en una situación mucho mejor que la suya.

El chofer pensó que el hombre de las manotas se había molestado por la broma, y le dijo:

—No se crea. Era una broma. Le agradezco mucho su ayuda.

Constitución continuó viéndolo, pensativo, sin decir nada.

—¿Está usted molesto?

—No, no... —dijo Constitución con tono distraído—. Estaba pensando en la manera de evitar que te encuentren —mintió, porque en realidad estaba pensando que Alvarito tenía alguien que lo defendiera, pero él, Constitución, no tenía a nadie, y sintió miedo, un enorme desasosiego por primera vez en muchos años, pero no quería demostrarlo; por eso le dijo—: No te preocupes de nada, yo me encargo de que no te chinguen esos hijos de puta.

—Gracias —dijo Alvarito. Y añadió al cabo de un momento—: En verdad se lo agradezco.

—Si te habla tu jefe a tu celular —le dijo Constitución—, no le contestes la llamada. ¿Entendido?

—Sí —dijo el chofer, y sacó de la bolsa de su pantalón un pañuelo manchado de sangre, para volver a sonarse la nariz.

—Lávate la cara y relájate —le dijo Constitución, sintiendo pena por la golpiza que le había dado.

—No se apure... ya estoy bien.

—¿Seguro?

—Sí. Seguro.

—Bueno, pues. Trata de dormir un poco. No hables con nadie. Yo me comunico contigo mañana o pasado mañana.

Al despedirse, estaba convencido de que defendería a Alvarito, pero se dio cuenta de que podía utilizarlo también como carnada, si era necesario, para atraer al Moy.

Tras haber dejado al chofer instalado en su cuarto de hotel, bajo la promesa de que no saldría de ahí, y de que no contestaría el teléfono a nadie más, Constitución se fue a tomar a una cantina de la colonia San Rafael que le gustaba frecuentar porque no había ruido y los parroquianos, casi todos hombres solos y taciturnos, no se metían con nadie y cada quien era visitado, en silencio, por sus propios demonios.

Constitución, que había comenzado a sentir aprensión por el mundo al que estaba a punto de entrar, quería poner orden en sus pensamientos y en sus sensaciones. Sabía perfectamente bien que los que se involucran en ese mundo terminan muertos. Que tarde o temprano, todos mueren.

Al salir del hotel, mientras caminaba por las calles del centro de la ciudad, se había sentido mal, abrumado por presentimientos incómodos. Un creciente desasosiego había comenzado a morderle las entrañas, haciéndolo experimentar aprensión y desconfianza.

Al recorrer las solitarias calles de la ciudad a esas horas de la noche, comenzó a mirar en todas direcciones, buscando posibles enemigos que quisieran hacerle daño, mientras tocaba su funda sobaquera.

Al sentarse en uno de los altos bancos de la barra de la cantina pidió su acostumbrado vasito de whisky con un vaso de agua al lado, y se quedó viendo la televisión, donde un locutor estaba diciendo, con voz grave:

"Esta noche, hace apenas unos minutos, acribillaron a un comandante ministerial y a dos policías en Sinaloa. El ataque ocurrió en la zona alteña del municipio de Cosalá. Dos agentes más resultaron heridos.

"Reportes preliminares indican que los agentes realizaban un recorrido durante la noche cuando fueron sorprendidos por los desconocidos. Otros dos policías que también iban en la patrulla resultaron lesionados y fueron trasladados a un hospital de Culiacán.

"Agentes de corporaciones estatales y federales, apoyados por efectivos del Ejército mexicano, realizaron un operativo en la zona, en busca de los agresores, sin resultados hasta el momento.

"Las autoridades dijeron que los agresores son seguramente sicarios de alguno de los cárteles locales del narcotráfico".

Constitución sintió que un escalofrío le recorría la espalda, se tomó su trago de un jalón y pidió enseguida otro whisky. Desde siempre se había prometido no entrar nunca al mundo del narcotráfico y ahora ya estaba en el umbral… y todo por Alicia.

En la pantalla de la televisión, tras unos comerciales de automóviles de lujo, el locutor siguió leyendo las noticias del día:

"Aquí en la capital, hallaron el cadáver de una mujer en un hotel del centro. La mujer, de unos 40 años, presentaba contusiones provocadas por golpes. El cadáver fue hallado esta mañana en la habitación de un hotel ubicado en el cruce de las avenidas José María Izazaga e Isabel la Católica.

"Según reportes de la Secretaría de Seguridad Pública del Distrito Federal, huéspedes del hotel se percataron de que en la habitación 67, cuya puerta se encontraba abierta, había una mujer desnuda y aparentemente muerta, así que avisaron a las autoridades.

"Policías preventivos llegaron al lugar y confirmaron que se trataba del cuerpo sin vida de una mujer de unos 40 años de edad, quien presentaba múltiples contusiones provocadas por golpes.

"Las autoridades revelaron que en un armario de la habitación había una maleta con dos paquetes grandes de cocaína, de diez kilos cada uno.

"Agentes de los Servicios Periciales realizaron el levantamiento del cuerpo, que fue trasladado al Servicio Médico Forense, mientras que el Ministerio Público de la Fiscalía Desconcentrada en Cuauhtémoc inició las averiguaciones previas por el delito de homicidio y delitos contra la salud. Hasta el momento se desconoce la identidad de la mujer, y tampoco se sabe por qué el atacante, o los atacantes, dejaron los dos paquetes de droga".

Cuando el canal hizo un corte y comenzó a transmitir otro comercial, Constitución le dijo al cantinero:

—Los noticieros de televisión están peor que la revista *Alarma*.

El cantinero se limitó a preguntarle:

—¿Quiere otro trago?

—No —dijo Constitución, y dejó un par de billetes en la barra antes de ponerse de pie y dar media vuelta para salir del local.

En la calle se dio cuenta de que el whisky no sólo no lo había calmado, como él deseaba, sino que había acicateado las sensaciones de recelo.

Pensó irse a su casa a dormir, pero decidió entrar de nuevo a la cantina y pedir un whisky doble, esperando que ahora sí surtiera efecto.

Regresó a la barra y el cantinero le dijo, en plan de broma:

—Años de no verlo, mi estimado. ¿Qué le sirvo?

—Un whisky doble.

Y así estuvo varias horas: acodado en la barra, bebiendo en silencio, sin escuchar ni ver la televisión, sin percatarse del paso del tiempo, y con una creciente sensación de sobresalto.

De pronto se sintió mareado y con ganas de volver el estómago, así que, con lengua estropajosa, pidió la cuenta, pagó y salió deprisa a la calle.

Recargado con las dos manos en la pared de un callejón, el cuerpo inclinado y la cabeza muy cerca del muro, comenzó a vomitar mientras leía con una atención que le pareció increíble, dadas las circunstancias, un letrero pintado a mano que decía: ¡Margarito le partió la madre a Cotto!

Qué ironía, pensó, mientras las arcadas de su estómago lo forzaban a vaciar las entrañas, aquí estoy, casi muerto de borracho y de miedo, leyendo algo que no tiene importancia... no para mí, en todo caso, y lo estoy leyendo con toda la atención de que soy capaz.

En ese momento, un individuo zarrapastroso, calvo y gordinflón, con empastes de oro en los dientes, le tocó el hombro suavemente y le dijo con afecto casi paternal:

—Usted lo que necesita es un trago fuerte, mi amigo, porque si no nunca va a parar y se vaciará por completo... acabará vomitando hasta las tripas.

Constitución, sin dejar de recargarse en la pared, volteó a verlo por encima del hombro y le preguntó:

—¿Qué dice?

—Que necesita parar el vómito con algo fuerte —dijo el desconocido, y le tendió una botella de refresco llena de un líquido transparente—. Beba un poco de esto.

Constitución se incorporó, entre dos arcadas, y tomó la botella.

—¿Qué es? —le preguntó al hombre mientras su estómago seguía intentado echar todo fuera.

—Usted beba... no se apure.

Constitución le dio un trago y enseguida escupió casi todo el líquido.

—¡Hijo de puta! —dijo furioso—. Esto es gasolina...

—¡Claro que no! —dijo molesto el desconocido, y le arrebató la botella—. Mire —agregó, y le dio un trago largo.

—¿Qué es? —volvió a preguntar Constitución, sintiéndose mejor porque no había logrado escupir todo y algo le había caído al estómago.

—Alcohol de farmacia, que no es industrial y no hace daño, pero que levanta el ánimo… y además es muy barato.

—Déjeme darle otro trago —dijo Constitución y estiró su mano para tomar la botella que el hombre le ofreció con una amplia sonrisa, mostrando, en todo su esplendor, sus empastes de oro en los dientes.

Constitución recargó la espalda en la pared, le dio dos tragos largos a la botella, y enseguida se sintió mejor.

—Gracias, doctor —dijo agradecido, en plan de broma—. ¿Cuánto le debo?

El hombre calvo y gordinflón, que estaba borracho y vestía un gran abrigo verde con lamparones de grasa, no entendió la broma, y le dijo, muy serio:

—No soy doctor. Fui boxeador. Y ahora soy un borracho.

—Yo solía boxear, cuando era más joven —le dijo Constitución al tiempo que le regresaba la botella y se erguía un poco más, dejando el soporte de la pared, para sentirse mejor moralmente.

—¿Boxeador profesional? No tiene la nariz apachurrada ni orejas de coliflor.

—No, no: amateur. Los Guantes de Oro.

—En la Coliseo.

—Sí.

—¿Los ganó?

—No. Me robaron la última pelea. Fue por puntos y me la robaron.

—¿Se amargó?

—Al principio.

—¿Y ahora?

—Ya no. Ya no me acuerdo de eso.

—Yo creo que sí se acuerda… mire dónde vino a vomitar: enfrente de este letrero pintarrajeado en la pared que habla de box.

—Supongo que fue por casualidad.

—No mi amigo, no hay casualidades en la vida: todo tiene un propósito, nada es fortuito.

—¿Es usted boxeador o filósofo?

—Fui boxeador, y la vida me ha enseñado muchas cosas, pero no soy filósofo. Soy un simple borracho.

—¿Quiere que le invite un trago?

—No necesito que nadie me invite nada —dijo, molesto, el desconocido, y se guardó la botella dentro de una de las grandes bolsas de su abrigo verde—. No tengo nada en la vida, ni casa ni amigos, sólo este perro hambriento y esquelético que me sigue a todas partes… pero yo puedo mantener mi vicio. No quiero su lástima.

—No es lástima —dijo Constitución, notando por primera vez al perro junto a los pies de su amo—. Su brebaje me hizo sentir mejor, y me entraron ganas de comprar una botella de whisky para compartirla con usted.

—Nunca jamás diré que no a un buen trago… aquí a la vuelta hay un toca fuerte.

Los dos caminaron hasta doblar la esquina, hablando de box, con el perro negro siguiéndolos mansamente.

Con la botella nueva de whisky, los dos se sentaron en la acera del callejón a conversar y a beber tranquilamente.

La mugrienta acera estaba llena de basura, desperdicios y escupitajos, pero no les importó, porque de tan borrachos no lo notaron, y el perro se echó a dormir acurrucado entre los dos.

—¿Qué edad tenía usted? —preguntó el viejo, sacando un trozo de pan de uno de los bolsillos de su abrigo—. ¿Quiere?

—No, gracias. ¿Cuándo?

—Lo que me dijo, lo de los Guantes de Oro.

—Fue en 1981; tenía dieciocho años.

El viejo se quedó mirando hacia la negrura de la noche, se metió el trozo de pan en la boca y comenzó a masticar alegremente.

—Yo todavía peleaba en 1981 —dijo con nostalgia, y lanzó un fuerte suspiro. Constitución lo vio apretar los puños—. En ese año Wilfredo Gómez subió de peso para retar al inolvidable Salvador Sánchez, dueño del cinturón de peso pluma del Consejo Mundial de Boxeo.

—Gómez era supergallo ¿verdad? —preguntó Constitución interesado en el tema y feliz, sin asomo de preocupación, bebiendo directamente de la botella.

—Sánchez logró la victoria más grande de un mexicano sobre un puertorriqueño en la historia del boxeo —dijo el viejo, feliz también, sentado en la acera, junto a su perro—. Páseme la botella.

Constitución le dio un trago a la botella y luego se la dio al viejo.

—No estoy tan seguro de eso —le dijo al desconocido, con tono meditativo.

—¿De qué? —preguntó el viejo, y le dio un trago largo a la botella.

—De lo que dijo de Sal Sánchez.

—Fue la victoria más importante de un mexicano sobre un boricua.

—¿Y la de Margarito contra Cotto?

—Entonces no está usted tan borracho, amigo; todavía se acuerda del letrero que leyó.

—Me acuerdo de la pelea… le rompió la madre.

—Los boricuas siempre nos han tenido celos. Nosotros somos mejores boxeadores, gramo por gramo.

Pasaron la noche bebiendo y hablando del Ratón Macías, el Púas, Kid Azteca, Finito López, Miguel Canto, Lupe Pintor, la Chiquita González, Vicente Saldívar, Pipino Cuevas, el

Alacrán Torres, el Maromero Páez, Julio César Chávez... "y tantos otros ídolos del boxeo mexicano", según decía el viejo entre trago y trago.

Cuando se les acabó la botella, se pusieron de pie, tratando de mantenerse erguidos y fueron los dos, dando traspiés, a comprar otra botella, con el perro negro bostezando y caminando despacio detrás de ellos.

Después caminaron de regreso, se sentaron de nuevo en el mismo lugar y siguieron bebiendo toda la noche, sin descanso.

De pronto el viejo miró a Constitución con ojos desprovistos de toda expresión y le preguntó:

—¿Quién es usted? ¿Qué quiere?

—Estábamos hablando de boxeadores —dijo Constitución, arrastrando las palabras, con sabor a centavo en la boca, y sorprendido por la inesperada amnesia del viejo.

No habían dormido en toda la noche. Las primeras luces del amanecer los sorprendieron sentados en la acera. Los edificios de oficinas comenzaban a recortarse nítidamente contra la claridad del cielo.

Prometía ser una mañana templada y luminosa. Algunos peatones comenzaban a deambular por ahí.

El viejo, enloquecido quizás por tanto alcohol de buena calidad, se le quedó viendo a Constitución con la furia pintada en su rostro descolorido.

—¡Está usted equivocado! ¡No voy a vender esta pelea! —gritó el viejo, colérico—. Vámonos, Nerón —y palmeó a su perro mientras se ponía de pie con grandes dificultades.

Constitución lo ayudó y ambos se pusieron de pie al mismo tiempo.

El viejo, más calmado y con rostro impasible, le dijo a Constitución:

—Ustedes los empresarios son todos iguales; no voy a dejarme caer ni en el segundo ni el tercero ni en ningún momento —y se dio media vuelta, muy ufano, para comenzar a andar con grandes dificultades, seguido de su inseparable perro negro de pelambre grasiento e hirsuto.

Constitución, que no había dormido y no había comido nada en toda la noche, se quedó ahí, de pie, sorprendido, viendo al viejo del abrigo verde caminar con mucha dificultad, y de pronto lo asaltó de nuevo el pánico.

Miró hacia todos lados, se palpó con cuidado la funda sobaquera y se sintió más seguro, pero se prometió no volver a emborracharse de esa manera, en la calle, con un desconocido, corriendo el riesgo de que ya lo hubieran señalado como alguien que estaba protegiendo a un desdichado que había sido condenado a muerte por las garras malditas del narcotráfico.

Se pasó una mano por la cabeza, tratando de peinarse y de lograr un aspecto menos demolido, y se prometió no beber más en todo el día, pero al ver la segunda botella vacía tirada en la acera se sobresaltó ante el peligro de una inminente y desagradable resaca, así que prefirió encaminarse de nuevo hacia la tiendita clandestina para comprar otra botella.

Con la botella envuelta en una bolsa de papel de estraza, Constitución le hizo la parada a un taxi y le dio al chofer la dirección de su departamento-despacho.

Mientras circulaban por la avenida Cuauhtémoc, el chofer lo miró con desconfianza por el espejo retrovisor. Constitución sacó la botella de la bolsa de papel y la destapó para darle un trago larguísimo.

—Si me dejo, me alcanza… —le dijo Constitución, tratando de sonreír para ganarse la confianza del chofer.

—No se apure, mi estimado… por su aspecto veo que la balacera estuvo muy dura.

Constitución no dijo nada y el chofer, para llenar el silencio, encendió el radio.

Una locutora, con voz muy fina, estaba diciendo:

"Anoche se encontraron en Celaya dos cabezas que estaban dentro de dos hieleras: una en el estacionamiento de la Subprocuraduría de Justicia, y la otra en las instalaciones de la Unidad Mixta de Atención a Víctimas del Narcotráfico. En ambos casos se dejaron mensajes firmados por Los Zetas en contra de las autoridades.

"En las últimas horas se reportaron 34 asesinatos por acciones del narcotráfico, 22 en Chihuahua y el resto en otros seis estados del país.

"Al mismo tiempo, el gobierno del presidente Calderón aseguró que la batalla contra el narcotráfico y el crimen organizado se está ganando".

—Joven —dijo Constitución, sintiendo pánico de nuevo—, ¿puede usted apagar el radio, o cambiar la estación?

Al llegar a su departamento-despacho, lo primero que hizo fue ir al baño a orinar larga y ruidosamente. A pesar de sus frecuentes borracheras, procuraba no hacerlo en la calle, aunque estuviera en algún callejón oscuro. Prefería aguantarse las ganas. Le parecía que hacerlo era descender a niveles deshonrosos y humillantes.

Luego de subirse el zíper de la bragueta, sintiendo un enorme placer por haber vaciado el cuerpo, se revisó el rostro en el espejo del botiquín, sacando la lengua como si estuviera ante un médico.

Del botiquín tomó una cucharita para café, que tenía guardada ahí especialmente para eso, y comenzó a rasparse la lengua. Cuando bebía mucho se le formaba una capa blanca encima de la lengua que le producía mal aliento, como el que estuvo oliendo toda la noche en boca del hombre zarrapastroso del abrigo verde.

Luego de rasparse la lengua, se lavó los dientes largamente, se bañó, se rasuró y se cambió de ropa, dándole siempre traguitos a su botella, sólo traguitos, para no emborracharse. Finalmente dejó la botella encima de su escritorio y salió a desayunarse unos chilaquiles.

En la esquina compró un periódico y comenzó a leerlo cuando se sentó en una mesa del rincón de la fonda.

—¿Quiere el café en taza o en un jarrito de barro? —le preguntó la dueña del lugar.

La dueña, gorda y risueña, peinada con una trenza negra y con su gran panza siempre cubierta por un delantal blanco, les hacía la pregunta sólo a sus clientes de más confianza. Café en una taza significaba eso: café en una taza, pero "en un jarrito de barro" significaba que ella vaciaba ahí una cerveza, en forma discreta, evitando que hiciera mucha espuma, para que las autoridades y los inspectores no supieran que vendía bebidas alcohólicas en su establecimiento sin el permiso necesario y sin los pagos adicionales a la delegación por ese rubro.

—Buenos días señora. Démelo en un jarrito, por favor —dijo Constitución y comenzó a leer una noticia que lo atemorizó.

Pensó incluso en algún presagio, porque el tema parecía estar siguiéndolo a todas partes.

"Elementos del ejército y la policía federal detuvieron a un individuo que se autodenomina El Pozolero del Teo, quien aceptó haber asesinado y deshecho en ácido (sosa cáustica) a 300 personas durante el año pasado, lo que significa casi una persona por cada día del año.

"Por un trabajo, que calificó 'como cualquier otro', le pagaban 600 dólares semanales, dijo.

"El hombre, de 45 años de edad, originario de Guamúchil, Sinaloa, está en el número 20 de la lista de los más buscados por el FBI de Estados Unidos, de acuerdo con información difundida por autoridades castrenses.

"Los elementos del ejército detuvieron también a otros tres hombres. Los arrestos se realizaron en la carretera escénica Ensenada-Tijuana, cuando los cuatro viajaban en una camioneta Suburban en la que se encontraron cuatro armas largas, entre éstas un fusil Barret calibre 50, dos granadas de mano y 11 cargadores con 159 cartuchos de diversos calibres.

"El Teo a quien se refiere El Pozolero es un narcotraficante de nombre Teodoro García Simental, quien formaba parte del cártel Arellano Félix, pero que desde abril de este año se alió con el cártel de Sinaloa.

"Al ser entrevistado, El Pozolero aceptó haber deshecho por lo menos 300 cuerpos en ácido. Explicó que las víctimas eran deudores o enemigos de Teodoro".

Constitución dejó de leer, atemorizado por las noticias de ese mundo salvaje y cruel al que estaba a punto de entrar por culpa de Alvarito.

Prefirió rectificar y se dijo a sí mismo que lo hacía por Alicia, y ese sentimiento lo confortó. Quizás estaba comenzando a aprender a querer a alguien, y se tomó de un solo trago su "café".

—Tráigame otro café señora, por favor.

—Con mucho gusto.

Luego de dejar casi íntegro su desayuno y de tomarse cinco jarritos de cerveza, Constitución pagó y se fue caminando, con creciente nerviosismo, hasta una plazoleta cercana, donde se sentó, intranquilo, en una banca de hierro para llamar por teléfono desde su celular a un periodista amigo suyo, mientras volteaba a ver hacia todos lados.

Con tono adormilado, una voz dijo al otro lado de la línea:

—Diga…

Constitución, para evitar que se le notara el nerviosismo, dijo en plan de broma, impostando la voz:

—¿Cruzo línea con el famoso periodista Narciso Durán?

—¿Elizondo? —preguntó la voz, todavía amodorrada—. ¿Por qué tan temprano? ¿Pasó algo?

Durán era un periodista duro, de estilo directo en sus notas, que había adquirido la facultad de desentrañar el interminable repertorio de corruptelas y abusos dentro de los cuerpos policiacos de la ciudad de México. Ambos se habían conocido años antes, cuando Constitución era todavía un agente de la policía judicial.

Durante muchos años, Durán había logrado sacarle a Constitución, en encuentros clandestinos, información confidencial que luego había enviado a la cárcel a muchos oficiales y funcionarios corruptos.

Los dos se estimaban y se respetaban. Eran hombres que cumplían su palabra. El nombre de Constitución Elizondo no había aparecido nunca en las notas de Durán.

Ambos se hablaban de tú, pero no por su nombre, sino por su apellido.

—Son las ocho, mi querido Durán; no me digas que te desperté...

—No, no... bueno, sí... pero gracias, tengo que hacer un montón de cosas, así que me viene bien. ¿Qué onda, mi querido Elizondo, para qué soy bueno?

—¿Conoces a un narco de mierda al que le dicen El Moy?

—Así, de momento, no me acuerdo. ¿Leíste mi serie de reportajes?

—No sólo la leí —dijo Constitución, con el orgullo profesional de un investigador dedicado en cuerpo y alma a su profesión—, sino que recorté cada uno de los artículos, los pegué en hojas de papel blanco, subrayé lo más importante y archivé todo bajo el nombre de "Los huevotes de Durán".

—Pues muchas gracias, maestro... —dijo el otro, con un timbre de satisfacción en la voz.

—Te lo mereces, maestro... eso y más.

—¿Y no aparece ahí El Moy que andas buscando?

—No. Pensé que se te podría haber quedado en el tintero.

—La verdad, no me acuerdo —dijo Durán, con tono meditativo.

—Te invito a comer, para platicar —dijo Constitución.

—A comer no puedo. Tengo que estar en el periódico a las tres de la tarde. En la noche viajo a Bogotá. El director me citó para darme las últimas instrucciones. Quiere que siga la ruta del narco y que escriba otra serie de reportajes, pero esta vez desde allá.

—¡Puta madre! Te estás metiendo en camisa de once varas.

—Ya lo sé, cabrón; y no estoy muy contento, pero el director dice que no hay nadie en la redacción que pueda hacer esos reportajes.

—¡Puta madre! —repitió Constitución, nervioso, volteando a ver hacia todos lados.

—Pero una botana tempranera, mi querido Elizondo, a mediodía, sobre todo si la invitas tú, me viene muy bien, y así llego almorzado a la cita.

Constitución miró su reloj. Eran apenas las ocho y diez de la mañana, pero se sintió muy cansado y recordó que había pasado otra noche en vela, emborrachándose, y lo peor de todo… en un callejón oscuro, con un pobre diablo y su perro. Y decidió, una vez más, dejar el trago para siempre.

—¿Donde siempre? —preguntó, tratando mentalmente de apartarse de sus recuerdos, y volteando a ver hacia todos lados, para descubrir si alguien lo estaba siguiendo. Pensó de nuevo que necesitaba dejar el trago. Estaba a punto de sufrir otro ataque de paranoia.

—Sí —contestó su amigo—, ahí en Revolución, y gracias por despertarme, tengo que hacer mi maleta y después tengo que ir al banco… Me voy sólo una semana, pero tengo que hacer un montón de pendejadas en la redacción.

—Perfecto —dijo Constitución—. Nos vemos ahí a las doce —y cerró la tapa de su celular, volteando a ver de nuevo hacia todos lados, para saber si alguien lo estaba siguiendo.

8

CONSTITUCIÓN REGRESÓ a su despacho-departamento para hacer tiempo, y al cerrar la puerta tras de sí volvió a sentirse seguro. Se olvidó por completo de su resolución, sacó el archivo de Durán, colocó los reportajes con gran esmero sobre su escritorio, destapó la botella de whisky, que estaba a la mitad, y se sentó cómodamente en su silla giratoria.

Encendió una lámpara y comenzó a leer, muy despacio, todo lo que había subrayado, para poder captar y retener la mayor información posible, dando traguitos cortos directamente de la botella, sintiéndose otra vez, con cada trago, más inquieto.

Constitución era legendario en su pequeño círculo social por su excelente memoria. Era capaz de leer una noticia y repetirla casi completa, párrafo por párrafo, al día siguiente.

Esta cualidad le ayudaba muchísimo en sus investigaciones, pero lo convertía, a veces, en un hombre obsesivo, cercano a la locura. Cientos de temas y datos rondaban siempre su cabeza.

En el primer reportaje de la serie había subrayado un párrafo que le había parecido una nueva tendencia que quería recordar:

"Ahora los sicarios matan niños, mujeres, ancianos y familias enteras, sin ningún remordimiento y sin respeto al 'código de honor' que, según varios investigadores y sociólogos, había antes entre las bandas".

Al leer estas líneas pensó de pronto en Alicia y en el posible peligro que pudiera correr por estar ligada a Álvaro. Constitución no era, y nunca había sido, un hombre sentimental, pero en ese momento pensó que se estaba poniendo sensiblero, y eso le molestó muchísimo.

Siguió leyendo hasta que se terminó la botella y, titubeante, caminó hasta la cómoda de la recámara, en donde guardaba más botellas para casos de emergencia.

Abrió una, regresó con ella al escritorio, se sentó de nuevo en su lugar, pensativo, y comenzó a releer las partes que había subrayado en los reportajes de Narciso Durán.

Constitución estudiaba con esmero el tema del narcotráfico, pero jamás investigaba casos relacionados porque la avalancha de miles de millones de dólares que genera ese sangriento y despiadado negocio siempre está sustentada por matones y guardaespaldas desalmados y amorales.

No obstante, el tema siempre le había interesado, y cada vez que veía algo afín, lo leía, lo subrayaba y lo archivaba para su uso personal, sin que jamás se le ocurriera investigar a esa gente.

Así que Constitución sabía que los cárteles más violentos eran los de Juárez, el Pacífico y el Golfo, y que seguían enfrascados en una guerra sin precedente en el norte del país en busca de dominar los puntos clave de la frontera para la venta de droga en Estados Unidos y el trasiego de armas hacia México, y que el resultado de esos enfrentamientos eran decenas de miles de muertes cada año.

Y sabía también, por medio de la prensa y los noticieros de radio y televisión, que los que entran en ese mundo terminan muertos. Que tarde o temprano, definitivamente, todos mueren.

De ahí venía su aprensión y desasosiego, porque estaba a punto de entrar a ese mundo, o quizás ya había entrado y alguien estaría siguiéndolo.

No obstante, siguió leyendo lo que había subrayado mientras le daba traguitos cortos a la botella de whisky. Sus enormes manos hacían que los papeles archivados se vieran más pequeños.

Quería llegar a la cita con Durán con los datos frescos en la cabeza, para poder hacerle buenas preguntas.

Al poco rato, con el estómago revuelto por haber bebido tanto whisky a pesar de que se había prometido no hacerlo, se hartó de releer datos que ya conocía en los reportajes de Narciso Durán y en ese momento dio por terminada su labor.

Sintió miedo. Lo que estaba a punto de hacer era un suicidio: buscar, encontrar y matar al Moy, un tipo de cuarta categoría que no aparecía en los reportajes de Durán y que seguramente era un desconocido para los grandes jefes. Pero Constitución estaba atentando contra su propia vida porque la pequeña organización que El Moy pudiera tener para su micromenudeo, contaría también con sus matones y sicarios.

Y todo por ayudar a Alvarito, el mulato de mierda que había asesinado a su mujer en un arranque de celos y que ahora estaba escondido, cagado de miedo.

Pero volvió a caer en la cuenta de que no estaba ayudando al cuñado de Alicia, sino a Alicia. El Moy y sus sicarios ya se habrían dado cuenta de la relación de Álvaro con Alicia, y Alicia corría el mismo peligro que Alvarito.

Vio su reloj. Eran las diez de la mañana. Decidió adelantarse y llegar primero a la cantina, para comer algo en la barra mientras esperaba a Durán.

Los tragos lo estaban haciendo sentir mucho calor, así que se quitó la funda sobaquera, que le estorbaba, y no metió su Colt .38 especial en el bolsillo del pantalón, como hacía casi siempre; esta vez la dejó encima del escritorio, junto a la botella y la serie de reportajes.

Se puso su saco azul de pana y salió desarmado, pensando que después de almorzar con Durán se dedicaría el resto del día a localizar al Moy... no pensaba acercarse a él: sólo quería saber dónde encontrarlo, y cualquier otro día, sin tanto whisky circulando por su sistema, reuniría la sangre fría necesaria para matarlo de una buena vez y terminar por fin con ese enredo.

Ya en la calle, con el fresco de la mañana acariciándole el rostro, le pareció sorprendente que apenas unos minutos antes hubiera pensado, con toda tranquilidad, en matar a alguien que no conocía y a quien ni siquiera había visto, pero recordó que su obligación, de acuerdo con su deber autoimpuesto, era hacer desaparecer de la faz de la tierra a los seres que no merecían vivir.

Se sentía relajado a pesar de que no había dormido la noche anterior, porque sabía que era necesario, que tomara la justicia en sus manos. El gobierno no podía, o no quería hacerlo, y él debía entonces limpiar el país de sabandijas... sin embargo, se estremeció ante la realidad de ese inaplazable y cercano asesinato.

Ya antes había matado. Algunas veces en defensa propia, y otras porque se había prometido eliminar al mayor número de asesinos y policías corruptos que fuera capaz, pero no era un asunto fácil.

Constitución sabía perfectamente bien que los seres humanos tienen voluntad e intelecto, y que con esas dos armas deben trazarse un derrotero en la vida, ya sea para el bien o para el mal. Él podía abstenerse de destruir a un ser humano, pero a la vez conocía la desesperanza que provocan en el pueblo la corrupción y la impunidad de los poderosos, y esas dos posibilidades, la de abstenerse o la de seguir adelante con su secreto plan de limpieza, lo mantenían intranquilo y agitado casi todo el tiempo. Entonces recurría al alcohol para olvidar…

El tránsito hizo que Constitución llegara apenas cinco minutos antes de la hora de la cita, así que no se sentó en la barra: se fue a esperar a Durán en una mesa del fondo, pensando que hubiera sido mejor tomar el Metro y no un taxi.

Su amigo llegó a la cantina muy puntual y muy sonriente, con una maleta de cuero café con rueditas y un portafolios negro con una laptop.

—Es tu mero vicio ¿verdad? —le preguntó Constitución, mientras se ponía de pie para saludar a su amigo, quien dejó todo sobre una silla y le dio un fuerte apretón de manos y luego un abrazo con grandes palmadas en la espalda.

—La verdad, sí —dijo Durán, mientras se sentaba—. Viajar y escribir reportajes es mi vicio. ¿Ya pediste?

—Tu cuba libre de siempre y mi vasito de whisky.

—Perfecto.

Un mesero se acercó en ese momento y puso los tragos en la mesa, junto con dos platos de botana y un canasto lleno de tortillas.

Sin mayores preámbulos, Constitución comenzó a hablar del tema que los había reunido.

—Según tú, hay siete grandes cárteles operando en México —dijo, dándole un trago a su vasito de whisky.

—Según la PGR. No lo digo yo —dijo Narciso Durán, y también le dio un trago a su vaso de ron con Coca-Cola.

—De acuerdo, pero según tus reportajes, hay siete cárteles principales.

Durán sonrió con suficiencia y le dijo con sarcasmo:

—Depende, porque según la Agencia Antinarcóticos de Estados Unidos…

—¿La DEA? —lo interrumpió Constitución.

—Sí… —continuó Durán—, según la DEA hay treinta grandes organizaciones mexicanas a cargo del tráfico de drogas, treinta… pero la verdad es que los pinches gringos se hacen pendejos porque quieren tapar el pedo del enorme contrabando de armas hacia acá, y el creciente número de drogadictos que hay en su país.

—Pero, según tú, hay siete grandes cárteles.

—Según la PGR —reiteró Durán, y comenzó a repetir el monólogo que solía pronunciar, de memoria, cuando lo invitaban a hablar en algunas universidades del país—. El gobierno mexicano ha identificado siete grandes cárteles de la droga que operan en territorio nacional y que se han asociado de una u otra forma a células de colaboradores, que operan con cierta independencia económica en distintos niveles pero que son protegidas en todo momento por estos grupos criminales. De acuerdo con un informe de la Procuraduría General de la República, las bandas de narcotraficantes más poderosas son el cártel de Tijuana, de los hermanos Arellano Félix; el de Colima, de los hermanos Amezcua Contreras; el de Juárez, herencia de Amado Carrillo Fuentes; el de Sinaloa, de Joaquín El Chapo Guzmán; el del Golfo, de Osiel Cárdenas; el del Milenio, de los Valencia, y el de Pedro Díaz Parada, llamado el Cacique Oaxaqueño.

—Espérate —dijo Constitución, levantando sus grandes manos y moviéndolas en el aire como si estuviera empujando una puerta—. Como dijo Jack El Destripador, vámonos por partes…

El otro sonrió y le dio otro trago a su cuba libre.

Estaban en una cantina de la avenida Revolución, casi a la altura de Barranca del Muerto, porque ninguno de los dos quería ser visto con el otro, y en las cantinas del centro había siempre demasiados periodistas y políticos.

No les convenía que se supiera sobre su amistad. Ambos cuidaban sus fuentes y eran conocidos por su gran discreción.

A esas horas de la mañana, la cantina estaba casi desierta. Los dos estaban sentados en una mesa del fondo, donde nadie podía escucharlos.

El mesero se acercaba de vez en cuando para preguntar si querían otra ronda, pero fuera de esa presencia esporádica, nadie estaba cerca de la mesa.

—Dime algo sobre el cártel del Golfo —dijo Constitución, mientras enrollaba una tortilla y probaba el caldo de albóndigas que les habían llevado de botana.

—Lo fundó Juan Nepomuceno Guerra en la década de los cuarenta del siglo pasado. Con el tiempo fue creciendo y logró posicionarse en varias plazas gracias a estrechos vínculos con políticos, en especial de Tamaulipas, y jefes de la policía. Juan García Abrego fue su líder hasta 1996, cuando se desató una lucha por el poder, tras la cual quedó a cargo Osiel Cárdenas Guillén, detenido y puesto en el penal de máxima seguridad Almoloya en marzo de 2003, pero desde allí continuó siendo el jefazo hasta enero del año pasado, cuando fue extraditado a Estados Unidos.

—El pedo es que antes —dijo Constitución, masticando un trozo de tortilla—, en el siglo pasado, como tú dices, éramos un país de tránsito y ahora somos también un país de consumo. Antes no nos importaba el narcotráfico. Incluso algunos políticos y militares opinaban que estaba bien que los gringos se jodieran con su narcodependencia, y que México seguiría ayudando a eso hasta ver caer destrozados a los gringos de mierda.

—Acuérdate que el cártel del Golfo tiene en su nómina a Los Zetas.

—¡Hijos de puta! —dijo Constitución, enrollando otra tortilla—. Y lo más irónico es que su entrenamiento de élite corrió a cargo de la Escuela de las Américas en Estados Unidos.

—Así es —dijo Durán—. ¿Qué tal están las albóndigas?

—No tienen madre... —dijo Constitución, y se llevó una cucharada de caldo a la boca.

—¿Pica mucho la salsa de chipotle?

—No seas miedoso, pinche Durán... pareces gringo.

—Es mi úlcera, cabrón, ya sabes.

—Éntrale, están buenísimas. Luego pides tu helado de vainilla.

El otro sonrió y tomó una tortilla para enrollarla.

—¡Pinches Zetas de mierda! —dijo Constitución—. ¿De qué unidades del ejército desertaron?

—¡Puta madre!, ¡sí pica esta chingadera! —dijo Durán.

—Voy a guardar tu secreto, no te apures: el periodista más valiente de México no sabe comer chile.

—Está muy cabrona esta salsa —dijo Durán, y se tomó su cuba libre de un solo trago.

El mesero, pendiente de su única mesa a esas horas de la mañana, se acercó de inmediato para ver si querían otra ronda de tragos.

—Sí —dijo Durán, y preguntó si había otra cosa de botana.

—Hay chicharrón en salsa verde —dijo el mesero—. Les voy a traer dos platos.

—Y más tortillas —dijo Constitución acabándose su vasito de whisky para que el mesero se lo llevara—. ¿En qué estábamos? —le preguntó a su amigo.

—En que Los Zetas desertaron del Grupo Aeromóvil de Fuerzas Especiales y del Grupo Anfibio de Fuerzas Especiales. Antes de separarse del ejército mexicano fueron entrenados en Estados Unidos para localizar y aprehender narcotraficantes, y recibieron cursos especializados en táctica, plan de misiones, asaltos aéreos y métodos sofisticados de comunicación. También tienen entrenamiento en técnicas militares, tácticas de espionaje, sabotaje, demolición, y manejo de explosivos y armas de fuego.

—¡Hijos de puta! ¿Cuándo fue que desertaron? —preguntó Constitución, sin ver a su amigo, mientras limpiaba su plato con un pedazo de tortilla que luego se llevó a la boca.

—A fines de los noventas del siglo pasado.

—¿Te das cuenta de que suena ridículo hablar del siglo pasado?

—Pues sí, pero ya estamos en el 2008... ya van a ser diez años de este siglo —dijo Durán y se puso un puñito de sal en la lengua.

Constitución sonrió con suficiencia y le preguntó con sarcasmo:

—¿Tan duro estuvo?

—Me hubieras dicho, cabrón; ya ni jodes.

—Te dije, no te hagas güey.

—Bromeaste sobre el helado de vainilla.

—Más claro, ni el agua —dijo Constitución, y sonrió de nuevo con suficiencia—. Y en este siglo, como tú dices, empezó el calvario para México y los mexicanos por los gobiernos ineficientes, rateros, asesinos y mochos del PAN.

—¡Amén! —dijo Durán.

—Nos robaron las elecciones —dijo Constitución de mal humor—, pero van a misa los hijos de la chingada... y seguramente se cogen a sus viejas con la luz apagada.

El mesero llegó con otra ronda de tragos, dos platos humeantes de chicharrón en salsa verde y un canasto lleno de tortillas.

—Como te estaba diciendo —dijo Constitución, luego de que el mesero se había retirado y mientras enrollaba otra tortilla—, éramos un país de tránsito y ahora somos un país de consumo… los chavos mexicanos de hoy hablan con orgullo de las tachas, inhalan perico más seguido y se meten unos churrotes tamaño caguama. Hay chingos de tienditas, y muchos jóvenes al despertar lo primero que hacen es darse un toque para ponerse hasta la madre…

—Son unos atascados —dijo Durán, dándole un trago largo a su cuba.

—Pero no es culpa de ellos. Son los narcos de mierda. Cuando los gringos empezaron a cerrar más la frontera, los ojetes se vieron de pronto con mucho producto entre las manos y lo sacaron a la calle, porque la presión desde Colombia era también muy fuerte.

—A eso voy, maestro. A ver qué tanto poder tienen los ojetes de allá con los ojetes de acá.

—Por favor, mi querido Durán, cuídate mucho; no te vayan a chingar esos hijos de puta.

—El director me está protegiendo. No voy a escribir desde allá; voy a investigar y a tomar notas, pero hasta mi regreso voy a escribir. Vamos a fechar las notas allá, como si yo estuviera allá, pero voy a estar aquí. No quiero que me pongan una corbata colombiana.

—¿Una corbata colombiana?

—Allá les ponen corbata a los periodistas que los delatan, y a los soplones. Les cortan la garganta y les sacan la lengua hacia afuera y hacia abajo, y les queda como corbata.

—¡Puta madre! —dijo Constitución sorprendido.

—La pura neta, maestro; pero el director me está protegiendo.

—Menos mal, pero cuídate, mi querido Durán. Acá se te quiere.

—Gracias, Elizondo —dijo el otro, y levantó su vaso en el aire, para brindar con su amigo.

—¿Serán más cabrones los ojetes de allá? —preguntó Constitución, mientras levantaba en el aire su vasito de whisky para brindar con Durán.

—Eso es lo que voy a tratar de averiguar, pero no creo. Antes tal vez, al principio, cuando los de acá comenzaban y eran apenas mandaderos de los de allá, pero ahora no. Los ojetes de acá, aunque estén tras las rejas, siguen manipulando sus cárteles, dando órdenes para eliminar rivales y dejando en evidencia la falta de capacidad del Estado para desarticular al crimen organizado.

—¡Calderón es una mierda! —gruñó Constitución, molesto—. Le gusta disfrazarse de militar con las chamarras y las gorras verdes, que siempre le quedan grandes al muy pendejo.

—Pero se la va a pelar —dijo Durán, dándole después otro trago largo a su cuba—. Fíjate en el desmadre que hay en el país. Desde finales de 2007, por ejemplo, el estado de Chihuahua es un campo de guerra. Se lo están disputando Vicente Carrillo Fuentes, El Viceroy, quien comanda el cártel de Juárez, y Joaquín El Chapo Guzmán. Todo comenzó por el asesinato de Rodolfo Carrillo Fuentes, El Niño de Oro, hermano de Vicente, ocurrido en Sinaloa en 2004. El asesinato fue atribuido al jefe de pistoleros del Chapo, un ex militar apodado El Bravo.

El mesero se acercó de nuevo para preguntarles si querían otra ronda.

—Sí —dijo Constitución—. Igual, por favor, y más tortillas, y otros dos platos de botana, de lo que haya, pero distinto, para variarle.

—Después del asesinato —continuó Durán, enrollando una tortilla—, Vicente Carrillo decidió cobrarle derecho de piso al Chapo, para que la droga del cártel de Sinaloa pudiera cruzar por Chihuahua hacia Estados Unidos. Y así comenzó la guerra: El Chapo decidió entonces arrebatarle la plaza, específicamente la de Ciudad Juárez, que es de vital importancia en el contrabando de la droga a Estados Unidos, en su mayoría marihuana, por estar tan cerca del llamado Triángulo Dorado, que es la zona de producción de hierba más grande del país, y que es controlado por el cártel de Sinaloa.

—¿Donde se juntan Chihuahua, Durango y Sinaloa? —preguntó Constitución arqueando las cejas.

—Exactamente —dijo Durán con aire de satisfacción, porque supuso que había sorprendido a su amigo con un dato que éste no conocía.

—El Chapo es un cabrón —dijo Constitución, meditativo, y luego le dirigió una rápida mirada a Durán—. ¿Cuánto les habrá pagado al mierda de Fox y a la pendeja de Martita para que lo dejaran escapar?

—Esas cosas nunca se saben, maestro. En México, y tú lo sabes muy bien, igual que lo sabemos todos los mexicanos, los poderosos nunca le rinden cuentas a nadie.

—¡Pinches ojetes! —dijo Constitución.

—¿Te sigo contando?

—Claro… pero dime antes si sabes algo del tal Moy.

—Nada. Estuve revisando mis libretas para ver si podía darte algún dato, y luego mis apuntes en la computadora, y no aparece el cabrón. Debe ser uno de los miles de narcomenudistas que hay en la ciudad. Todos son unos hijos de la chingada y tienen también sus miniguerras para controlar territorios y colonias, pero en general son sardinas… charales, más bien, comparados con los grandes tiburones.

—O sea que es un don nadie.

—Supongo, aunque no estoy seguro. Si tuvieras el nombre sería más fácil, pero de todos modos no te fíes mucho: todos son muy cabrones. Tienen, además, chingos de dinero, armas gringas muy poderosas y una red inmensa de empleados y colaboradores.

—No será entonces tan mierdita... —dijo Constitución, con tono meditativo.

—No sé lo que andas buscando ni qué estás haciendo... y no te lo voy a preguntar, pero cuídate. Y sería mejor si pudieras salirte de ese pedo. No te metas, maestro... no vale le pena.

—¿Y tú?

—Lo mío es distinto. Soy periodista, me debo a mis lectores, al pueblo. Alguien tiene que denunciar a esos hijos de la chingada, sacarlos al balcón. Y además, los grandes tiburones estoy seguro que ni siquiera leen mis reportajes ni saben quién soy; pero las sardinitas, los charalitos de mierda, son muy celosos y no les gusta que nadie meta las narices en sus negocios.

—Gracias, pero sé cuidarme, no te apures... sígueme contando.

—Ya lo sé... bueno, el caso es que a partir de mayo de este año, la guerra entre los grupos antagónicos se salió de control cuando detuvieron a Pedro Sánchez Arras, tercer operador del cártel de Juárez, por debajo del Viceroy y del JL. Desde entones, El JL busca vengarse. Días después de la captura de Sánchez Arras, uno de sus hermanos apareció muerto. Todos esos cabrones se hacen llamar Gente Nueva; son células de sicarios y operadores del cártel de Sinaloa que se han desplegado en Chihuahua por órdenes del Chapo. Son jóvenes de entre 20 y 35 años, unos con facha de cholos, otros con corte de pelo tipo militar, que llegan procedentes de Sonora o de municipios de Sinaloa en vuelos comerciales a Chihuahua y a Ciudad Juárez. La misión de estos sicarios es pelearle la calle, noche y día, al grupo local de La Línea, conformado por operadores y sicarios del cártel de Juárez.

—Tienes razón —dijo Constitución, al tiempo que el mesero les trajo otro par de tragos, más botanas y un cesto con tortillas.

—¿En qué? —preguntó Durán intrigado, y luego le dio un sorbo a su nueva cuba libre.

—En que El Moy ha de ser un charalito de mierda.

—Sí, pero no te fíes; todos son muy hijos de la chingada, y fíjate si no: antes de Gente Nueva, El Chapo había creado el grupo de Los Halcones, que fueron entrenados por Manuel Alejandro Aponte Gómez, El Bravo, del que te estaba contando, que es egresado del Colegio Militar de la generación 1993-1996.

—¡Puta madre! —dijo Constitución, y después le dio un trago a su vasito de whisky—. Los Zetas, El Bravo... puro militar de primera trabajando para el narco y entrenando a sus sicarios.

—Así es maestro, está de la chingada... la gente del Bravo opera en el Triángulo Dorado, en donde tienen sus centros de entrenamiento en ranchos de Sinaloa, Durango y Chihuahua, muy cerca del poblado de Badiraguato, Sinaloa, en donde nació El Chapo. Cada capo tiene sus comandantes en esta guerra. Por el lado del cártel de Juárez está El JL, quien comanda La Línea, que a su vez se apoya en Rodolfo Escajeda, El Ricky, jefe de la banda de Los Escajeda. El cártel de Sinaloa tiene al Paisa, quien se apoya en Mario Mesa, El Mayito. El líder del grupo La Línea es José Luis Ledesma, conocido como El JL, El Dos Letras, La Bestia o El Loco, y es el encargado del cártel de Juárez para cobrar derechos de piso en Chihuahua a otros cárteles por el cruce de droga en el estado. También controla el trasiego de marihuana que llega desde el Triángulo Dorado, y controla el flete de la misma con camiones desde la sierra hasta Ciudad Juárez. Los responsables de las decenas de ejecuciones que hay diariamente en el estado son ambos grupos: Gente Nueva y La Línea.

—¡Puta madre! —reiteró Constitución, y se sintió terriblemente solo ante lo que iba a emprender. Para darse ánimos, dijo—: Si dibujáramos un organigrama, ¿dónde quedaría alguien como El Moy?

—Muy abajo... con toda seguridad en los últimos lugares, pero no te fíes: los de abajo son peores que los de arriba, porque quieren subir en el escalafón, buscan que los jefes se fijen en ellos, son capaces de todo con tal de obtener una sonrisa de alguno de los jefazos.

—El Chapo ha de ser el más hijo de puta de todos esos cabrones.

—No creas... El Chapo ya perdió el poder que tenía antes.

—¿Cómo sabes?

—Ya no es el jefe operativo del cártel del Pacífico. Ahora es más bien un jefe simbólico.

—¿Tienes pruebas?

—Todo el mundo lo sabe.

—¿Todo el mundo?

—Al menos los que estudiamos este fenómeno. Las alianzas creadas por el cártel del Pacífico y las rupturas internas han redefinido la estructura de mando interna en los últimos años, y debido a estos cambios, El Chapo quedó convertido en un jefe simbólico, porque se ha visto obligado a ceder poder ante otros jefes del también llamado cártel de Sinaloa, que son los que ahora controlan la operación diaria del grupo.

—A ver, a ver. ¿Entonces ya no es tan chingón? ¿El amigo de Fox y de Martita ya no es el picudo?

—Según la PGR, El Chapo comparte hoy el liderazgo del cártel, medio a huevo porque no le queda otro remedio, con Ismael El Mayo Zambada, Ignacio El Nacho Coronel, y Juan José Esparragoza, a quien le dicen El Azul.

—Entonces, si lo agarran preso, ¿ya no tiene tanta importancia?

—Sigue siendo una pieza principal en el cártel y su captura es todavía una prioridad, pero ya no tiene el peso y el poder que detentó en el pasado.

—¡Pinche Fox de mierda! Siguen bajando sus bonos, y ahora también los de su socio.

—Todos los cárteles viven necesariamente en perpetua evolución, debido, entre otras cosas, a tantas muertes. Durante los años que El Chapo pasó en prisión tuvo que ser sustituido por otros integrantes de la banda.

—¿No se supone que mandan desde adentro?

—Sí, pero no pueden vigilar todos los operativos, además de que la ruptura con los Beltrán Leyva cambió la composición del grupo. Ahora, el papel del Chapo es muy distinto desde el punto de vista operacional. Sigue siendo una figura simbólica, pero ya no tiene importancia en la operación cotidiana.

—¿Cuál fue el pedo con los Beltrán Leyva?

—Los hermanos Beltrán Leyva, Alfredo, Héctor, Arturo, Mario y Carlos, originarios de Corerepe, Sinaloa, eran comandantes del Chapo. Estaban a cargo de dos grupos de asesinos conocidos como Los Pelones, en el estado de Guerrero, y Los Güeros, en el estado de Sonora. Cuando Alfredo Beltrán Leyva, El Mochomo, fue arrestado en enero de este año, sus hermanos acusaron al Chapo de traición y se rebelaron contra él. Durante varias semanas el estado de Sinaloa fue escenario de sangrientos enfrentamientos. En uno de esos enfrentamientos, el hijo del Chapo, Edgar Guzmán, fue asesinado con rifles de asalto y lanzagranadas. A los pocos días de ese asesinato, los hermanos Beltrán Leyva y sus operadores se unieron a Los Zetas, que son los nuevos jefes del cártel del Golfo.

"El más cabrón de los Beltrán Leyva es Arturo. A ése no lo van a agarrar nunca. Vive en Cuernavaca y nadie puede acercársele. Tiene cuatro círculos de seguridad: el primer círculo son muchachos jóvenes, muy bien vestidos, que se pasean por ahí, gastando mucho dinero y escuchando todas las conversaciones en bares, restaurantes y cafés, y luego hacen sus reportes; en el segundo están los taxistas, casi todos los taxistas de Cuernavaca, que escuchan también comentarios y conversaciones y hacen sus reportes; en el tercer círculo hay más de doscientos asesinos profesionales que vigilan de cerca los diferentes domicilios de Arturo, y el último círculo, el más difícil de penetrar, está conformado por sus guardaespaldas personales, que son más de treinta sujetos fuertemente armados y bien entrenados que no lo dejan solo nunca y están cerca de él a todas horas. Hasta cuando se coge a sus viejas. Pero nada de esto se percibe, todas estas acciones se realizan con gran sigilo; nadie se percata nunca de nada.

"Cuenta, además, con la protección de altos funcionarios federales, estatales y municipales, y con la ayuda permanente de generales, jueces, policías, jerarcas de la iglesia Católica, financieros, periodistas y dueños de medios.

"Cuando se traslada de uno de sus domicilios a otro, viaja en el asiento de atrás de una Suburban blindada que tiene los vidrios polarizados. La maneja un guardaespaldas, y al lado del chofer va otro gatillero con un AK47. Adelante de la Suburban va una camioneta con seis hombres, cada uno de ellos con un cuerno de chivo. Atrás de la camioneta blindada va otra camioneta, también con seis hombres armados hasta los dientes. Todos son expertos tiradores, y por el impresionante sueldo que les paga, tienen la obligación de defenderlo con su propia vida.

"En total, para movilizarse utiliza un ejército particular de catorce hombres muy leales y eficientes, que han sido entrenados por algún militar de alto rango que ya está metido en el negocio.

—¿Y tú cómo sabes?

—Tengo mis fuentes, querido Elizondo, como tú tienes las tuyas.

—El dineral que costará mantener esa operación diariamente.

—El dinero le sobra —dijo Durán—. Para él no es problema. El pedo que tiene es que debe estar seguro de que nadie filtre la información. En las altas esferas de la policía se conoce lo de los cuatro círculos, pero nadie tiene acceso a la información que ese cabrón recibe diariamente. Y si alguien filtra algo, lo matan cruelmente, para sentar un precedente.

—¡Puta madre! Y ahora son enemigos… pero El Chapo es más cabrón ¿no crees?

—Yo pienso que sí.

—¿Cómo comenzó El Chapo?

—Su carrera comenzó en los ochenta, bajo las órdenes de Miguel Ángel Félix Gallardo. Tras la captura de su jefe, fundó en 1989 el cártel de Sinaloa y se convirtió en uno de los principales líderes del narco en México, disputando los primeros lugares a los jefes de los cárteles de Juárez y Tijuana. Fue detenido en junio de 1993 en Guatemala, y eso marcó un alto en su carrera, porque lo metieron al penal de máxima seguridad de Puente Grande, Jalisco, en 1995. Ramón Laija Serrano quedó al frente de las operaciones del cártel de Sinaloa, con apoyo de los Beltrán Leyva, quienes prepararon la fuga que se concretó el 19 de enero de 2001.

—Apenas unas cuantas semanas después de la toma de posesión del mierda de Fox.

—Así es; pero el escenario del narcotráfico había cambiado, porque para ese momento ya se había consolidado el poder del cártel del Golfo y su brazo armado, Los Zetas, y además, siguió perdiendo poder porque en los últimos años surgieron grupos más violentos, como La Familia Michoacana.

—Sigue la mata dando…

—Y seguirá dando siempre. Hay mucho dinero en esto. En enero de este año...

—De este siglo, te faltó decir —lo interrumpió Constitución con sorna, sintiéndose un poco borracho.

—Déjame hablar, cabrón; en enero de este año la captura del Mochomo marcó la ruptura final.

—Eso ya me lo dijiste.

—¿Qué?

—Lo del Mochomo, pero ¿y el pinche Moy?

—Es seguramente una basurita, un pinche peón de mierda, sin ninguna importancia. No creo que nadie lo conozca en las alturas.

—Y sin embargo, según tú, quizás maneja grandes cantidades de dinero y de droga, y tiene además matones a sus órdenes.

—Seguramente es apenas uno más de los miles de operadores a nivel nacional que ayudan a comercializar la droga y que se llevan su tajada, pero que no tienen ningún valor en comparación con los grandes capos.

—El mundo está podrido... —dijo Constitución, exhalando un suspiro.

—No todo, maestro; hay gente decente, como tú y como yo.

—Pero muchos policías municipales, estatales y federales, así como elementos del ejército, de distintos rangos, han sido comprados por el narco. Y también alcaldes y gobernadores.

—El dinero y el miedo son dos armas muy poderosas. Otra modalidad de esta guerra es incendiar las casas, bares y discotecas pertenecientes a los enemigos, o a empresarios a quienes los narcos buscan extorsionar... a veces secuestran, torturan y asesinan a algún empresario, y luego tiran su cadáver en la vía pública, para poner el ejemplo a los empresarios que no quieren cooperar por las buenas. La extorsión comenzó a raíz de la guerra contra el narco que emprendió Calderón.

—¿Y en Estados Unidos? —preguntó Constitución, dirigiéndole una rápida mirada a su amigo, luego de darle un sorbo a su vasito de whisky.

—Allá la cosa es distinta. Las autoridades y los medios se hacen pendejos y hablan del tema de forma superficial. Según ellos, cuando la droga traspasa la frontera y entra en su país, se pulveriza milagrosamente, y es cuando comienza el narcomenudeo, lo cual es una gran mentira… los enormes cargamentos, las toneladas de coca y mota que entran diariamente, deben ser almacenadas antes y transportadas después a varios estados en vagones de ferrocarril y camiones de carga… no van a transportar toneladas de droga empacadas en bolsitas de a diez dólares… Piensa, por ejemplo, que la distancia que hay entre El Paso, Texas, y la ciudad de Chicago, es mucho más grande que la distancia entre la costa norte de Colombia y el Caribe mexicano, así que nomás se hacen pendejos. Allá hay también grandes capos, pero son más poderosos que los de acá o los de Colombia porque son intocables y presionan y sobornan para que sólo sean aprehendidos los vendedores callejeros de los barrios bajos.

—¡Puta madre! No había pensado en eso.

—La Iniciativa Mérida, por ejemplo —dijo Durán con una sonrisa, sin poder disimular lo mucho que lo complacía haber sorprendido otra vez a su amigo—. El famoso programa de cooperación anticrimen aprobado por el congreso de Estados Unidos en julio de este año…

—De este siglo —lo interrumpió Constitución, con una sonrisa a mitad del rostro.

—Sí, sí… —dijo Durán, sin dejar de hablar—, prevé una inversión de miles de millones de dólares en equipo y asesoría durante tres años, pero el problema con esta iniciativa es que se trata de una vietnamización de la guerra contra las drogas. Una guerra eminentemente estadounidense que se ha venido librando durante cuarenta años, que los gringos intensificaron en los años ochenta en Colombia y el Caribe, y que transportaron a México en los noventa y en la década actual. Así que es una lucha que Estados Unidos está peleando, pero fuera de su territorio. No es una lucha que esté librando día con día, con muertes y sangre y dinero dentro de su territorio… Nosotros estamos poniendo los muertos, y eso está de la chingada, mi querido Elizondo. Esa famosa iniciativa le da potestad a las agencias y a los cuerpos militares estadounidenses para inmiscuirse en nuestros asuntos internos.

—¡Pinches gringos de mierda!

—Es la pura neta, maestro —dijo Durán—. El narcotráfico funciona a la perfección, y no se va a terminar nunca porque allá hay grupos muy poderosos incrustados en los gobiernos estatales, en las policías y en el ejército. Igual que acá, pero allá se hacen pendejos y nos echan la culpan a nosotros. La verdad es que el narco, en ambos lados de la frontera, con su poder económico y sus armas, compra todo y a todos, y al que no puede comprar, lo mata.

—¡Son como buitres, los hijos de la chingada! Como aves de rapiña.

—Y son también aves de mal agüero —dijo Durán, serio—. Quien se mete con ellos, como aliado o como enemigo, acaba muerto. Es casi por obligación. Sólo se dura con vida un tiempito muy corto…

—¡Pinches buitres! —gruñó Constitución.

—Fíjate, por ejemplo, en el rancho que tiene El Chapo en Sinaloa: son más de mil hectáreas, con lagos artificiales, campos de tiro, pistas clandestinas de aterrizaje, una discoteca enorme, salas de cine, baños sauna, una caverna con aguas calientes, salones de juego, una habitación especial para mostrar en grandes aparadores sus joyas de oro, las vajillas de la casa principal son de plata maciza, cerca de uno de los lagos hay pistas para carreras parejeras, talleres para sus más de veinte autos de lujo y sus camionetas blindadas, una clínica veterinaria y tres médicos de planta porque ahí tiene, además de sus caballos pura sangre, su zoológico particular con más de cien animales, muchos de ellos exóticos, que compró ilegalmente, como todo lo que compra. Tiene ahí, tratados con gran esmero, leones, tigres, panteras, orangutanes, avestruces, hipopótamos.

"Cerca de la casa principal, que tiene veinte habitaciones, cada una con su baño, hay cinco piscinas con sus respectivos bares. En toda la casa, las llaves del agua están chapadas en oro. En muchas de las habitaciones hay espejos en las paredes y los techos. Y casi todas tienen un jacuzzi.

"La sala principal está decorada con detalles de mármol y piezas de plata y oro macizo.

"Dentro de todos los inmuebles de la propiedad hay treinta líneas telefónicas conectadas entre sí y, a su vez, comunicadas con la policía.

"Cuando invita a los jefes de la policía local a comer y a beber, o a los políticos de altos vuelos, los filma en su circuito cerrado de televisión para tenerlos agarrados de los huevos.

"Tiene también bodegas resguardadas por sicarios para almacenar toneladas de cocaína que luego envía a Estados Unidos. Una tonelada de coca produce cien millones de dólares.

—¡Cien millones de dólares! —gruñó Constitución.

—En la mansión principal —continuó Durán— mandó construir una capilla privada en honor de Jesús Malverde, a donde casi nadie puede entrar porque se trata de un sitio de devoción. Aunque Malverde existe al margen de los cánones de la Iglesia católica, los narcos aseguran que es un santo muy milagroso que protege de la policía y de los peligros de la cárcel. Diariamente esa capilla privada se llena de flores frescas, por órdenes expresas del Chapo.

—¡Puta madre! —reiteró Constitución—. El otro día escuché una canción norteña en el radio de un taxi que hablaba del santo.

—"Me fue muy bien todo el año —comenzó a tararear Durán—, por eso es que vengo a verte, de Culiacán a Colombia que viva Jesús Malverde. Este santo venerado me ha traído buena suerte".

—Esa era... —dijo Constitución risueño, sintiéndose alegre.

Durán sonrió con suficiencia y le dijo con sarcasmo:

—Por si las dudas, yo también le rezo y le hago ofrendas.

—¿Tú crees que algún día vayan a despenalizar la producción y el consumo de drogas? —le preguntó Constitución a su amigo, sintiendo de pronto mucho cariño por ese hombre bragado—. Para que se les acabe el negocio a estos hijos de puta...

—Imposible —dijo Durán, con aire profesoral—. Nadie quiere hacerlo.

—¿Y eso?

—Porque es uno de los sectores más dinámicos de la economía del país y uno de los principales generadores de dinero. Todos salen ganando: desde los campesinos que siembran y cosechan, hasta los banqueros que se encargan de blanquear el dinero, pasando por contadores, inversionistas, economistas, financieros, guardaespaldas, matones, vendedores de joyas, cantantes, funcionarios federales, estatales y municipales, militares, jueces, policías, hoteles, restaurantes, bares, médicos, arquitectos, veterinarios, vendedores de mansiones y de autos de lujo, y un largo etcétera.

—¡Puta madre!

—Tienes razón, maestro —dijo Durán, otra vez con aire profesoral—. Es lo único que podemos hacer los mexicanos, decir ¡Puta madre!

Los dos siguieron hablando, bebiendo y comiendo botanas, serios y preocupados, pero también alegres por haberse visto, luego de tantos meses.

De pronto Durán vio su reloj, se tomó su cuba de un solo trago y se puso de pie.

—Me tengo que ir; disculpa las prisas —dijo, agarrando su maleta y su laptop de la silla—. ¿Quieres dividir la cuenta?

—¡No me ofendas, cabrón! —dijo Constitución, poniéndose de pie y notando que el whisky había comenzado a surtir efecto de nuevo.

—Gracias, pues, mi querido Elizondo. Nos vemos a mi regreso —dijo Durán y dio media vuelta.

—Cuídate —dijo Constitución, de pie junto a la mesa, cuando su amigo ya salía de la cantina.

Luego de pagar la cuenta, se fue a comprar una botella para tratar de hacer a un lado sus dudas. Sabía que su motivación no era sólo salvar a Alicia; Constitución quería hacer ahora, de adulto, lo que no había podido hacer cuando era un niño de apenas seis años: quería salvar a su padre y a su madre. Y si no salvarlos, porque era imposible, al menos vengarlos.

Al entrar en una tienda de abarrotes de la avenida Revolución, escuchó en la radio:

"Los cadáveres de tres hombres fueron descubiertos dentro de una camioneta abandonada en calles de la delegación Gustavo A. Madero. Los vecinos que reportaron el hallazgo dijeron que el vehículo fue abandonado en la calle León Guzmán, colonia Constitución de la República, durante la madrugada de hoy. Tras la llegada de las autoridades al lugar, la camioneta, con los cadáveres en su interior, fue trasladada por una grúa de la Secretaría de Seguridad Pública a la Coordinación Territorial número cuatro".

—No paran, los hijos de puta —dijo el encargado de la tienda mientras le entregaba el cambio y envolvía la botella en una bolsa de papel de estraza.

—El narco no se detiene —musitó Constitución, sin apenas mover los labios—. Nadie puede contra él —y salió de la tienda sin decir nada más.

No había comprado una botella grande, porque no quería tener líos con cualquier policía de esquina que se le atravesara en el camino, así que la anforita sería suficiente para pasar la tarde por ahí, bebiendo a escondidas.

Al doblar la esquina para irse caminando hasta un parquecito solitario que conocía por los rumbos de Mixcoac, abrió la botella, volteando a ver a todos lados para cerciorarse de que no hubiera algún policía, y al darle el primer trago se acordó del borrachito de la noche anterior y su botella de alcohol de farmacia.

El whisky que había comprado era malísimo, pero era la única marca que tenía esas botellas planas, del tamaño de un bolsillo, que resultaban tan prácticas.

Pensó ir a sentarse cómodamente en una banca del parque a beberse su botella con tranquilidad, mientras iba ordenando sus pensamientos.

A Constitución le gustaba caminar porque eso le ayudaba a pensar, pero cuando las distancias eran más largas prefería tomar un taxi.

Aborrecía los peseros, los camiones y el Metro, y no le gustaba manejar su camioneta de tintorería, que usaba sólo para vigilar sospechosos, pero tampoco quería llamar a cada rato a Wenceslao, para lograr tener un poco de privacidad en su vida. Wences sabía ya demasiadas cosas sobre él, y eso a veces lo exasperaba.

Aunque era muy ahorrativo, y eso se lo demostraba a sí mismo diariamente al consumir aquel horrendo whisky barato, no pensaba que estuviera tirando el dinero a la calle si de vez en cuando tomaba un taxi.

Esa tarde ya estaba borracho, y Constitución lo sabía con toda certeza. Entre los jarritos de café del desayuno y los vasitos de whisky en la cantina, había llegado de nuevo a ese estadio nebuloso de la mente en el que todo parece posible: lo bueno y lo malo. Y también, si seguía bebiendo, como pensaba hacerlo, lo incomprensible y lo incoherente.

Ya tendría tiempo de lamentarse después, cuando despertara, luego de dormir la mona, y de reprocharse por el vicio y la falta de voluntad, pero ahora, en esta tarde radiante, no iba a permitir que su conciencia tomara las riendas.

Estaba borracho, y lo sabía. Y se sentía bien, capaz otra vez de enfrentarse al mundo y a los peligros que éste contuviera. Él era un hombre corpulento, vigoroso y competente, lleno de planes para el futuro y de alegrías venideras en los brazos de Alicia.

En ese momento se sentía feliz, mientras caminaba despacio rumbo al parque, con la calma inmensa que le producía sentir la botella en uno de sus bolsillos.

Con el alma henchida, rebosante de esperanza, Constitución sacó subrepticiamente la anforita de su bolsillo y le dio otro trago, sintiendo de nuevo el fuego amargo en el esófago antes de que le cayera en el estómago.

Su felicidad aumentó y comenzó a caminar más deprisa hacia el parque, aunque dudando si la anforita sería suficiente para el resto de la tarde.

No quería que nada interrumpiera su creciente euforia, así que decidió no preocuparse por saber si la anforita sería suficiente… traía bastante dinero y eso era lo único importante. En cualquier esquina encontraría otra tienda para avituallarse de nuevo.

Quería estar solo, al aire libre, pensando sus cosas, arreglando su mundo interno, bebiendo con calma, sin prisas.

Se acordó que en la avenida Universidad había una tienda grande de abarrotes, y que si sentía hambre, podía incluso comprar un pollo rostizado y hacer después un picnic en un parquecito más allá de la avenida Insurgentes que tenía una fuente en el centro y era poco visitado durante el día.

Mientras caminaba iba sintiendo en la yugular el ritmo placentero de su sangre, fluyendo diligentemente, sin premura. Durán era un gran tipo, y le dio gusto haberlo invitado a almorzar, aunque le preocupaban los riesgos que estaba corriendo al hacer esos reportajes.

De pronto lo asaltó de nuevo una ola de terror. Se había olvidado momentáneamente del asunto y ahora le caía como un balde de agua fría.

Pensó que lo que estaba haciendo era una estupidez: emborracharse en plena calle, en un barrio del sur de la ciudad que no conocía bien, sin tomar ninguna precaución, y acabar posiblemente convertido en un blanco fácil de los sicarios del narcotráfico.

Por lo pronto, y por si alguien lo estaba siguiendo, decidió tomar un taxi para ir a esconderse en las calles del centro, que conocía como la palma de su mano, y terminarse por ahí su anforita, ahora sí con calma. Y quizá comprar una botella de whisky más grande.

—Por favor —le dijo al chofer, mientras se dejaba caer pesadamente en el asiento de atrás—, lléveme a la Alameda —y cerró los ojos y recostó la cabeza en el respaldo.

Estaba decidido a seguir bebiendo, pero no quería encerrarse en su departamento y tampoco quería ir a El Oasis. No tenía intención de ver a Alicia ni a Ulises durante los próximos días. Hacía más de una semana que no se aparecía por ahí, porque necesitaba primero encontrar al Moy, estudiar sus rutinas, dejar de beber un par de días, recuperar su sangre fría y darle piso para salvar a Alicia.

9

Esa noche Alicia se acercó a la barra y se sentó en uno de los bancos. Estaba cansada. Le dolían las piernas y los pies, sobre todo los pies. Había estado yendo y viniendo con charolas de tragos y botanas toda la tarde.

A Ulises no le gustaba que sus meseras se sentaran en los bancos de la barra. Si querían sentarse a descansar, debían conseguir un cliente que las invitara a su mesa a tomar. "Ganan ustedes y gano yo", les decía.

—¿Dime? —le preguntó Ulises, serio.

—Estoy cansada… Nada más un ratito.

—Ya sabes las reglas.

—Sí, pero tengo también las mesas de Wendy, y con estos tacones tan altos…

—Yo estoy haciendo el turno de Norberto —la interrumpió Ulises—, y no me quejo.

—Pero tú eres el dueño. Si no viene el cantinero tú sirves los tragos y no sólo no dejas de ganar, sino que te ahorras su sueldo del día.

—El que no trabaja, no gana.

—Y además no tienes que andar con tacones altos.

—No te quejes; las piernas se te ven muy bien. Esos tacones te moldean la pantorrilla.

—Y además no he tenido tiempo de hablar contigo.

—¿Qué pasa?

—¿Sabes algo de Constitución? —preguntó Alicia, preocupada.

—No.

—¿No te ha llamado?

—No… ¿por qué?

—No lo he visto hace más de cinco días.

—Yo tampoco. Y no me había puesto a pensar en eso hasta ahorita que me lo dices. No ha venido ni me ha llamado.

—¿No te parece extraño?

—La verdad, sí —dijo Ulises, y pensó que quizás Constitución estaría hundido en una de sus clásicas borracheras autodestructivas, que duraban varios días y lo dejaban después incapacitado para todo… pero no quiso decírselo a Alicia, para no preocuparla. Otra posibilidad era que, sin decirle a nadie, hubiera viajado a Acapulco para ir a entrevistarse con la madre de Alicia siguiendo alguna pista, pero tampoco se lo dijo, porque le había prometido a Alicia no hablar del asesinato de Tina con nadie, y menos con Constitución, según se lo había pedido ella misma.

—No me ha llamado —dijo Alicia, con tono grave.

—Qué extraño —dijo Ulises, y trató de hacer una broma para aliviar la preocupación de Alicia—: casi diario está aquí para tener derecho a que le demos un calendario a fin de año, como él mismo dice.

Alicia sonrió y Ulises se sintió mejor, pero supo en ese instante, al darse cuenta de la desaparición, que Constitución había tomado el caso y no quería delatarse.

Ulises era muy malo mintiendo, y si seguían hablando de eso, Alicia acabaría por descubrir que Ulises había hablado.

Para cambiar de tema, le preguntó a Alicia:

—¿Sabes algo de Wendy?

—Que se reportó enferma, según me dijiste tú mismo esta tarde, cuando comencé mi turno.

—Algo de su vida personal —dijo Ulises, inclinándose un poco en la barra para hacerle la pregunta en voz baja.

—Tú no eres chismoso, ¿por qué quieres saber cosas así?

Ulises sintió que había logrado cambiar de tema, y eso le agradó, pero también quería averiguar algo que le importaba mucho.

—¿Crees que Norberto y Wendy se acuestan?

Alicia, que sabía del romance y no pensaba delatar a su amiga, levantó las cejas y le dijo con una expresión de astucia:

—¡Ulises, pareces una vieja chismosa de lavadero!

Ulises se disculpó nerviosamente:

—Lo que pasa es que cuando se enferma Norberto, también se enferma Wendy.

Alicia, con una voz exquisitamente estudiada, le dijo:

—No sé nada, pero si fuera el caso, a ti te viene bien: te ahorras dos sueldos ese día.

—No soy moralista. Los dos están casados y tienen hijos, y a mí no me importa lo que hagan con sus cuerpos, pero ya está sucediendo muy seguido y la carga de trabajo, para ti y para mí, se multiplica.

—Tienes razón —dijo Alicia—, no nos importa. Lo que sí nos importa en este momento es saber dónde está Constitución.

Ulises comprendió que Alicia no iba a dejar el tema, así que prefirió retomar su papel de jefe y le dijo con tono autoritario:

—Vete a trabajar; se te están acumulando las mesas.

—¡Ya ni chingas, pinche Ulises! —rezongó Alicia, de muy mal humor.

Y Ulises, para calmarla y volver a desviar la conversación, le dijo:

—Ya lo conoces, quizás se está emborrachando por ahí…

Alicia, muy furiosa ante esa posibilidad, dijo con el ceño fruncido:

—¡Un día de estos voy a ir al Bucanero y le voy a jalar los pelos a esa pinche mesera puta, y le voy a sacar los ojos!

10

PASADA LA MEDIANOCHE, Constitución, completamente borracho, se recostó en una banca de la Alameda Central para descansar un rato y recuperarse. El sueño comenzaba a apoderarse de su cerebro.

Quería ir a visitar al viejo Wong, justo enfrente, en el callejón de Dolores, pero no se atrevía a entrar en su restaurante de comida china en ese estado tan desastroso.

Así que se acurrucó en la banca, esperando que ningún policía viniera a importunarlo, y se echó a dormir, no sin antes empinar la botella y darle el último trago para lanzarla, vacía, hacia un basurero.

La botella hizo un arco muy amplio en el aire, iluminada por la luz de las farolas del alumbrado público, y se estrelló en el suelo con gran estrépito, metros antes del basurero.

—Qué mala puntería tienes, cabrón… —se dijo Constitución a sí mismo en voz alta, con lengua estropajosa y una sonrisa estúpida en el rostro—. Así no vas a poder matar al Moy —y se recostó para dormir.

Un perro callejero, mugroso y escuálido, se le acercó para olisquearlo y comenzó a lamerle una mano.

Constitución se incorporó a medias sobre la banca y le dijo, con tono cariñoso:

—Vete de aquí, amigo; un borracho y un perro sucio, como somos tú y yo en este momento, dan muy mal aspecto. Si un policía se acerca puede llevarme a la cárcel, y a ti a la perrera municipal.

El animal, de ojos mansos, se le quedó viendo, sentado sobre sus patas traseras, gimiendo levemente y levantado las orejas cuando Constitución le hablaba.

Los malos presentimientos asaltaron de pronto a Constitución.

Acurrucado como estaba, cansado y borracho, medio tumbado en la banca, comenzó a temblar agudamente y siguió hablándole al perro.

—Si te vas a quedar, te chingas y me vas a escuchar. Te voy a contar cómo están las cosas en este país de mierda: resulta que el narcotráfico se adueñó ya de todo México, y que las pendejas y corruptas autoridades no tienen la capacidad ni las ganas de enfrentarlo.

"El dinero sucio y ensangrentado circula a manos llenas en los tres niveles del gobierno. Desde gobernadores y secretarios de Estado, hasta policías de esquina y recolectores municipales de basura, pasando por alcaldes, directores de bancos y jerarcas de la iglesia Católica, todos están en las nóminas de los señores del verdadero poder y del dinero".

El perro, sentado sobre sus cuartos traseros, seguía ahí, levantando las orejas, con ojos inteligentes, sin perder palabra de lo que le decía su nuevo amo.

—Me sé de memoria muchas noticias que leo en los diarios. Tengo una excelente memoria. Memoria fotográfica, le dicen...

"Un hombre enmascarado se acercó al automóvil de lujo, en un alto, y le disparó al conductor tres veces en la cabeza con una pistola calibre 9mm. Dos de las balas atravesaron el cráneo de la víctima y una quedó alojada en el tabique nasal. Una de las balas le reventó los dos ojos...

"Un hombre murió estrangulado, pero el cadáver tenía huellas de golpes y quemaduras...

"Dos hombres murieron abatidos a tiros al ser emboscados cuando circulaban en una camioneta por el Periférico, a la altura de Barranca del Muerto...

"Lo más lamentable es que la pobre juventud mexicana ha comenzado a aficionarse a la caspa del diablo...

"La información de inteligencia militar apunta a una lista de ocho gobernadores involucrados en diversos grados con el narcotráfico; desde los que tuvieron financiamiento en sus campañas políticas, hasta los que han negociado con los cárteles que operan en sus estados para darles libertad de acción y no inmiscuirse en sus actividades...

"Aparecieron cuatro cabezas humanas, en hieleras blancas de unicel, cubiertas de sangre, con cartulinas en las que había escritos mensajes de advertencia a los integrantes de un grupo de adversarios".

El perro seguía ahí, muy atento, sentado sobre sus cuartos traseros, gimiendo levemente y levantado las orejas.

—Nadie está a salvo —continuó Constitución—. La población está a merced de estos matones de mierda, desalmados y sanguinarios. Y yo, amigo mío, me estoy cagando de miedo.

Temblando y mortificado por los ataques de terror, sintiendo que su vida podría terminar esa misma noche, supo que si no le ponía un alto a su locura iba a seguir bebiendo toda la noche y quizás varios días más.

Se palpó uno de los bolsillos y encontró dinero, y supo que tenía que ponerse de pie y caminar por ahí, aunque estuviera cansado, para encontrar a alguien, quien fuera, darle los billetes arrugados y salir corriendo.

Esa noche supo que tenía que cortar de tajo esa obsesión suya por el alcohol, porque el miedo lo llevaría después, irremediablemente, a tener ataques de esquizofrenia.

Aunque Constitución era paranoico por naturaleza, siempre había logrado dominar esa sensación de sentirse perseguido y odiado, pero el alcohol, las grandes cantidades de alcohol que a veces ingería, lo volvían esquizofrénico y comenzaba entonces a oír voces y a tener visiones.

Por eso, durante algunas temporadas de su vida había logrado dejar de consumir tanto alcohol: por los malditos ataques de paranoia que lo hacían dudar de todos —hasta de sí mismo— e imaginar conspiraciones para matarlo.

Se puso de pie y, trastabillando, con el perro detrás de él, comenzó a caminar hasta un costado de la Alameda en busca de algún transeúnte a quien entregarle su dinero a esas horas de la noche para ponerse a salvo.

En una esquina de la gran plaza se detuvo, vacilante, y se agarró de un poste.

Una jovencita, con exceso de maquillaje, los labios exageradamente pintados de rojo, que olía a lavanda y tenía el cuerpo esbelto y curvilíneo, el pelo teñido de anaranjado, y vestía una estrecha faldita negra de escasos centímetros, altísimos tacones y una camiseta blanca tan ajustada que parecía que iba a reventar, se le quedó viendo y le dijo:

—¿Vas a ir, mi amor?

—¡Claro que no! —dijo Constitución, molesto, con lengua estropajosa.

—¡Entonces muévete! —dijo la jovencita, molesta también—. Me estás espantando a la clientela.

—¿Cuál clientela? Tú y yo somos los únicos aquí.

—Los coches, papacito —replicó ella—. Trabajo con gente decente, con clientes que tienen coche y pasan por aquí, no con borrachos de a pie.

—¡Ya quisieras, cabroncita!

—¡Cabroncita tu puta madre! —dijo la mujer, molesta de nuevo—. Te me vas en chinga o le aviso a mi padrote... ése que está allá, ¿lo ves?, sentado en aquel Cadillac negro.

—Tú y tu padrote, juntos, me pelan la verga —dijo Constitución, con una creciente furia a punto de estallarle en el pecho.

—¡Sácate de aquí, pedazo de mierda! O te mueves o te mueve mi hombre.

—¡Chinga tu madre! —dijo Constitución, y metió una mano en uno de sus bolsillos.

La mujer alzó ambos brazos para cubrirse el rostro, pensando quizás que el hombre grandote, borracho e insolente, iba a sacar un arma.

El tipo del Cadillac abrió la portezuela. Tenía un revólver en la mano. El sujeto corpulento que estaba discutiendo con su protegida exigía mucha precaución.

—¡Toma! —le gritó Constitución, sin ver al tipo del Cadillac, y le arrojó a la cara un puñado de billetes arrugados—. Vete a descansar. Esta noche no tendrás que abrir las piernas. Dale su porcentaje a la sanguijuela que te explota y vete a dormir. Y despíntate esa cara; estás muy jovencita para puta de esquina...

El tipo del Cadillac se había aproximado sigilosamente, con el revólver en la mano, a espaldas de Constitución, haciéndole señas a la mujer para que no alertara a aquel borracho impertinente y grandote.

Sin que Constitución lo sintiera venir, el tipo levantó la mano y lo golpeó con fuerza en el cráneo, atrás de la oreja derecha. Un crujido seco retumbó en el silencio de la noche.

A pesar de la borrachera y del fuerte golpe, Constitución no cayó al suelo desmayado como esperaba el hombre del Cadillac, sino que dio una vuelta en redondo, colérico, con los ojos inyectados de sangre, tomó al tipo por el cuello, lo levantó por los aires y le golpeó la nariz reciamente con la frente. Otro sonido seco retumbó en la noche, como de algo que se rompía.

El otro dejó caer el arma, y cuando Constitución dejó de estrangularlo y lo soltó, cayó al suelo en medio de un borbotón de sangre que le salía de la boca y la nariz.

La mujer, furiosa pero también asustada, le dijo a Constitución:

—¿Qué quieres? Déjanos en paz, nos estamos ganando la vida decentemente, sin molestar nadie. ¿Eres policía?

El tipo del Cadillac quedó desmayado en la acera, boca arriba, mientras borbotones de sangre seguían saliéndole de la boca y la nariz.

—Voltéalo —le dijo Constitución a la mujer, mientras se acariciaba la nuca para aliviar el dolor que le producía el golpazo—. Se puede ahogar con su propia sangre. Ponlo boca abajo. Recoge esos billetes y vete a tu casa a descansar.

La jovencita, pálida como si hubiera visto un fantasma, se agachó a recoger los billetes y luego, con dificultad, volteó a su compañero, que sólo acertó a lanzar un leve gemido.

La Alameda seguía vacía. Nadie había pasado por ahí a esas horas, ni a pie ni en coche.

Constitución comenzó a caminar, sintiéndose mejor porque ya no tenía dinero y no podía seguir bebiendo. El perro, enfermo y consumido por su lucha diaria para subsistir, lo seguía con la cabeza baja, sin que él se percatara.

A los pocos metros, aturdido por el alcohol, tropezó con algo y perdió el paso. Cayó de frente, acompañado de las risas vengativas de la muchacha, pero detuvo la caída con las manos.

Se puso de pie rápidamente, sin voltear a verla, apenado consigo mismo y sacudiéndose las rodillas del pantalón.

No estoy tan borracho, pensó. ¿Qué me está sucediendo?

En ese momento sintió que tenía que seguir caminando aunque las piernas no le ayudaran. Quería dejar atrás el terror que le atenazaba las entrañas, el pánico ante la posibilidad de que su cabeza terminara dentro de una hielera. Y se dio cuenta, además, de que no traía su revólver. Se sintió más desprotegido que nunca. Debía muchas vidas, y algún día alguien le pasaría la factura.

11

YA PASABA DE LA MEDIANOCHE, pero no le importó. Dirigió sus tambaleantes pasos hasta el callejón de Dolores, hablando consigo mismo. Necesitaba urgentemente ver a Wong, escuchar al viejo sabio y contarle sus cosas.

Sabía que su alegre maestro de boxeo chino lo reprendería por estar irremediablemente borracho, pero tampoco le importó.

Aunque Wong no vivía en el restaurante, casi siempre pernoctaba ahí, a un lado de su gran mesa de cocina, en un catre de campaña, para estar cerca de la puerta trasera de su negocio cuando llegaran, en la madrugada, las primeras entregas de los productos frescos que utilizaba diariamente para preparar sus guisos.

Constitución tocó suavemente a la puerta de la cocina, esperando que Wong le abriera a la primera, pero nadie acudió a su llamado. Volvió a tocar, más fuerte esta vez, y tampoco se escuchó nada detrás de la puerta.

Pensó que el viejo estaría en la bodega, así que se dirigió a una taquería para hacer tiempo, porque sintió hambre, pero al llegar a la esquina recordó que ya no traía dinero. Se detuvo frente a la gran piña de carne asándose, que daba vueltas sobre un eje de metal, despidiendo un agradable aroma, y se le quedó viendo fijamente al taquero, balanceándose hacia atrás y hacia adelante.

El joven, bajito y delgado, de unos veinte años, con un delantal blanco manchado de grasa, le preguntó en tono amable:

—¿Cuántos va a querer, jovenazo? ¿Con una o con dos tortillas?

—No traigo dinero —dijo Constitución, apenado.

—Pues ni modo, joven, ¿qué quiere que yo haga? Si fuera el dueño le disparaba unos tres o cuatro taquitos, y hasta un chesco, pero no puedo.

Constitución sintió un retortijón de hambre y pensó que había sido una necedad haberle aventado el dinero a la jovencita, pero tuvo que admitir que cuando estaba así, perdido de borracho, no tenía fuerza de voluntad para dejar de beber.

Instintivamente se llevó la mano derecha a la muñeca izquierda y comenzó a quitarse el reloj de pulsera. Lo levantó en el aire y lo examinó lentamente. Era un Casio color negro, de carátula brillante y con batería para diez años.

—¿Cuánto me da por este reloj? —le dijo al taquero, y se lo tendió con una sonrisa.

—¡Nada, joven! Tengo una caja llena de relojes. Todos prometen regresar a pagar, para llevarse su reloj, pero nadie regresa.

—No le estoy pidiendo fiado, se lo estoy cambiando por un plato de tacos y un refresco.

El joven miró el reloj y pareció interesarse.

—¿Cuántos tacos quiere?

—¿Para cuántos alcanza?

—No se ofenda: le doy cuatro tacos y un chesco.

—Que sean siete tacos… sin refresco.

—¡Órale!

—Dos tortillas y mucha piña, y si puede tres tortillas, mejor, y también póngales mucha salsa.

—Tres tortillas no se puede jefe…

—Dos, pues —dijo Constitución, resignado, al recibir el plato, y comenzó a masticar lentamente cada uno de sus siete tacos, manchándose la camisa con la salsa, pero contento de llevarse algún alimento al estómago después de tantas horas de libaciones.

El perro negro, escuálido y demacrado, pero atento, sentado en sus cuartos traseros, con las orejas paradas, se levantó rápidamente y comenzó a mordisquear en el suelo lo que caía del plato de Constitución.

Antes de desandar sus pasos para ir a tocar de nuevo a la puerta trasera del restaurante de Wong, Constitución le preguntó la hora al taquero.

El joven, que ya se había puesto el reloj en la muñeca izquierda, lo consultó detenidamente y le dijo, con cierta jactancia:

—Son las doce de la noche con treinta y cuatro minutos y siete segundos.

—Gracias —dijo Constitución, le entregó el plato vacío y dio media vuelta. El perro no lo siguió más. Se echó a un lado de la taquería, en silencio, disimulado por una sombra, esperando quizá que otro cliente dejara caer comida sobre la acera.

Al echar a andar, Constitución sintió de nuevo un fuerte retortijón, pero sabía que era el principio del fin de la borrachera.

Volvió a pensar, como cada vez que terminaba una de sus maratónicas jornadas etílicas, en el milagro de comer algo, lo que fuera, para poner fin a la borrachera.

La mente comenzó a aclarársele y supo que por fin saldría de ese estado obsesivo y se pondría a trabajar. Necesitaba olvidar sus problemas personales, hacer a un lado su creciente sentimiento de terror y dejar de preguntarse si era ético matar a un hombre despreciable. Tenía que encontrar al Moy y hacerlo desaparecer de la faz de la tierra.

Tocó de nuevo a la puerta de la cocina, más fuerte esta vez, en medio de la noche, mientras los plateados rayos de la luna iluminaban los botes de basura en el oscuro callejón, y Wong abrió inmediatamente.

Constitución, extenuado y sintiendo retortijones, le dijo:

—¿No es muy tarde?

El viejo, molesto, le preguntó:

—¿Estás borracho otra vez? Hueles mucho a alcohol.

Constitución, cuyo saco y camisa estaban mugrientos y manchados de grasa, sólo atinó a decir:

—Es mi loción —y sonrió burlonamente, con esa actitud jocosa de los borrachos.

—¡Qué loción ni que ocho cuartos! —dijo el viejo, molesto—. Pásale, te voy a preparar algo de comer.

—Ya comí…

—No has comido nada. Mírate nomás: traes encima del saco y la camisa pedazos de tortilla y manchas de salsa… Mírate nomás, ¿no te da vergüenza?

—Vergüenza es entrar a robar y salir sin nada —volvió a bromear Constitución, sintiéndose bien con los regaños del viejo, porque ahora sabía que no estaba solo en el mundo, que alguien se preocupaba por él.

—Déjate de tonterías; pásale y siéntate ahí, en ese banco, mientras te preparo algo.

—No tengo hambre.

—No me importa. Vas a comer y te voy a preparar un té de jazmín.

—No creo que el jazmín combine con el whisky —volvió a bromear, con una sonrisa socarrona en el rostro.

—No te hagas el chistoso —dijo el viejo, molesto—. Te he dicho mil veces que el alcohol no es la solución. Debes buscar un control interno estable que te permita solucionar tus problemas.

Constitución, tambaleándose en el quicio de la puerta, en medio de la noche, se le quedó viendo al viejo y le dijo, serio por primera vez:

—¿Control interno? ¿Cómo me pides eso, querido Wong? ¿No ves que ni siquiera puedo comer unos cuantos tacos sin mancharme?

—No puedes hacerlo porque bebes mucho, por eso.

—Estoy confundido, Wong.

—No estás confundido, estás borracho. ¡Mírate nada más!

—Tengo que encontrar al Moy.

—No sé quién es El Moy, y no me interesa —dijo el viejo, molesto, mientras tomaba a Constitución por las solapas y lo jalaba hacia adentro de la cocina—. Lo que tienes que encontrar es la manera de dejar de beber.

Constitución se dejó jalar mansamente por el viejo, sintiendo mucho amor por ese hombre tan tierno —y tan poderoso a la vez—, y se sentó en uno de los bancos de madera colocados a un lado de la enorme mesa de cocina.

—El Moy es un narcotraficante de mierda que está envenenando a la juventud mexicana —dijo Constitución, molesto, mientras sus ojos adquirían un destello de esperanza—. Voy a encontrarlo y a ponerle un alto definitivo a su maldito comercio de muerte.

El viejo levantó las cejas, con la preocupación reflejada en el rostro; cerró la puerta de la cocina, caminó hasta el refrigerador industrial, abrió la gran puerta de metal y sacó un envase de plástico.

—Te voy a calentar este arroz con verduras y pollo. Es

de hoy, lo cociné esta mañana, y te voy a servir una taza de té. Lo acabo de preparar.

Constitución se le quedó viendo al viejo, con el corazón henchido de felicidad, mientras éste removía ollas en la cocina, y sintió, como tantas otras veces, que Wong y Ulises eran los dos grandes pilares de su vida.

Y supo también esa noche, finalmente, que Alicia estaba en el centro de todo. Que esa mujer hermosa, esa mesera-puta, sería la mujer de su vida por el resto de sus días.

El viejo encendió una hornilla de la enorme estufa industrial, vertió el contenido del envase en una sartén y lo removió un poco. Después fue a sentarse en un banco, enfrente de Constitución.

—No voy a decirte cómo vivir tu vida —le dijo el viejo, mirándolo fijamente a los ojos, con tono preocupado—. Pero tú y yo hemos hablado de esto muchas veces. El narcotráfico es algo muy delicado; es un asunto de vida o muerte.

—Alguien tiene que hacerlo, Wong; el gobierno no puede, o no quiere, o está comprado.

—¿Y por qué has de ser tú?

—¿Quién más?

—¿Acaso no lees los periódicos? ¿No ves televisión?

—¿Qué tiene que ver una cosa con la otra?

—No te hagas el desentendido: no hay borracho que coma lumbre.

—Agradezco mucho tu preocupación, en serio. Te lo digo de todo corazón, pero alguien tiene que tomar la justicia en sus manos y acabar con esas sanguijuelas.

—Un solo hombre no puede hacer nada, y tú lo sabes.

—No voy a enfrentarme al Narcotráfico, en mayúsculas; sólo voy a buscar a un hijo de la chingada al que le dicen El Moy, para ajustarle las cuentas.

—¿Cómo se llama?

—No sé, lo tengo que averiguar. Lo único que sé es que el poder y el dinero los ciega… espero que su karma los alcance, y si yo puedo ser el instrumento, pues qué mejor.

—Los ojos de alguien cuyos oídos están afinando un instrumento musical no ven una enorme montaña —dijo el viejo meditativamente—. Debes recordar que cuando la atención está fija en pequeñas cosas, se olvidan las grandes cosas.

—¿Y eso qué quiere decir?

—Te lo vuelvo a preguntar: ¿acaso no lees los periódicos? Ahora tienen ametralladoras Browning .50 que pueden disparar 800 tiros por minuto, con un alcance de kilómetro y medio, y suficiente poder para penetrar cualquier muro de concreto o vehículos blindados, además de derribar avionetas y helicópteros en vuelos bajos… Así que lo del karma se ve muy lejano.

—Ya lo sé, pero El Moy es un pendejo, una mierdita.

—Mejor déjate llevar por el Camino. Cuando las personas pierden su naturaleza esencial por seguir sus deseos, sus acciones nunca son correctas.

—No entiendo…

—Las palabras tienen una fuente y las obras tienen un fundamento. Pero si pierdes la fuente y el fundamento, es mejor hablar poco aunque tus capacidades sean muchas. Así que no te fíes.

—Sigo sin entender, querido Wong.

—A la naturaleza esencial del agua le gusta la claridad, pero la arena la contamina. A la naturaleza esencial de la humanidad le gusta la paz, pero los deseos del hombre la perjudican. Sólo los sabios pueden dejar las cosas en paz y regresar al ser.

El viejo se levantó y fue a la estufa para servirle a su amigo un plato caliente de arroz con verduras y pollo, junto con una taza de té de jazmín.

—Come algo —le dijo al acercarle las cosas—. Y bebe un poco de este té. Me preocupa tu hígado, tan maltratado.

—Mi hígado está bien, Wong, no te preocupes. Y para que veas que sí leo los periódicos y veo los noticieros de televisión, déjame recitarte de memoria una de las noticias más recientes, que escuché hace unos minutos en el radio de la taquería: "Diez hombres y una mujer fueron asesinados en diversos hechos durante las últimas horas en Ciudad Juárez, la urbe más violenta de México, con más de dos mil muertos atribuidos al narcotráfico en lo que va de este año, y el presidente Calderón…"

—No estás tan borracho, pues —lo interrumpió Wong—. Tu memoria está intacta, y tu intelecto también. ¿Por qué entonces actúas así?

—¿Cómo?

—Manchándote el saco y la camisa con salsa y pedazos de carne y de tortilla…

—Estaba borracho cuando me comí esos tacos, pero me hicieron bien y se me despejó la mente.

—De eso te convenciste tú, porque no te comiste nada. Fíjate como estás… ¿Cuántos tacos fueron? ¿Te acuerdas?

—Fueron siete. El taquero me los dio a cambio de mi reloj.

—Los siete te los pusiste encima de la ropa —le dijo el viejo con una amplia sonrisa—. Come algo y después ve al baño a lavarte; y quítate la camisa y el saco: los voy a mandar a la tintorería de la esquina cuando abran.

—No puedo, Wong: me tengo que ir.

—¿Qué estás buscando? ¿Qué te molesta?

—Me molesta la opresión de la gente. El gobierno excluye al pueblo del poder y mantiene a los pobres en su lugar, mientras que los ricos siguen montados en sus empresas y en sus capitales mal habidos.

—Un gran herrero no pude fundir madera y un buen carpintero no puede cortar hierro, así que cuando no puede hacerse nada sobre algo, las personas iluminadas no se preocupan de ello.

—No puede ser, querido Wong, que me digas eso. Tú sabes muy bien que muchísimos jóvenes mexicanos no tienen la más mínima posibilidad de un ascenso social, aunque estudien y trabajen y se esmeren. Por eso caen en las garras del narco, ya sea como consumidores o como sicarios, que es lo mismo, porque los matones también son víctimas, aunque ellos no lo sepan y anden manejando sus camionetas último modelo y traigan sus poderosas armas al cinto. Al final todos mueren. Ya nadie puede detener la espiral de violencia que se le salió de las manos al pendejo de Calderón. Más de cinco mil muertes violentas en su primer año de gobierno, y en este segundo año, que apenas va a la mitad, ya van otras cinco mil. ¡No puede ser!

—Si tomas un pedazo de carbón ardiente te quemarás la mano a causa de la proximidad, pero si estás suficientemente lejos de una tonelada de carbón ardiendo no te morirás: la energía es la misma, pero la cantidad y la distancia son diferentes.

—¿Me estás diciendo que debo mantenerme alejado?

—Un tambor no oculta el sonido, por eso puede tener sonido. Los instrumentos de viento tienen música, pero no producen ningún sonido a menos que alguien sople en ellos. Los sabios se ocultan en su interior y no producen ningún sonido para los demás.

—No puedo, Wong; me desespera la situación del país. El estúpido De la Madrid, y los mierdas de Salinas, Zedillo y Fox, y ahora el mocho de Calderón, se dedicaron a desmantelar el Estado y a vender la industria nuclear, los satélites, los bancos, las carreteras, los ferrocarriles, las líneas aéreas, los supermercados populares, los ingenios, la generación de energía, los canales de televisión, las minas, las acereras, la petroquímica secundaria y ahora Pemex en su totalidad.

—Te lo repito: cuando no puede hacerse nada sobre algo, las personas iluminadas no se preocupan de ello.

Constitución, sin escuchar al viejo, continuó hablando:

—Calderón, "el hombrecito de Los Pinos", como le dicen algunos editorialistas, no representa el sentir mayoritario de los mexicanos. El pueblo sabe que los altos funcionarios gastan inmensas partidas presupuestarias en pagarse el boato en el que viven. Y además, casi todos nuestros políticos de mierda son funcionarios y contratistas al mismo tiempo. Para no ir muy lejos, te puedo mencionar a Carlos Hank González, y a Juan Camilo Mouriño, nuestro joven gachupín de mierda instalado en Gobernación, el más activo vendedor de Pemex y dueño también de cientos de gasolineras…

—Te voy a encerrar aquí para que duermas un poco y te recuperes, mientras mando lavar tu ropa.

—No creo, mi querido Wong; te lo agradezco, pero ya me voy.

—¿Y entonces a qué carajos viniste? —gruñó el viejo, exasperado.

—Me extraña mucho, querido Wong —dijo Constitución, con voz sorprendida—, que utilices ese lenguaje.

—¿Y qué carajos te importa? ¿A qué chingaos viniste?

—Pareces un cargador de La Merced.

—Sabes muy bien que te puedo noquear de un solo golpe; no eres pieza para mí. Pero no voy a hacerlo. Sigue tu camino, pues.

Constitución se sintió halagado de nuevo por el amor que el viejo sentía por él. Constitución también sentía una enorme simpatía por ese hombre sincero y austero.

El viejo cocinero chino tenía el pelo canoso, el cuerpo esbelto y fuerte, la piel del rostro pegada a los huesos de la calavera y los dientes grandes y amarillos. Los ojos eran un par de rendijas a las que era difícil asomarse. Cuando Wong soltaba una carcajada sonora, blanca y amarilla, algo que hacía con mucha frecuencia, las rendijas desaparecían y se convertían en dos rayas negras en ese rostro asiático, lleno de arrugas pegadas al hueso.

Wong era un deportista muy alegre, delgado y fuerte como un clavo, de movimientos rápidos y elásticos. Decía que los grandes maestros de Tai Chi eran como capullos de algodón con alma de acero.

Practicaba ese antiguo arte chino desde los siete años, y en su natal Hong Kong había sido campeón regional a los veinte. Ahora tenía sesenta años y no recordaba haber dejado un solo día de practicar su deporte.

A Wong nunca le importaron los asuntos mundanos ni el dinero, y quizás por eso, por su desprendimiento total, además de su trabajo incansable y su excelente sazón, diez años después de haber llegado a la ciudad de México era dueño del Café Hong Kong, en el callejón de Dolores, en el centro de la ciudad, a pocas cuadras de la Alameda, donde todos los días, a las cinco de la mañana, practicaba sus rutinas de Tai Chi.

Le gustaba hablar de Don Quijote, del Tao y de las técnicas más apropiadas para ejecutar el ejercicio de "empujar las manos", que es el corazón de la práctica del Tai Chi.

Constitución lo había conocido una madrugada, años atrás, cuando caminaba borracho por la Alameda, después de haber pasado unas horas en El Oasis, bebiendo con Alicia.

En medio del silencio de las cinco de la mañana, cuando la noche era aún dueña de la ciudad, la silueta de Wong, iluminada por un trozo de luna, se había recortado nítidamente en el horizonte, moviéndose muy lentamente, como una sombra china legendaria.

Constitución quedó maravillado. En silencio, muy lentamente también, se sentó en el piso para observar a sus anchas, sin ser visto, la figura del desconocido. Nunca antes había visto movimientos tan perfectos, tan lentos y armoniosos.

El hombre, vestido con unos pantalones bombachos de seda negra y una bata holgada de la misma tela que le llegaba a la mitad de los muslos, parecía flotar. En la penumbra del amanecer, Constitución lo vio levantar suavemente una rodilla hasta la altura del hombro, y estirar después la pierna, en cámara lenta, más allá de la altura de los hombros, fácilmente, en perfecto equilibrio, parado en la otra pierna, como un ninja. Pero el hombre tenía el pelo completamente blanco.

Constitución estuvo viendo al viejo, que parecía más fuerte y más flexible que una pértiga de acero, dar giros, vueltas y patadas, todo en cámara lenta, defendiéndose de un enemigo imaginario.

Los movimientos eran ejecutados con tal perfección, que Constitución sintió que podía ver casi literalmente al otro en sus intentos fallidos por alcanzar al viejo, que era todo agilidad, fuerza y gracia, una gracia infinita.

Cuando el viejo terminó su larga rutina se quedó de pie, sin moverse, con los ojos cerrados, los brazos pegados a los flancos y las piernas muy juntas, como si fuera un soldadito de plomo, meditando.

Constitución esperó diez minutos en silencio, sentado aún en el suelo, hasta que el viejo abrió los ojos lentamente y comenzó a caminar con la soltura y la gracia de un adolescente, mostrándole a la ciudad, que había comenzado a desperezarse, una amplia sonrisa.

Constitución se puso de pie y lo alcanzó en silencio. El viejo, sin voltear a verlo, le preguntó:

—¿Le gustó la rutina?

—¿Me vio usted? —preguntó Constitución, confundido.

—Desde antes de que se acercara y se sentara.

—¿Cómo…? Estaba usted de espaldas.

—También se puede ver con la piel.

Desde ese día se habían hecho grandes amigos. Cuando Constitución hablaba con el viejo, los pensamientos se le aclaraban. Y Wong era, además, muy intuitivo, y en muchas ocasiones lo había ayudado a resolver casos complicados.

Wong era bajito y delgado, vestía siempre pantalones blancos, zapatos blancos de lona y camisetas blancas muy ajustadas al cuerpo, y cuando se reunían a entrenar se veía completamente disminuido ante la masiva presencia de Constitución, quien solía mover en el aire sus enormes manos.

Constitución entendía que Wong fuera más rápido que él a la hora de pelear porque no dependía de los ojos para ver al oponente, sino de su cuerpo entero, de toda su piel, sus huesos y músculos, y porque sabía, como el gran sabio que era, que se debe aprender a ganar sin luchar.

Durante años Wong había sido un cocinero pobre que trabajaba mucho y ganaba poco, y nunca le importó. Entrenaba tres horas diarias y luego meditaba. Casi no dormía. Y comía muy poco. Pero reía mucho.

A veces era bromista y se comportaba como un niño: fresco, limpio y transparente, aunque en ocasiones era muy profundo: "Lo grande se basa en lo pequeño, y lo mucho comienza con lo poco", decía. "Hablar poco es lo natural; un fuerte viento no puede durar toda una mañana, una lluvia torrencial no puede durar todo un día. ¿De dónde más sino del Cielo y de la Tierra provienen estos fenómenos? Ni el Cielo ni la Tierra pueden durar eternamente. ¿Cuánto menos no deberían durar entonces los seres humanos?", preguntaba Wong con una enigmática sonrisa.

"Para dominarse a sí mismos… los sabios nutren su espíritu, mientras que los de rango inferior nutren el cuerpo", decía Wong para explicar por qué comía tan poco.

Muchos años antes, cuando había llegado a México, Wong

traía un morral de cuero en donde cargaba sus libros favoritos: el Tao Te King, de Lao Tse; los comentarios de Wen Tzu; una edición del I Ching comentada por Confucio; un viejo ejemplar de El arte de la guerra; una traducción al chino de Don Quijote, que releía una vez al año para refrescarse el espíritu, y un ejemplar de El viejo y el mar.

Wong era un hombre sencillo y afable, como el caballero de La Mancha. Y era, como don Quijote, un auténtico defensor de los débiles, las mujeres y los niños. También era humilde, como Lao Tse, aunque sin perder nunca el orgullo, y fuerte como el pescador cubano Santiago y el magnífico pez vela que enfrentó.

Constitución se levantó lentamente del banco de madera, pendiente de que el viejo no fuera a soltarle una patada en el pecho, como lo hacía a veces para probarle su destreza, y se encaminó a la puerta de la cocina que daba al callejón.

Sabía que tenía que irse y no escuchar más al viejo. Tenía que buscar y eliminar al Moy para salvar a Alicia, y quizá también para vengar a sus padres.

Al tomar el pomo de la puerta, escuchó la voz de Wong a sus espaldas:

—¿A qué chingaos viniste? —volvió a preguntar el viejo, exasperado.

Sin soltar la manija de la puerta, Constitución volteó el rostro sobre su hombro izquierdo y, viendo al viejo a los ojos, le dijo con toda sinceridad:

—Me sentía solo… y andaba por aquí.

—¿Y crees que soy como las putas…? ¿Que puedes venir a cualquier hora a buscar mi compañía? ¡Vete mucho al carajo!

Constitución no contestó. Volteó el rostro, abrió la puerta, salió al callejón, iluminado todavía por la luna, y cerró la puerta tras de sí, con un amargo sentimiento corroyéndole el corazón.

12

CONSTITUCIÓN SABÍA QUE HABÍA HERIDO al viejo en lo más profundo de su ser. Nunca antes lo había visto perder los estribos. Y se sintió culpable.

Al viejo Wong lo veía casi como a un padre, como al padre que tres hombres borrachos le habían arrebatado cuando apenas tenía seis años, y lo amaba así: como a un padre benévolo pero estricto.

Lo primero que cruzó por su mente al salir al oscuro callejón en la fría madrugada fue ir a comprar una botella nueva de whisky para adormecer su cerebro y no pensar más en las heridas que le había causado a Wong, pero se acordó, con una mezcla de satisfacción y disgusto, que no traía dinero.

Decidió caminar hasta su departamento-despacho para ir a ducharse, rasurarse, cambiarse de ropa, tomar dinero y salir de nuevo a la calle para comenzar la búsqueda del Moy.

Mientras caminaba por las calles solitarias del centro de la ciudad, plateadas por los reflejos de la luna, vigilante y alerta, volteando en todas direcciones, con un creciente terror por lo que estaba a punto de hacer, recordó que había dejado una botella de whisky a la mitad sobre su escritorio.

Una ola de regocijo se apoderó de su atormentado corazón, pero decidió que tomaría sólo un par de tragos para evitar que la resaca fuera demasiado violenta.

Se prometió darle apenas un par de tragos, y si notaba que el vicio maldito volvía a empujarlo a seguir tomando, vertería el contenido de la botella en el inodoro para deshacerse de la tentación.

Por experiencia sabía que no era dueño de la voluntad necesaria para cortar de golpe el vicio, así que se protegía deshaciéndose de la tentación.

Nunca había llegado al extremo de tomarse la loción para después de rasurarse, pero por pura precaución no usaba ninguna colonia.

Constitución llegó por fin a su casa, en la madrugada, con un fuerte sentimiento de aprensión porque sabía lo que estaba a punto de hacer.

Los alimentos que con gran amor le había preparado Wong le habían disipado la cabeza, y sabía que de ahora en adelante tendría que estar alerta y comenzar su cacería humana.

Luego de bañarse con agua fría para deshacerse de los últimos restos de la borrachera, se rasuró, se cambió de ropa, cogió dinero del cajón de su escritorio, tomó dos tragos de whisky directamente de la botella y revisó su Colt .38 especial dándole vueltas al cilindro para ver que estuviera cargado. Lo metió después en la funda sobaquera, se abrochó la correa fuertemente al cuerpo, se puso un saco de pana color caqui (comprado en La Lagunilla para remplazar el viejo saco de gabardina color caqui que llevaba puesto el día que había matado a Dante), y echó en el bolsillo interno un puñado extra de balas expansivas.

Pensó dejar de pasada, en la tintorería de la esquina de su casa, su saco azul de pana manchado de salsa, pero todavía era de madrugada.

Antes de salir le dio un último trago a la botella, y decidió que primero tendría que hablar con el bailarín para obligarlo a que le diera las señas del Moy, aunque tuviera que golpearlo.

En la esquina de su casa tomó un taxi. La luna brillaba alta en el firmamento porque todavía era de noche.

El taxista, un hombre de unos cincuenta años, de aspecto respetable, le dijo con tono amable:

—Buenas noches, señor; no se ofenda, pero si anda buscando una aventura, tiene usted mucha suerte. Fíjese que tengo una amiguita, muy guapa la condenada, que se quedó sin trabajo y ahora anda en eso, pero sólo mientras encuentra otro trabajo. Yo le ayudo a veces, llevándole clientes.

—No —le dijo Constitución, con tono seco, y pensó que si el chofer supiera que estaba a punto de matar a un hombre a balazos, no sólo no le hubiera ofrecido a la muchacha, sino que tampoco le hubiera permitido subir a su taxi.

Desde el asiento posterior le dio la dirección del estudio de danza y no dijo nada más. No se había puesto su uniforme de empleado de la compañía de luz porque era de madrugada y nadie notaría su presencia en el edificio. El chofer del taxi no pronunció una sola palabra más.

Cuando Constitución le pagó al chofer, que había detenido el taxi en la acera de enfrente del pequeño edificio de tres pisos, la luna seguía alta en el firmamento, bañando todo de plata.

Al devolverle el cambio, el taxista le dijo con insistencia:

—Tenga mi tarjeta. Llámeme cuando quiera un servicio de taxi, a cualquier hora del día o de la noche; estoy a sus órdenes. Y si en otra ocasión quiere conocer a mi amiga, pues también.

De pie al lado de la ventanilla, Constitución tomó la tarjeta, la rompió en dos con ademanes bruscos y le aventó los pedazos al chofer en la cara. El taxista prefirió cerrar la ventanilla sin decir nada más, y arrancó su auto para desaparecer en la noche.

Constitución cruzó la calle y en silencio, con movimientos de felino a pesar de su enorme cuerpo, subió a la azotea por las escaleras de incendio y se acostó, pecho tierra, encima de la ventana que daba a la calle.

La ventaba estaba abierta y le sorprendió escuchar música a esa hora. Entre los silencios de la melodía distinguió gemidos y lamentos. Con mucha precaución para no delatarse, se deslizó hasta el tercer piso, puso ambos pies en el pretil de la ventana, y se aventó hasta el interior del estudio.

Lo primero que vio fue al bailarín tirado en el suelo, desnudo, bañado el cuerpo por el resplandor plateado de la luna, sangrando profusamente por una herida en la cabeza.

Estaba acurrucado sobre sí mismo, en posición fetal, quejándose en voz baja, en medio de temblores incontrolables.

Un aparato de sonido colocado sobre un estantería de madera, al lado de un diván, tocaba a todo volumen una melodía que Constitución no había escuchado nunca.

Constitución se acuclilló al lado del bailarín, y éste, al percatarse de su presencia, con los ojos cerrados y el rostro hinchado, hizo el intento de moverse un poco para no ser golpeado de nuevo, pero no logró apartarse ni un milímetro del hombre que, acuclillado a su lado, intentaba calmarlo.

—Tranquilo, tranquilo —le dijo Constitución, sin atreverse a tocarlo porque se veía muy lastimado, con golpes, hematomas y derrames en todo el cuerpo—. ¿Quién le hizo esto?

El bailarín abrió los ojos y, con voz sorprendida, le preguntó:

—¿Quién es usted?

—Soy amigo de Álvaro.

Al escuchar el nombre, el bailarín comenzó a temblar de nuevo y dijo, con voz suplicante:

—Ya les dije todo lo que sé… no sé nada más… por favor.

—¿Quiere que lo ayude a levantarse? —le preguntó Constitución, sin saber cómo podría ponerlo de pie sin lastimarlo y llevarlo hasta el diván colocado al fondo del estudio de danza.

—¿Quién es usted? —insistió el otro—. ¿Qué quiere?

—Quiero ayudarlo a ponerse de pie y a vestirse.

—Mejor ayude a mi hermana —lo interrumpió el bailarín—. Está en la recámara del fondo. Me hicieron ver todo.

Constitución se puso de pie para ir a revisar a la mujer.

—Y apague esa maldita música —dijo el otro con voz entrecortada, con lágrimas en los ojos hinchados y escupiendo sangre por la boca—. Ellos lo hicieron a propósito, para que nadie escuchara nuestros gritos mientras nos golpeaban y torturaban.

—¿Quiénes son ellos? —preguntó Constitución, volviendo a ponerse en cuclillas al lado del bailarín, pero sin atreverse a tocarlo.

—Unos hijos de puta. Me amordazaron y me obligaron a ver todo lo que le hicieron a mi hermana. No sé si está muerta —dijo sollozando—. Y luego El Moy…

—¿El Moy? —lo interrumpió Constitución, sintiendo un estallido de cólera en la boca del estómago, y se prometió eliminarlo, esa misma noche si era posible… Pero no quería delatarse, así que siguió actuando como si no supiera nada—. ¿Quién es El Moy?

El bailarín pareció no haber escuchado la pregunta y siguió hablando de corrido, con voz lastimera:

—El Moy les dijo a sus matones que me detuvieran con los brazos a la la espalda y me golpeó la cabeza dos veces con la cacha de su pistola, y luego me siguió golpeando todo el cuerpo con una macana de policía. Finalmente me dejaron aquí tirado, después de hacerme el muerto. Me patearon varias veces y yo no hice ningún gesto, me arrastraron por el piso, jalándome del pelo, pero yo me convertí en un muñeco de trapo, aguantando el dolor, sin mover un solo músculo hasta que uno de ellos dijo: "A este güey ya se lo llevó la chingada", y me volvieron a patear entre dos, para estar seguros, y se fueron.

—¿Cuántos eran?

—Tres. El Moy y otros dos.

—¿Qué querían?

—Por favor —dijo el otro, con tono lastimero—. Vaya a ver a mi hermana y apague esa maldita música.

Constitución volvió a ponerse de pie y caminó hasta el diván, inclinó el cuerpo frente a la estantería para revisar el aparato de sonido y encontrar el interruptor. Un par de segundos después, el estudio de danza quedó en competo silencio, bañado por el resplandor plateado de la luna.

Constitución sabía que a esa hora los comercios del pequeño edificio estaban deshabitados y que el viejo relojero del segundo piso no se habría enterado de nada, con o sin música.

A un lado del diván vio la cajita de plástico negro del CD que había estado tocando el aparato de sonido: era de Tchaikovski. No pudo contener una leve sonrisa pensando que quizá le habían roto los huevos a patadas al pobre bailarín mientras tocaban el Cascanueces.

—Por favor —dijo el otro, con tono grave—, vaya a ver a mi hermana. Luego le cuento todo. ¿Encontraron a Álvaro?

—No sé; no puedo saber. No sé quiénes son ellos.

—¡Unos hijos de puta! —sollozó el bailarín, tirado en el piso, sangrando por la herida de la cabeza, desnudo y exhausto, bañado el cuerpo por los reflejos plateados de la luna y todavía en posición fetal.

Con pasos lentos, Constitución se dirigió a la recámara.

La muchacha, desnuda, con el rostro hinchado y muy golpeado, los ojos cerrados y amoratados, sangre seca en la boca y la nariz, estaba tirada sobre una cama, con las piernas hacia arriba, recargadas en la cabecera, y un palo de escoba metido en el recto.

La escena horrorizó a Constitución, quien se quedó mudo, de pie, con la boca entreabierta, hasta que se dio cuenta y apretó los labios.

Durante una fracción de segundo recordó a su madre, cerró los puños con rabia y se acercó despacio a la mujer para tocarle la yugular y saber si todavía tenía pulso.

Comprobó que estaba muerta. Le retiró el palo de escoba con mucho cuidado, como si todavía estuviera viva y pudiera lastimarla; luego la metió entre las sábanas y regresó al estudio con una manta, para hablar con el bailarín.

Cuando se acuclilló a su lado y lo cubrió con la manta, le dijo que su hermana había fallecido.

El otro dijo:

—Gracias a Dios… mejor.

Constitución, sorprendido por la respuesta, le pidió, si tenía fuerzas, que le contara con más detalle lo que había sucedido.

El bailarín trató de incorporarse, pero decidió seguir tirado en el piso.

—Tráigame mejor una almohada, y si me da un vaso de agua le voy a contar.

Constitución volvió a la recámara y tomó una almohada, tratando de no rozar siquiera el cadáver de la mujer que acababa de cubrir con las sábanas, y fue después a la cocina a llenar un vaso con agua de la llave.

Volvió junto al bailarín, se acuclilló de nuevo, dejó el vaso de agua a un lado, en el piso, y con cuidado le colocó la almohada bajo la cabeza. Luego le levantó un poco el rostro para que bebiera un trago de agua.

El otro suspiró y le sonrió levemente.

—Gracias —dijo.

—Cuénteme —dijo Constitución.

—La tiraron al suelo, jalándola del pelo, y la golpearon brutalmente, con patadas en la espalda. Uno de ellos comenzó a aplastarle los senos con sus botas, mientras el otro le torcía los brazos hacia atrás.

"Primero nos habían amordazado a los dos. Y mientras torturaban a mi hermana, El Moy me tenía agarrado, con los brazos amarrados a la espalda.

"Yo comencé a retorcerme y luego intenté patearlo, pero él me golpeó la cabeza con su pistola y me dijo: 'Eres una mierda; te pedí la dirección de Álvaro en forma decente y fui hasta su casa, y el hijo de la chingada había desaparecido. Sólo tú pudiste haberle avisado, porque te dije por teléfono que le iba a dar piso al hijo de puta por meterse en mis negocios', y luego me golpeó de nuevo la cabeza con su pistola.

"Después le dijo a uno de sus matones: 'Cógetela, por puta, y luego le metes un palo de escoba en el culo', y se echó a reír y me dijo: 'Esto le está pasando a tu hermana por tu culpa, por soplón, por tratar de defender a tu socio de mierda. Y si no me dices a dónde fue a esconderse, te voy a meter el cañón de esta pistola en el culo y la voy a disparar', y yo quedé horrorizado".

Constitución sabía que él era el culpable de las desventuras de estos dos seres humanos, y comprendía que aunque hubieran sido narcotraficantes en pequeña escala y hubieran estado envenenando a la juventud mexicana, sin importarles si estaban destruyendo las vidas de cientos de muchachos y muchachas, miles tal vez, no merecían haber sido tratados así.

—Luego de violarla los dos —continuó el bailarín, entre sollozos—, enfrente de mí, mientras le decían, muertos de la risa, que era una puta, comenzaron a estrellarle la cabeza contra el suelo y mi hermana perdió el sentido. Y yo no podía darle al Moy la información que me pedía porque no sé dónde está Álvaro. Finalmente, uno de ellos la levantó en brazos, la tiró sobre la cama, agarró el palo de una escoba y se lo encajó a mi hermana, que no sintió nada, yo creo, porque ya estaba muerta… Eso espero, porque yo le estaba rogando a Dios en silencio que le enviara la muerte.

"A mí me trajeron al estudio, me pusieron de rodillas, me arrancaron el pelo a tirones y después la ropa, me golpearon hasta que se cansaron, y comenzaron a meterme la macana con la que me habían golpeado, pero El Moy les dijo: 'A este no le va a hacer nada porque le gusta: es puto. Le voy a meter mejor el cañón de la pistola', y fue cuando comencé a hacerme el muerto. Fingí un desmayo, y aunque me siguieron pateando en las costillas y el dolor era insoportable, me hice el muerto hasta que se fueron".

Constitución, cuyo rostro mostraba una frialdad extrema a pesar de que un ataque de rabia estaba corroyéndole las entrañas, le dijo, con tono grave:

—¿Y qué ganaste cabrón? ¿De qué te sirvió vender esas chingaderas? ¿Envenenar a tantos jóvenes y joderles la vida? ¿De qué te sirve el dinero ahora?

El otro, tirado todavía en el piso, manchado el cuerpo de sangre, con el rostro y los ojos hinchados, dijo sollozando:

—Mataron a mi hermana… hijos de puta.

—Voy a llamar a la policía.

—¡No! Por favor… —dijo el bailarín nerviosamente.

—¿Tienes mucha mercancía aquí?

—No; se llevaron todo.

—¿Cómo sabes?

—El Moy les dijo: 'Llévense todo, no quiero que quede huella de nada', y oí a los hijos de puta cuando comenzaron a revolver todos los cajones.

El bailarín, con una repentina expresión de astucia, le preguntó:

—¿Cómo sabe usted qué es lo que vendíamos?

—Álvaro me dijo.

El bailarín asintió con la cabeza; después ladeó el rostro y comenzó a toser, escupiendo sangre.

—Voy a llamar una ambulancia, entonces —le dijo Constitución, sin atreverse a tocarlo, para no lastimarlo más.

—No, no llame a nadie. Al rato voy a estar bien.

—No creo.

—Soy muy fuerte. Llevo más de treinta años bailando. Tengo un cuerpo aguantador.

—Te ves muy mal.

—Me han puesto muchas madrizas en la vida, por homosexual, pero todas las he resistido.

—Esta vez es distinto; seguro tienes varias costillas rotas.

—Todo el mundo sabe que las costillas rotas se curan solas, con o sin médico.

—Y estás vomitando sangre. No sé si tengas algún órgano interno reventado.

—Soy muy fuerte… —reiteró el bailarín en voz baja, casi hablando consigo mismo—. Me voy a poner bien y me voy a vengar. El Moy debió haberme matado. Ya se chingó: lo voy a matar.

—¿Dónde vive El Moy? —preguntó Constitución con fingida inocencia, como sin darle importancia.

—No sé, vive con su esposa y sus hijas, pero tiene un departamento de soltero en Mixcoac. A veces me llevaba ahí para que le hiciera shows, cuando me obligaba a vestirme de mujer —dijo el bailarín con franqueza, sin importarle lo que pensara de él ese hombre de manos tan grandes.

Constitución le dirigió una rápida mirada mientras reflexionaba sobre la mejor manera de obtener la dirección del Moy.

—¿En Mixcoac? —volvió a preguntar Constitución con fingida inocencia—. ¿Cerca del mercado?

—No, en el callejón de Fray Angélico… a dos cuadras de Revolución, atrás de la arena de lucha libre.

—¿En qué número? —preguntó Constitución, sorprendido de que le estuviera dando la información con tanta facilidad.

—Quiere avisarle a la policía, ¿verdad?

—No, al contrario: quiero ajustarle las cuentas yo mismo.

—Usted no lo conoce.

—Pero mató a tu hermana, y luego te torturó.

—¿Y a usted qué le puede importar la vida de dos hermanos metidos, como usted dice, en la venta de chingaderas para envenenar y joder la vida de los jóvenes?

—Tú ya te chingaste. Si saben que estás vivo regresarán para rematarte. Te volverán a golpear hasta que quedes definitivamente muerto.

—Me voy a vengar personalmente. No le voy a decir nada más.

—¿Cómo es El Moy?

—¡Es un hijo de puta! —dijo el otro, furioso, tratando de alzar la voz, pero lo dijo en un susurro, de tan débil que estaba.

—Físicamente —dijo Constitución.

—No le voy a decir nada más; la venganza es mía.

—¿Y qué vas a hacer?

—No sé; irme de aquí hoy mismo, a mi pueblo, a casa de un tío, para recuperarme.

—Si El Moy sabe que quedaste vivo, te va a chingar.

—No va a saber.

—Si te vas y dejas aquí el cadáver de tu hermana, los vecinos notarán el mal olor en un par de días, llamarán a la policía y la noticia saldrá en los periódicos.

—¿Y...?

—El Moy se enterará. No puedes irte y dejar aquí a tu hermana.

El otro sollozó hondamente, con la poca fuerza que le quedaba.

—Mi hermana —dijo con voz lastimera—. Pobrecita...

—Dame la dirección —insistió Constitución—. Yo me hago cargo. Yo le parto la madre a ese hijo de la chingada.

—No —dijo el otro—. Ese puto es mío, y me lo voy a coger.

—No creo; estás muy golpeado.

—No pienso hacerlo ahorita.

—¿Cuándo, entonces?

—Cuando pueda hacerlo. Yo sé mi cuento.

—¿Y tu hermana?

—Antes de irme voy a llamar a la policía y les voy a decir, anónimamente, que aquí hay una mujer asesinada.

—La noticia saldrá en la prensa —reiteró Constitución.

—Me vale madres. Cuando el hijo de puta lea la noticia, si es que la lee, yo ya voy a estar muy lejos.

Aquella madrugada, a pesar del terror que sentía, Constitución reafirmó su decisión de matar al Moy, decisión de la que se arrepentiría más adelante, pero en ese momento, al ver la humillante ejecución de la muchacha y la exagerada golpiza que le habían propinado al bailarín, al que habían dejado por muerto, se prometió acabar con ese maldito narcotraficante.

Al bailarín lo dejó en el mismo sitio donde lo había encontrado: tirado en el piso, desangrándose y jurando vengarse del Moy, porque así se lo había pedido:

—Déjeme aquí; no me mueva. Voy a recuperarme y me iré.

Constitución no sabía si el bailarín podría sobrevivir a las heridas, así que, al salir del estudio, aún de madrugada, en medio de las calles bañadas por los reflejos fríos y platea-dos de la luna, llamó desde su teléfono celular a un servicio de ambulancias y les dio anónimamente las señas, sin decir que había una persona muerta; sólo dijo que había dos personas heridas.

No se sentía bien por haber decidido salir inmediatamente a buscar al Moy; sabía que debería haberse quedado para asistir al bailarín herido, pero la urgencia de eliminar al narcotraficante, pese a las consecuencias que después tuviera que enfrentar, era más poderosa en ese momento que su compasión y su sentido de la justicia y la equidad.

No sabía si El Moy era lo suficientemente importante como para despertar la furia de algún capo más poderoso, pero no le importó.

Luego de eliminar al Moy tendría que esconderse o salir de la ciudad un tiempo, mientras se enfriaban las cosas, antes de saber si la muerte de ese hombre despiadado tendría repercusiones más arriba, o si sólo se trataba de un comerciante en pequeña escala, reemplazable con cualquier otro hombre dispuesto a hacer dinero fácil y rápido gracias a la impunidad que reinaba en el país y a la creciente corrupción de funcionarios, jueces y policías.

13

A PESAR DE QUE NO HABÍA DORMIDO y de que había pasado otra noche en vela bebiendo sin poder dominar su vicio, Constitución se sentía fresco. A nadie parecía importarle el exterminio de la juventud mexicana, y él tendría que hacer algo al respecto.

Paró un taxi a esas horas de la madrugada y le dijo al chofer que lo llevara hasta la avenida Revolución y lo dejara enfrente de la arena de lucha libre.

Al bajarse del auto comprobó que casi no había nadie en las calles. Ya estaba a punto de amanecer, pero la ciudad seguía dormida.

Todos los negocios aledaños estaban cerrados. Un hombre canoso, de panza prominente, estaba lavando las ventanas de una lonchería ubicada enfrente de la arena, al otro lado de la avenida.

Sintió hambre y, con señas, apuntando con el dedo índice hacia un reloj de pulsera imaginario porque recordó el trueque que había hecho con el taquero, le preguntó al hombre canoso a qué hora abría el negocio.

El tipo de la panza prominente le dijo, a señas también, que hasta las seis de la mañana, así que Constitución le dio las gracias con un ademán de la mano derecha y comenzó a andar hacia el Periférico en busca del callejón de Fray Angélico.

Dos cuadras más adelante se topó con el callejón y recorrió sus estrechas calles en silencio, revisando cuidadosamente, con toda la atención de que era capaz, las casas y edificios, tratando de adivinar en dónde tendría El Moy su departamento de soltero.

Eran sólo tres cuadras, así que pudo caminar por el estrecho callejón dos veces de ida y dos de vuelta.

En su lento recorrido no se topó con nadie.

Por fin, poco a poco, la luz comenzó a ganarle espacio a las sombras y el firmamento se tiñó de tonalidades violeta. La luna desapareció y los primeros rayos de un sol naciente pintaron de anaranjado el asfalto y los muros del callejón Fray Angélico, en el corazón de Mixcoac.

Mientras recorría el callejón por tercera vez, vio llegar una camioneta Lincoln Navigator negra con los vidrios polarizados, que se estacionó en la entrada de un edificio de tres pisos.

Constitución siguió caminando, como sin darle importancia para no despertar sospechas, pero con los cinco sentidos bien alerta.

Del interior de la camioneta salieron tres hombres; uno de ellos, que parecía ser el jefe del grupo, era corpulento y tenía cara de pocos amigos. Traía abierta la chamarra de cuero, y en la cintura, entre la camisa y el pantalón, se veía la cacha de una escuadra.

Constitución no podía saber si era El Moy, pero si no era, el tipo debía ser, al menos, parte de la banda del Moy.

Con mucha precaución, mirando apenas por el rabillo del ojo, al pasar se fijó que en una de las ventanas del departamento del segundo piso que daba a la calle se encendió una luz segundos después de que los tres entraron al edificio.

Contento con su descubrimiento, caminó de regreso hasta la avenida Revolución y de ahí siguió hasta la avenida San Antonio, para desayunar en el Vip's de la esquina.

Antes de entrar al restaurante compró un periódico y se sentó en una mesa del fondo para revisar con calma las noticias.

Sabía que no era posible que hubieran publicado el asunto del bailarín, aunque los de la ambulancia hubieran hecho un reporte a la policía, tal como debían hacer todos los servicios médicos en una situación similar. En todo caso, aparecería en los diarios de la tarde.

Después de ordenar, comenzó a leer.

"Ejecutan a siete personas en Michoacán; a tres de ellas las decapitaron. Los cadáveres descuartizados hallados en Uruapan estaban marcados con la letra Z. Además, un policía fue acribillado en Lázaro Cárdenas".

Hastiado, prefirió no seguir leyendo la información y buscó la página de editoriales, donde se topó con este comentario:

"El fracaso para pacificar al país hizo que la estrategia antidrogas de Calderón —basada en sacar al ejército de los cuarteles para quitarle de las manos el control de las ciudades a los narcotraficantes, que han corrompido a los cuerpos policiacos y a los políticos— se convirtiera en una situación pública internacional muy vergonzosa.

"Es imposible seguir así. La violencia extrema se ha convertido en el pan nuestro de cada día. Ya van más de cinco mil muertos en lo que va de este año, decenas de asesinados cada día, cadáveres decapitados, sin piel en el rostro, torturados, amontonados en terrenos baldíos, horriblemente mutilados.

"De los mencionados cinco mil asesinados en 2008, más de mil se registraron sólo en los meses de julio y agosto.

"Hace un par de días, tres cadáveres decapitados y con las manos cortadas aparecieron en un descampado en Tijuana, ciudad antes conocida por sus avenidas de diversión y que ahora se ha convertido en un lugar que los estadounidenses procuran evitar.

"Sabemos, aunque no nos guste, que México es el proveedor más grande de marihuana y la segunda mayor fuente de heroína del mercado estadounidense. Y sabemos también que entre 60 y 70 por ciento de las metanfetaminas que se venden en Estados Unidos se producen en México.

"Por su situación geográfica, México es el puente natural de toda la droga procedente de Sudamérica —principalmente de Colombia, pero también de Bolivia, Ecuador y Perú— con destino a Estados Unidos.

"En 2003 los traficantes mexicanos eran ya responsables de 77 por ciento de la cocaína que ingresaba en Estados Unidos, cifra que al año siguiente había subido hasta 92 por ciento, según datos de la Agencia Antidrogas de Estados Unidos (DEA).

"Los cárteles mexicanos son —junto con los de Colombia, a los que están reemplazando desde hace años en el mercado estadounidense de la droga— los más poderosos del mundo.

"Se trata de un negocio ilegal —y necesariamente mortal— que mueve más de 100 mil millones de dólares al año, sólo en la frontera. Y es, por lo tanto, un negocio imparable".

Mientras le traían sus chilaquiles y su café negro, leyó una entrevista con una mujer mexicana, supuestamente involucrada con el narcotráfico.

La nota, "exclusiva" según decía el título, era de un corresponsal del diario y estaba fechada en Medellín.

La entrevista comenzaba bruscamente, con una cita de la mujer:

"Antes que nada, quiero dejar en claro, señor periodista, que yo no tengo nada que ver con el narcotráfico. Tan es así, que las autoridades de México tuvieron que soltarme.

"Gracias por concederme la entrevista, señora. Sin embargo, quiero recordarle que todo el mundo sabe que los cárteles mexicanos tienen lazos con los traficantes de drogas colombianos. Y entonces resulta extraño que usted, siendo mexicana, esté ahora acá.

"Yo asistí como invitada a una carrera parejera de caballos en la que hubo un muerto. Ese fue mi único error, y a mi entender no es ningún delito asistir a una carrera de caballos donde se apuestan grandes sumas de dinero.

"¿Puede decirnos qué sucedió?

"El jinete jaló la rienda del caballo en lugar de soltarla, por eso los mataron... ahí mismo, con un tiro en la sien a cada uno, al jinete y al caballo, que había costado cien mil dólares, pero de todos modos El Cuz, que fue el que me invitó al evento y que es un hombre muy cumplidor, tuvo que pagar porque su caballo perdió. Había apostado un rancho.

"¿Quién es El Cuz?

"Como usted comprenderá, no se lo puedo decir. El caso es que al día siguiente, a mediodía, me aprehendieron a mí de muy fea manera, a gritos y empujones, jalándome del cabello para hacerme entrar en una camioneta Suburban blanca, cuando salía de Liverpool, en Perisur.

"Los agentes de la judicial son unos rateros y unos muertos de hambre. Me quitaron mi chamarra de cuero con cuello de mink y nunca me la regresaron.

"Y un Patek Philippe de oro macizo, que tampoco me regresaron, porque tampoco lo registraron en la boleta de objetos personales cuando me llevaron a la Procuraduría.

"Anotaron mi bolso, mi billetera y mi licencia de manejar; los dólares que traía, que eran como quinientos, tampoco los anotaron; sólo dos billetes de cien pesos y uno de cincuenta pesos, junto con una pluma Mont Blanc, como para que se viera que no se roban objetos valiosos... ¡Hijos de puta!

"Y espero que lo dejen publicar eso que acabo de decir, porque son unos verdaderos hijos de puta.

"Me encerraron en los separos de la Procuraduría Federal acusada de delitos de delincuencia organizada contra la salud y supuestos operativos con recursos de procedencia ilícita.

"Luego supe, cuando me dejaron libre, porque los abogados del Cuz lograron que las autoridades no pudieran probarme nada, que el tipo que ganó la carrera no pudo acreditar la propiedad del rancho porque lo único que tenía para demostrarla estaba escrito en una servilleta de papel, aunque, según él, contaba también con el testimonio de algunos vecinos del lugar.

"Cuando me soltaron me viene para acá, y aquí estoy mejor. Después supe, estando acá, que El Cuz le mandó inspectores del catastro al tipo que ganó, y que éste no pudo demostrar nada, así que El Cuz no perdió el rancho, sólo perdió los cien mil dólares del caballo, que de todas maneras era malísimo. Ya había perdido dos carreras antes.

"¿Y el jinete?

"Era un muchacho flaquito, que montaba muy bien y que se había hecho de cierto nombre entre los aficionados, pero ese día se vio muy claro que le jaló la cabeza al caballo en vez de soltarla. Nadie sabe si el dueño del caballo que ganó compró a nuestro jinete antes de la carrera; pero el caso es que ahí quedó el pendejo, por vendido".

La nota terminaba así, también bruscamente, sin revelar el nombre de la mujer ni su paradero, dejándole al lector la tarea de adivinar si esa mujer, que no permitió que se le tomaran fotos para la entrevista, era parte del narcotráfico o era simplemente una las amantes del mencionado "Cuz", al que tampoco quiso identificar.

Otra nota llamó su atención:

"Elementos del ejercito mexicano desmantelaron un laboratorio clandestino ubicado en el municipio de Ziracuaretiro, Michoacán, donde el pasado 23 de enero fueron descubiertos otros dos que se encontraban bajo tierra, informó la 43 Zona Militar.

"Personal militar localizó químicos suficientes para la fabricación de al menos 400 kilos de droga sintética, con los cuales hubiera sido posible la elaboración de un millón de dosis.

"Este es el laboratorio clandestino número 16 que se descubre y se desmantela en Michoacán en lo que va del presente año.

"La 43 Zona Militar dio a conocer que el narcolaboratorio fue descubierto al realizar un recorrido de vigilancia por la zona serrana del municipio y ubicar una vivienda abandonada.

"Al rodear el domicilio, el personal militar se percató de que en su interior había químicos y utensilios para la elaboración de drogas sintéticas, por lo que se procedió a su aseguramiento.

"En la vivienda fueron asegurados 22 tambos de 200 litros cada uno con sustancias químicas; ocho sacos de 50 kilos de sal de mar; 400 kilos de sosa cáustica; 100 kilos de acetato de sodio y 100 kilos de otros químicos no determinados.

"También localizaron 38 bidones y contenedores con diferentes sustancias; máscaras antigases, ollas de peltre, matraces, destiladores, tinas, reguladores de temperatura, calentadores de gas, compresores, coladores y papel para empaquetar droga.

"Todo fue asegurado y puesto a disposición de las autoridades federales correspondientes, quienes se encargarán de continuar con las investigaciones. No hubo detenidos".

Cuando la mesera le trajo el desayuno, Constitución comenzó a comer con hambre, masticando rápidamente y dando sorbos a su taza de café negro, con un placer inmediato al sentir el alimento cayendo en su estómago.

A pesar del deleite que le causaba la comida, comenzó a cavilar que la vida, su vida, estaba a punto de dar un giro.

Ya antes había matado, pero seguía siendo un asunto muy difícil.

Siguió comiendo, tratando de no agitarse demasiado, porque también sabía que finalmente cada uno debe hacer lo que debe hacer, y que no hay forma de oponerse al destino.

Aquella mañana supo, desayunando solo y en silencio en el restaurante, apartado del resto de la humanidad, como casi siempre le sucedía, rodeado de grupos de comensales que conversaban amigablemente, que su vida iba a dar un tremendo giro después de matar al Moy.

Como una primera precaución se prometió a sí mismo, mientras le daba un sorbo a su taza de café, que si seguía en ese estado de agitación, que iba creciendo por minutos haciendo que sintiera que su pecho iba a estallar, no recurriría al alcohol para aliviarse.

Comprendió que de ahora en adelante tendría que estar alerta, con los cinco sentidos a la expectativa todo el tiempo, noche y día, dormido o despierto, para adelantarse a los peligros y a las posibles contingencias. Y admitió que tenía miedo.

Sabía que los narcotraficantes ejercen un control absoluto sobre la población en las zonas donde operan, y que suscitan una mezcla de terror, con amenazas, asesinatos y sobornos, y admiración por el nivel de vida de que disfrutan.

No sabía si El Moy era muy importante en ese esquema, pero sabía que era un asesino y que por lo tanto debía ajustarle las cuentas, porque finalmente alguien tenía que hacerlo.

Así que, con o sin miedo, Constitución iba a ver la forma de eliminar al Moy esa misma mañana, en cuanto terminara de desayunar, para acabar con ese asunto y dedicarse a vivir su vida de nuevo, sin tanto miedo y con más tranquilidad.

Tuvo que admitir también que muchos de sus miedos eran producto de su niñez, cuando no había podido defender a sus padres y se había sentido impotente, a pesar de que sólo tenía seis años.

Una vez más, en contra de su voluntad, recordó el aborrecido y caluroso mediodía en que su padre cayó abatido a balazos y a su madre la golpearon y la violaron sin piedad, entre gritos y puñetazos.

Aunque no quería reconocerlo plenamente, sabía que esa era la fuente de sus miedos. A veces, a pesar de ser un hombre muy fuerte, producto de su dedicación al ejercicio y boxeo chino con Wong, seguía sintiéndose como un niño indefenso.

Por eso se había metido a la Policía Judicial del Distrito Federal, para cargar un arma al cinto y sentirse protegido. Y por eso había obtenido su licencia de investigador privado, para seguir transitando por la vida con un arma en su funda sobaquera… esos habían sido sus motivos. Y luego trató de imaginar cuáles habrían sido los motivos del Moy para involucrarse en el narcotráfico.

Al reflexionar sobre ese hombre desconocido, quien estaría muerto esa misma mañana, antes incluso del mediodía, pensó que la pobreza, tal como le había dicho Álvaro, tendría que haber jugado un papel importante, pero no podía ser el único elemento… también estarían presentes la posible debilidad de carácter, el chantaje de los poderosos, la venganza, las ansias de mando y poderío, la estupidez, el sexo, la ambición desmedida hacia el dinero fácil, y un largo etcétera.

Mientras tomaba su tercera taza de café para mantenerse despierto luego de dos noches de borrachera, se puso a revisar en silencio sus necesidades y valores morales y los del Moy, y se dio cuenta de que no sólo eran distintos, sino necesariamente excluyentes, al igual que sus metas en la vida, sus puntos de vista y razones.

Con estas reflexiones se dio valor para hacer lo que tenía que hacer: limpiar el mundo de sabandijas… y vengar a sus padres, una vez más.

Pidió la cuenta y esperó, imperturbable ahora, tras la decisión que había tomado de no aceptar jamás la injusticia que hay en el exterminio de la juventud mexicana a través de las drogas, ni la impunidad y la corrupción en todos los niveles del poder.

Se puso de pie y mientras se dirigía a la caja para ir a pagar, se prometió, una vez más, seguir en la lucha, sabiendo que el narcotráfico era prácticamente invencible. Pero él debía seguir limpiando el mundo, y si además lograba dejar de beber, sería incluso mucho mejor.

Caminando de nuevo por las estrechas calles en las cercanías del callejón de Fray Angélico, con las manos libres porque había dejado el periódico sobre la mesa del Vip's, tocó disimuladamente la funda sobaquera bajo su saco de pana color caqui y se sintió bien. Su inseparable Colt .38 especial lo hacía sentirse poderoso y protegido de todo mal.

No obstante, lo asaltó una duda: si no lograba matar esa mañana al Moy, ¿lo intentaría más tarde, en la noche quizás, pero ese mismo día?

Quería terminar de una buena vez, aprovechando el ánimo que había encontrado en su corazón para hacerlo. No sabía cómo se iban a desarrollar los acontecimientos, pero definitivamente no quería eliminar a ninguno de sus ayudantes, porque el blanco era El Moy. A los demás, los que fueran, los alcanzaría su propio karma, tal como decía Wong.

El sol de la mañana, reflejándose en las ventanas de las casas y los pequeños edificios asentados a los lados del callejón, lo cegaba al caminar.

Luego de recorrer dos cuadras llegó al edificio ante el cual se había estacionado la camioneta, pero el vehículo ya no estaba.

Tendría que pasar de largo, caminando como si nada, y tratar de ver, de reojo, si estaba dentro de la cochera.

No había nadie más en la calle y solamente se escuchaban radios o televisores encendidos.

Constitución volteó hacia arriba, buscando ver a alguien en la ventana del segundo piso. No vio a nadie. En el firmamento notó que el ligero viento de la mañana movía suavemente un compacto grupo de densas nubes, blancas y brillantes.

No había tenido tiempo de formular un plan, pero quería aprovechar que estaba sobrio, y el creciente sentimiento de que podría hacerlo sin correr demasiado peligro.

Pasó de largo y no vio la camioneta dentro del garaje. Siguió su camino y llegó hasta el final de la cuadra, que era la última del callejón.

Volvió sobre sus pasos y se acercó a la puerta del edificio para leer el directorio en el intercomunicador de la calle. Notó que había solamente seis departamentos. Dos en cada piso. En las dos viviendas de la segunda planta, marcadas con los números 201 y 202, se leían, en uno, el nombre de una mujer, y en el otro, el de un hombre: Moisés Berlanga.

"¡Moisés!", dijo en voz baja. El Moy... tenía que ser. "Moy-sés...", volvió a repetir en voz baja, con una sonrisa en el rostro, sin poder disimular lo mucho que eso lo complacía.

Sin embargo, se sintió terriblemente solo. Sabía que el mundo estaba podrido y la mayoría de sus habitantes más, y que por lo tanto tenía que seguir con su plan, pero matar a un hombre a sangre fría, premeditadamente, no era un asunto fácil.

Se retiró de la puerta y volvió a mirar, disimuladamente, hacia la ventana del segundo piso, buscando ver a alguien. Las cortinas estaban descorridas, como habían estado al amanecer, cuando vio encenderse una luz dentro de la vivienda, pero tampoco vio a nadie.

La puerta de entrada del edificio se abrió de pronto, inesperadamente, y los ojos de Constitución, asombrados, se abrieron también al mismo tiempo, desmesuradamente.

En una fracción de segundo comprendió que había estado distraído, sopesando sus dudas morales y poniendo en peligro su plan... y quizá hasta su vida.

Una mujer joven, alta y de buen cuerpo, con un vestido corto muy ajustado, color naranja, rodeada de un intenso olor a perfume, salió del edificio sin prestar atención al hombre de anchos hombros que estaba de pie en la acera.

La mujer se detuvo un instante, sacó de su bolso un cigarrillo y una caja de fósforos, y se inclinó para encenderlo. Enseguida echó a andar con el sonoro ritmo que producían en el asfalto sus zapatos rojos de tacón muy alto.

Constitución aprovechó el momento y entró en el edificio sin que lo viera la mujer, quien se alejaba, muy quitada de la pena, haciendo ruido con sus altos tacones y fumando.

Subió rápidamente las escaleras hasta el segundo piso, con mucho sigilo, tocando un par de veces su funda sobaquera, Constitución notó que un fuerte olor a perfume flotaba aún en el ambiente, justo enfrente de la puerta del departamento marcado con el número 201. Si la mujer vivía sola, nadie más saldría de esa vivienda.

Se acercó con mucho cuidado hasta la puerta y pegó una oreja para intentar saber si habría alguien más dentro.

Durante casi un minuto estuvo así, sin escuchar nada, hasta que se sintió más seguro. Al menos en el segundo piso no habría nadie más, salvo las personas que estuvieran dentro del otro departamento, el de la ventana grande que daba a la calle.

Al acercarse al otro departamento con mucho sigilo, esperando que nadie abriera la puerta de pronto y lo sorprendiera, escuchó una voz:

—La pinche vieja de al lado está muy buena, pero se cree mucho. Ahí va caminando con sus taconzotes, la hija de la chingada.

—Pinche puta —dijo otra voz—. Ni siquiera voltea a vernos. Cuando pasas junto a ella se hace como que no ve.

—Pendeja —dijo el otro—. Si supiera la lana que hay aquí...

—Así son todas las pinches viejas; nomás porque a veces la trae a su casa el pendejo ése con el convertible azul.

—Seguro que al güey le da las nalgas sólo por el convertible. ¿Te has fijado que está gordo, y además calvo?

—Todas las mujeres son iguales: putas e interesadas.

—Si estuviera El Moy diría "menos mi mamá, mi mujer y mis hijas".

—¡Pinche Moy! —dijo el otro—. Se le pasó la mano; lo del palo de escoba estuvo muy gacho.

—¿Y desde cuándo eres tan santo? Bien que te la cogiste.

—Estaba rica. Apretadita, la cabrona, cuando se la metí por atrás.

—A mí se me hace que El Moy es mayate y que se andaba cogiendo al puto... Ya ni chinga.

—Que no te oiga, porque te parte la madre.

—¡Pinche Moy! —reiteró el otro.

—¿Qué tal cogerá el bailarín?

—Cogería —dijo el otro—, porque ya chingó a su madre.

—¿Te cogerías a un hombre?

—Por puro gusto, no; pero en la cárcel, por necesidad, seguro que te chingas al que se deje.

Con la cabeza inclinada y una oreja pagada a la puerta para escuchar el diálogo, Constitución no se percató de que alguien subía lentamente por las escaleras del edificio. Súbitamente apareció una figura en el rellano.

Sintió miedo, se llevó la mano a su funda sobaquera y entornó los ojos. Una señora mayor, cargando con dificultad una bolsa de mercado, siguió su camino hacia el tercer piso sin voltear a verlo.

Constitución respiró con alivio y volvió a inclinar un poco la cabeza para pegar la oreja a la puerta y seguir escuchando.

A pesar de que cada minuto iba sintiendo más aprensión, todavía era capaz de dominarse y pensar fríamente. Necesitaba dejar el alcohol, por lo menos mientras cumplía su misión.

Después de haber desayunado se sentía bien, con nuevos bríos.

—¿A poco piensas en la cárcel? —preguntó una de las voces.

—¿A poco tú no, cabrón?

—¡Ni madres! —respondió la otra voz—. No pienso dejarme agarrar. Me podrán matar, pero antes me llevo a uno o dos policías de corbata, porque a la cárcel, definitivamente, no voy a ir a dar. Primero muerto.

Constitución había distinguido sólo dos voces. Una hora antes, al ver llegar la camioneta al callejón, se habían bajado tres hombres. A uno de ellos se le veía en la cintura la cacha de una escuadra.

Ahora la camioneta ya no estaba estacionada afuera del edificio. El Moy se la había llevado, porque los otros dos, que probablemente eran sus guardaespaldas, lo habían estado criticando.

De pronto, uno de ellos cambió el tema de la conversación y dijo:

—Ya le compré su casita a mi jefa.

—¿Dónde?

—En Neza.

—Ya ni chingas güey, ¿cómo en Neza?

—No seas maje, güey: mi jefa nació ahí. Somos de ahí, yo también nací ahí. En otro lado se sentiría mal.

—Pero igual, cabrón, hay que superarse, ir más arriba.

—¿Y dónde querías? ¿Aquí en Mixcoac? ¿Cerca del Moy?

—No sé... la Portales.

—A mí me gusta Neza, y la casa está chida. De dos pisos, amarilla.

—¡Pinche colorcito, güey!

—¿Qué tiene?

—Es medio corriente ¿no?

—Tas pendejo, güey; se ve a toda madre. Lo primero que ves al entrar es un altarcito chingón que le puse a la Virgen en una de las paredes de la sala. Se ve chido, con sus veladoras de cada lado, y compré además una tele chingona, grandísima, de pantalla plana, que está también en la sala, para que los que entren se queden pendejos.

—¿Y tu jefa qué dice?

—Está feliz.

—¿No te pregunta de dónde sacas la lana?

—Cada vez que la veo.

—¿Y qué le dices?

—Que ando correteando el bolillo, y que es muy complicado lo que hago, que estoy ayudando a unos judiciales... porque un día vio mi escuadra.

—¿Y tu jefe?

—No tengo.

—¿Se murió?

—No sé, nunca tuve. Nomás mi jefa.

—¿Nunca le preguntaste?

—Mil veces. El día que la llevé a la casa nueva, que fue una sorpresa porque no le dije nada hasta que ya estaba toda puesta, le volví a preguntar: "Ton's qué, jefa, ¿me va usté a decir quién fue?", y ella, como siempre, con su misma respuesta: "No, pos naiden". Y yo: "¿Cómo naiden?", y ella: "Es la verdá: naiden".

—¡Puta madre! Ni que hubiera sido el Espíritu Santo.

—No te burles, cabrón, te lo estoy contando en confianza.

—No me burlo, pero eso está más pior.

—¿Qué?

—Que no te diga.

—Pues ya sé, pero ¿qué le hago?

—¿Y tu acta de nacimiento?

—No dice. Dice "padre desconocido".

—Ta'cabrón.

—¿Y el tuyo?

—Yo estoy al revés: me crió mi jefe. Mi jefa se fue; nos dejó.

—¿A dónde se fue?

—No sé… mi jefe nunca supo. Cuando crecí me dijo, un día que estaba bien pedo, que se fue con un cabrón que manejaba un pesero.

—Puta madre. Perdón, no quise decir…

—No hay pedo… pinche vieja puta… por eso ando en esto… para sacar a mi jefe de pobre. Le voy a comprar también una casita, pero en la Portales.

—¿Qué hace?

—Es carpintero, pero ya está jodido; tiene artritis y no aguanta las manos, por eso ahora se dedica al pedo y a llorar porque la puta de mi madre nos dejó.

—¡Pinche vida!

—Es una mierda. Y mira lo que tenemos que hacer para comprar una pinche casa: andar matando gente inocente.

—¿Y qué querías? ¿Limpiar parabrisas en los altos?

—No, güey —dijo el otro y soltó una carcajada—. Ponernos mejor globos en las nalgas, debajo de los pantalones, y trabajar de payasitos.

—Pásame otra línea; el pinche Moy no se va a enterar. El paquete ya está cerrado y cuando lo entreguemos nadie notará que falta un puñito. Qué bajo hemos caído: además de asesinos, somos rateros.

—La verdad es que mi jefe me entrenó desde chiquito.

—¿De qué me estás hablando?

—Cuando íbamos al mercado, mi jefe me señalaba con la vista las cosas que tenía que guardarme en las bolsas de mis pantalones cortos. Siempre que íbamos de compras me hacía ponerme pantalones cortos, para que me viera más chavo. Y si el dueño o la dueña nos pescaba, me regañaba, dizque muy serio, y me decía que robar no era bueno, que regresara las cosas. Y los dueños nunca llamaban a la policía.

—Y ahora tú lo vas a ayudar a él.

—Pobre… está muy jodido.

—Eso está bien, maestro. Se ve que somos buenos hijos; seremos muy hijos de la chingada, pero somos también buenos hijos.

—Después mi jefe ya no supo de mis andanzas y yo nunca le conté nada. Fui creciendo y me dio por entrar de noche, en silencio, a casas del rumbo para robar, mientras las familias dormían. Y fíjate que me sucedía algo muy extraño.

—¿Qué?

—Conste que estamos en confianza; después no te vayas a reír de mí.

—No, maestro, para nada: somos como hermanos.

—Me daba por cagar. En cuanto entraba y veía que la familia estaba dormida, se me paraba la verga y me daba por cagar.

—¿En serio?

—En serio. Pero no en el baño: me daba por cagar en algún sitio de la casa, sobre la mesa del comedor, o en un plato que luego metía en el refrigerador.

—¡Puta madre, cabrón! ¿En serio?

—En serio. A veces no entraba para robar, sólo para cagar. Era una sensación chingona, y a veces me la jalaba después y me venía sobre los muebles o las paredes.

—¡Puta madre!

—Así es, cabrón: entraba para cagar sobre las mesas y los sillones.

—¿Y nunca te cogiste a nadie?

—Una sola vez. Amarré al esposo y me cogí a su mujer.

Los dos hombres volvieron a quedarse en silencio. Constitución notó que la brillante luz de la mañana, que entraba a raudales por una ventana del pasillo, se reflejaba en su cuerpo, y pensó que su sombra lo habría delatado, al no dejar pasar la luz debajo de la puerta.

Uno de los tipos dijo, con voz forzada:

—Como te estaba diciendo hace rato: no pienso ir jamás a la cárcel.

En ese momento, Constitución escuchó pasos cautelosos dentro del departamento, que al parecer se dirigían hacia la puerta de la entrada.

Se enderezó bruscamente, pero no lo suficientemente rápido y cuando la puerta se abrió, un hombre alto y fuerte, de manos rudas, lo tomó por el cuello y lo hizo entrar a empujones, mientras lo ahorcaba y le gritaba:

—¡Hijo de tu puta madre! ¿Qué estás espiando, culero?

Constitución le dio un fuerte codazo al tipo y pudo zafarse, pero el otro ya se había abalanzado contra él, dándole una patada en el estómago.

Encolerizado, Constitución desenfundó su revólver en fracciones de segundo y los amenazó con gritos destemplados:

—¡Soy judicial, se los va a cargar la verga! ¡Hijos de puta!

Ambos quedaron paralizados, mudos e inmóviles, sin saber qué hacer.

En el lóbulo de la oreja izquierda del segundo atacante brillaba un arete de oro.

Los dos hombres, que habían estado consumiendo cocaína, tenían los ojos muy abiertos y las pupilas dilatadas, y aunque permanecieron quietos e inmóviles ante la amenaza del revólver, parecían estar dispuestos a saltar sobre Constitución en cualquier momento.

Para evitar problemas, Constitución le ordenó al hombre del arete que se quitara el cinturón y que atara al otro con las manos en la espalda.

Y después, mientras le ordenaba al hombre atado de manos que se tendiera boca abajo en el piso, le dio un fuerte golpe en el cráneo con la cacha de su revólver al hombre del arete, haciendo que cayera de bruces al suelo, inconsciente.

Empuñando aún su revólver y sin dejar de vigilar a los dos hombres tendidos en el piso, pasó por encima de sus cuerpos y fue a cerrar la puerta del departamento, que había quedado abierta.

Con mucha precaución, sin dejar de mirar a ambos, guardó su revólver y le quitó el cinturón al hombre atado de manos para amarrar al otro, al del arete, de la misma forma.

Enseguida tomó de las piernas al hombre inconsciente, lo arrastró hasta la pequeña sala del departamento y se sentó después en un sillón.

—¡Y tú, hijo de puta! —le dijo al otro—. Levántate y ven para acá.

Con cierta dificultad por tener las manos atadas a la espalda, el otro logró ponerse de pie y llegó hasta donde estaba Constitución, quien ya tenía de nuevo su revólver en la mano y no permitió que se le acercara demasiado.

—Tírate al piso, boca arriba... allá, junto a tu pinche amigo de mierda.

Al tipo del arete, que seguía desmayado, lo había dejado a la mitad de la sala, sobre la alfombra, boca arriba.

Cuando le ordenó al otro que se tendiera junto a su amigo, vio que el tipo del arete abrió los ojos momentáneamente, y por la expresión del rostro, Constitución supo que estaba todavía inconsciente.

Mientras el otro hombre se tendía con dificultad al lado de su amigo, el tipo del arete abría y cerraba los ojos, y parecía estar entrando y saliendo de un estado nebulosamente consciente.

Constitución pudo ver que cuando abría los ojos, el sujeto tenía la mirada perdida, y seguramente no sabía dónde estaba ni quién era.

Inmediatamente reconoció que lo había golpeado con demasiada fuerza, debido a la furia que experimentó cuando los dos sujetos lo atacaron, y supo, con toda certeza, que el tipo del arete estaba experimentando una hemorragia cerebral que tal vez sería fatal.

Si un cirujano no taladraba el cráneo del hombre en ese momento, para aliviar la presión de la sangre sobre el cerebro, el hombre del arete podría morir en cuestión de minutos.

Y como no había ningún cirujano cerca, Constitución supo que el costo de eliminar al Moy había aumentado ahora a dos muertes. Porque hoy mismo iba a matar al hijo de puta del Moy.

Se entristeció y quiso saber quién era el futuro muerto, pero no estaba dispuesto a delatarse, así que decidió seguir actuando como si fuera un judicial.

—¡Dime tu nombre, cabroncito de mierda! —le dijo al tipo que no tenía arete, utilizando un tono de voz fuerte, como si fuera uno más de los cientos de agentes judiciales violadores de los derechos humanos, mientras el sujeto se tendía al lado de su amigo.

—¡Y no me mientas, hijo de puta, porque te carga la verga!

—Luis Ascona.

—Los escuché al otro lado de la puerta, antes de que intentaran matarme a golpes, par de hijos de la chingada —dijo, fingiendo estar enfurecido—. ¿Tú le compraste una casita a tu jefa?

—No; fue él —dijo el hombre, moviendo la cabeza para señalar al hombre del arete.

—¿Cómo se llama?

—Julio Cisneros.

—¿Se conocen desde hace mucho?

—Hace dos años. A mí me contrataron como chofer, y a Julio como ayudante, porque no sabe manejar.

Constitución, sin mover la cabeza, enfocó la vista en el hombre del arete y se sintió peor que nunca. No pudo aguantar el dolor que le causaba haber herido de muerte, sin proponérselo, a ese joven de no más de veinte años y volteó la cabeza hacia otro lado.

En una mesita lateral de la sala vio una escuadra Beretta 9mm y una botella abierta de whisky de buena marca. Pensó que podría tomar un par de tragos para sentirse mejor, pero decidió no hacerlo… por lo menos no antes de ajustarle las cuentas al Moy, para acabar de una vez con el problema de Alicia y darle las buenas nuevas a Alvarito… y quizás avisarle también al bailarín… si es que todavía estaba vivo.

Debajo de la mesita había una pequeña maleta negra. Después de obligar al hombre que no estaba herido a que le dijera, a como diera lugar, dónde estaba El Moy, tendría que revisarla, porque podría estar llena de droga.

—¿Dónde está El Moy? —le preguntó Constitución, encolerizado ahora de verdad, mientras le apuntaba con su revólver.

El otro se quedó callado, mirándolo fijamente desde su incómoda postura en el suelo, boca arriba, con las manos atadas a la espalda.

—¡Contéstame, hijo de puta!

—No sé.

—¡Sí sabes, cabrón! Hace una hora estaba aquí.

—Sí, pero no sé. Se llevó la camioneta.

—¿Y qué dijo?

—Nada.

—¿Cómo nada? Les tuvo que dar alguna orden.

—Nos dijo que lo esperáramos aquí.

Cuando el hombre del arete, entre murmullos incomprensibles, abría los ojos, negros y opacos, Constitución notaba que éstos estaban ya sin vida, y se sentía mal porque sabía que él era el culpable de que no tuvieran ningún destello de luz interior. Cada minuto que transcurría era más evidente que ese hombre perecería muy pronto ahí, tirado a sus pies.

No tenía todavía un plan, pero sabía que el primer paso era localizar al Moy… o quizás esperarlo ahí mismo. Tampoco había pensado qué hacer con el otro hombre, el que no estaba herido, tirado ahí también, consciente y con los ojos llenos de terror.

Constitución sabía que la ventaja que tenía en ese momento era que El Moy no sabía, no podía saber, que él lo estaba buscando.

Esa pequeña ventaja le daba la posibilidad de adelantarse a cualquier movimiento del Moy para poder enfrentarlo de manera sorpresiva.

Lo único que tenía que hacer era evitar que el hombre que estaba consciente le hiciera llegar un mensaje, previniéndolo.

—¿Tienes celular? —le preguntó Constitución.

—Sí —dijo el otro, moviéndose hacia un lado, para cambiar de postura—. Se me están durmiendo los brazos.

—¿Dónde?

—¿Dónde qué?

—El celular, ¿dónde lo tienes?

—En el bolsillo del pantalón.

Sin dejar de apuntarle con el revólver a pesar de que el tipo tenía las manos atadas a la espalda, Constitución se puso de pie, avanzó dos pasos y se acuclilló cerca del sujeto.

—¿En cuál?

El otro se le quedó viendo fijamente, con ojos temerosos, y le respondió con voz suplicante:

—Aquí, en la bolsa de adelante, del lado derecho… No me mate.

—No pienso hacerlo.

—¿Qué quiere?

—¡Tu celular, cabrón! —dijo Constitución con voz autoritaria, volviendo a su papel de judicial despiadado, y comenzó a esculcarlo con movimientos bruscos.

Siempre lo invadía una sensación de desconfianza, mezclada con extraños impulsos eléctricos en los testículos, casi imperceptibles, cuando sabía que estaba cerca de matar a alguien. El nerviosismo se gestaba después en las entrañas y se expandía enseguida por la espina dorsal.

Constitución sabía que la ansiedad y la tensión final se apoderarían de él más adelante, cuando es tuviera frente al Moy.

Con el celular en la mano, volvió a sentarse en el sillón, pesadamente, y una incontenible ola de sueño comenzó a apoderarse de él.

A pesar de que estaba muy cansado, su memoria seguía funcionando. Era el cuerpo el que le pedía descanso, así que con terror a desvanecerse ahí mismo, revisó sus últimas dos noches: había instalado a Álvaro en un hotel del centro y se había emborrachado después, toda la noche, con un viejo boxeador de dientes de oro que tenía un perro negro y un abrigo verde lleno de lamparones de grasa. Al día siguiente, sin dormir, había comido con Durán en la cantina y se había emborrachado en la Alameda antes de ir a ver a Wong, y tampoco había dormido esa noche. Y luego, todavía de madrugada, había ido a buscar al bailarín y a su hermana, y después al Moy. Y ahora estaba aquí, muerto de sueño y de terror, pero no podía darse el lujo de echarse a dormir.

Tenía que localizar al cabrón del Moy, al hijo de puta del Moy, y acabar con él como si fuera un perro rabioso, así que sacudió la cabeza para alejar el sueño y, sin dejar de apuntarle al tipo, le preguntó:

—¿Dónde está?

—¿Quién?

—¡No te hagas pendejo! ¡El Moy!

El otro se disculpó nerviosamente:

—No sé, ya le dije. Se fue hace rato.

—¿A dónde fue?

—No sé.

Constitución extendió más el brazo, apuntándole al tipo a la cabeza.

El otro se encogió y reiteró, con tono grave:

—No sé, es la verdad. Nunca nos dice a dónde va.

—¿Y a dónde crees que pueda haber ido? —gruñó Constitución, exasperado, desde el sillón donde estaba sentado.

—No sé.

El rostro de Constitución mostraba una frialdad extrema. De pronto sus ojos adquirieron una expresión de astucia, y le dijo al tipo, con voz autoritaria, pero sin aspavientos ni gritos:

—Me dices a dónde fue, o te mato aquí mismo, y les digo después a mis jefes en la judicial que fue en defensa propia, y cuando ya estés muerto, pinche ojete de mierda, espero aquí al Moy tranquilamente y me lo llevo preso bajo cargos de homicidio premeditado porque la hermana murió y homicidio en tentativa porque el hermano quedó vivo.

El otro, sorprendido, sólo acertó a decir, con voz temblorosa:

—Tengo las manos atadas a la espalda; no soy una amenaza.

—Te meto un tiro en la frente, te desato después, te pongo la Beretta en la mano y la disparo.

El tipo del arete, entre murmullos incomprensibles, volvió a abrir los ojos momentáneamente, pero seguía inconsciente.

El otro sujeto levantó un poco la cabeza del suelo, le dirigió una rápida mirada a su compañero y dijo después:

—Se está muriendo.

—¡Cállate, hijo de puta! —gritó Constitución encolerizado, y de un manotazo, le aventó un cojín del sillón a la cara.

El otro lo esquivó, moviendo rápidamente la cabeza, y dijo:

—Qué mala puntería.

—¡Cállate cabrón, o te parto la madre!

Constitución volvió a estirar el brazo, con su Colt .38 especial en la mano, apuntándole al rostro, y lo amenazó:

—Ya me cansé de este jueguito de mierda. ¿A dónde fue El Moy?

El hombre tirado en el suelo, que tenía aspecto rudo, reiteró:

—No sé. Nunca nos dice a dónde va.

En ese momento se escuchó desde la ventana que daba al callejón el ruido de un vehículo que se estaba estacionando, y enseguida un portazo.

Sin dejar de apuntarle con su revólver, Constitución se llevó el dedo índice de la mano izquierda a la boca y le hizo señas al hombre tirado en el piso para que permaneciera callado.

El otro se le quedó mirando fijamente, al tiempo que un destello de esperanza comenzaba a brillar en sus ojos.

Constitución se puso de pie, sin dejar de apuntarle al hombre, y miró disimuladamente por la ventana, buscando no ser visto.

Alcanzó a ver la camioneta Lincoln Navigator negra con los vidrios polarizados, y al Moy durante un segundo, antes de que éste abriera la puerta del edificio.

Era el mismo hombre corpulento con cara de pocos amigos que había visto una hora antes, con la chamarra de cuero abierta y en la cintura, entre la camisa y el pantalón, la cacha de una escuadra. Traía en las manos unas bolsas de papel de estraza.

Empuñando su revólver con fuerza, y sin dejar de apuntarle al tipo tirado en el suelo, Constitución se sentó de nuevo en el sillón con mucha cautela, para no hacer ruido, y volvió a llevarse el dedo índice de la mano izquierda a la boca para ordenarle que permaneciera callado.

Desde esa posición podía ver de frente la puerta de entrada del pequeño departamento. El tipo tirado en el suelo seguía mirándolo en silencio, con una luz de esperanza en los ojos.

Respirando profundamente para calmarse, Constitución comenzó a sentir en la yugular los fuertes latidos de su corazón y supo que, por fin, había llegado el momento de la venganza.

En menos de un minuto se escuchó el ruido de una llave entrando en la cerradura de la puerta del departamento.

—Les traje tortas de milanesa —dijo El Moy al abrir la puerta.

—¡Cuidado! —gritó el hombre tirado en el piso.

Constitución hizo dos disparos, casi simultáneamente: uno contra el corazón del Moy, que cayó abatido en la entrada, con las bolsas de papel de estraza sobre su prominente pecho y otro contra el rostro del hombre tirado en el piso.

Sin perder tiempo se puso de pie, metió su .38 en la funda sobaquera y fue hasta la entrada, tomó de los pies al Moy, lo arrastró al departamento, cerró la puerta y se acuclilló a su lado para examinarlo: estaba muerto, con los ojos abiertos. Sin pulso en la yugular.

Enseguida fue a ver al otro; le tomó una mano, porque el rostro estaba desfigurado, y comprobó que también estaba muerto, sin el menor rastro de pulso en una de las muñecas.

—¡Pendejo! —le dijo al muerto—. Te dije que te quedaras callado.

Se puso de pie, fue al sillón, tomó el celular que le había quitado al hombre tirado en el piso, y marcó rápidamente un número.

—Habla Constitución —dijo con premura, y luego preguntó con rabia—: ¿Cómo quién? ¡Constitución Elizondo, pinche Álvaro! No te muevas, voy para allá. Espérame en tu cuarto.

No iba a decirle que había matado al Moy, esos eran asuntos muy privados, pero quería comprobar que Alvarito no se hubiera movido del hotel; había eliminado al Moy por su culpa, y ahora necesitaba tenerlo localizado y disponible las veinticuatro horas del día. Le iba a decir que tenía que seguir escondido en ese cuarto hasta que pudiera resolver el caso.

Y si las cosas se le complicaban, Constitución pensaba utilizarlo de carnada o de escudo.

Debía darse prisa y salir de ahí antes de que los vecinos llamaran a la policía o se asomaran a los pasillos. Cerró la tapa del celular, lo guardó en una bolsa lateral de su saco de pana para destruirlo después, se agachó rápidamente y sacó de la parte de abajo de la mesita la pequeña maleta negra. Fue hasta la puerta de la entrada, la abrió con gran sigilo y revisó el pasillo antes de salir, para ver si había alguien.

Todo estaba en silencio. Sólo se escuchaban radios y televisores encendidos. No sabía si los vecinos habían escuchado los dos potentes disparos y habían preferido no salir a investigar, o si el alto volumen de los programas de radio y televisión había amortiguado los tremendos fogonazos.

Salió deprisa al callejón, cargando la maleta en una mano y caminando con calma para no levantar sospechas, hasta que dobló la primera esquina, y ahí comenzó a correr hasta la avenida Revolución, abrazando la maleta contra su pecho, para tomar un taxi a esas horas de la mañana.

Planeó dejar la maleta con droga en su departamento-despacho antes de ir a ver a Alvarito; después se la regalaría al pobre bailarín para que hiciera sus últimas ventas y pudiera pagar su curación —y el funeral de su hermana—, y lo haría jurar que jamás volvería a vender drogas.

Se detuvo a esperar un taxi en una esquina de la avenida Revolución. Se sentía cansado, pero estaba radiante: había eliminado al Moy sin ningún problema. Podía hacerle otra muesca mental a la cacha de su revólver. Había solucionado un caso más en su vida, y en apenas tres semanas. Había sido capaz de dar con el paradero del narcotraficante y lo había despachado al otro mundo, salvando a Alicia y al pendejo de su cuñado.

Durante una fracción de segundo pensó que debía entregar a Alvarito a la policía, para que pagara por su crimen, porque la gente común no puede andar matando gente… pero dudó. No estaba seguro si era ético traicionarlo, luego de haberle dado su palabra, y además, si las cosas se le complicaban, podría utilizarlo como carnada.

Por lo pronto iría al hotel y le diría que siguiera escondido. Y él se metería en su despacho y se encerraría al menos una semana —sin beber—, para estar seguro de que todo había terminado.

Seguía preocupado por las posibles repercusiones, pero estaba feliz. Había concluido el caso. Muerto el perro se acabó la rabia, se dijo. A otra cosa, mariposa.

Al día siguiente, revisando los diarios matutinos para saber si la muerte del Moy había sido registrada en la prensa, vio una noticia en uno de los periódicos, perdida al final de la sección metropolitana, de una columna y apenas tres párrafos, en la que se informaba del asesinato de un maestro de ballet y de su hermana en un estudio de danza.

La nota decía que una empresa privada de ambulancias había recibido una llamada anónima alertándola del hecho, y que después de investigar el caso los peritos de la policía pensaban que se había tratado de un asesinato pasional entre homosexuales.

Se sintió abatido y siguió hojeando los diarios, pero de la muerte del Moy no vio nada. Supuso que al día siguiente, o en los periódicos vespertinos de esa tarde, encontraría la noticia.

14

A su regreso de Colombia, Durán encontró un breve mensaje de Constitución en la máquina de recados de su casa. Constitución sabía que en el periódico los ayudantes de redacción le tomaban los recados a Durán, por eso le hablaba sólo a su casa o al celular.

En el recado, muy escueto, la voz de Constitución decía: "Bienvenido, maestro. No sé cuándo vayas a llegar, o si ya estás aquí, pero te tengo un buen negocio. Háblame en cuanto puedas".

Durán contestó la llamada dos días después y Constitución le dijo que no podía decirle nada por teléfono, así que acordaron verse al día siguiente, a las doce del día, en la cantina de la avenida Revolución.

Los dos llegaron puntuales y luego de los abrazos efusivos y el intercambio de saludos, Durán le dijo a su amigo, antes incluso de sentarse:

—¿Cuál es el negocio?

—Necesito saber quién es El Moy... ya sé su nombre. Se llama Moisés Berlanga —dijo Constitución, antes de sentarse también. No le dijo que lo había matado y que nada había salido en los periódicos.

—Ya te dije que no sé, te lo dije antes de irme, así que no creo que haya negocio para mí, pero no importa, me da mucho gusto verte y echarnos una botana.

Los dos se sentaron por fin y un mesero se acercó a la mesa con una bandeja de chicharrón en salsa verde y un montón de tortillas, y luego de entregarles platos y cubiertos les preguntó qué querían tomar.

Constitución estaba más tenso que de costumbre, volteando a ver hacia todas partes. Durán se extrañó cuando su amigo le pidió al mesero "una Coca-Cola doble", con una mueca en el rostro que intentaba ser una sonrisa.

—¿Qué onda, maestro? —preguntó Durán, arqueando las cejas.

—Estoy tratando de dejar de beber —se disculpó Constitución.

—Acerca de ese cabrón que tanto te interesa —dijo Durán, mientras se ponía la servilleta en el cuello de la camisa—, te repito lo que te dije la última vez: debe ser uno de los miles de narcominoristas que hay en la ciudad. Un tipo de poca importancia. Cabrones como El Mayo Zambada, El Chapo Guzmán, Nacho Coronel, El Grande Villarreal, La Tuta, Heriberto Lazcano, La Barbie, El Chayo Moreno, y otros de ese calibre, son los chingones… los demás son peces chiquitos y medianos. ¿Qué pedo con ese güey?

—Necesito saber quién es. Me contrataron para localizarlo. Hay buena lana de por medio, pero el pago es hasta que les resuelva.

—¿Quién te contrató? ¿Alguien del ejército? ¿De la policía?

—No puedo revelar mis fuentes, pero tú puedes averiguar. Hay buena lana para ti también.

—La última vez que hablamos investigué muy por encima. Ese día, antes de verte, estuve revisando mis libretas para ver si podía darte algún dato, y luego mis apuntes en la computadora, y no apareció el cabrón, pero puedo contactar a un informante. ¿De cuánto estamos hablando?

Constitución, estupefacto al principio y satisfecho después al ver que dentro de la maleta negra que se había llevado del departamento de Fray Angélico no había droga sino dinero en efectivo, no lo había contado. Eran fajos de dólares amarrados con ligas. La maleta estaba repleta de billetes de veinte, cincuenta y cien dólares, así que no se preocupó y se inventó una cantidad.

—Me van a pagar tres mil dólares. Te doy la mitad.

—¿Y por qué tanto para mí?

—Quiero conservarlos como clientes. Es mi primer trabajo con ellos y quiero cumplirles; sé que habrá más contratos.

—Salud —dijo Durán, levantando su cuba libre y sonriendo con gran satisfacción—. Yo te lo averiguo. ¡A huevo…!

Constitución brindó con su vaso de Coca-Cola y se sintió mejor. Sabía que Durán le diría quién era exactamente —quién había sido— El Moy, qué lazos tenía hacia arriba y con qué cártel.

Más tranquilo, comenzó a desviar la conversación para no hablar del Moy. El asunto lo ponía muy nervioso y no quería delatarse.

—¿Y cómo te fue?

—Mucha chamba; pero traje muy buenos datos.

—Cuéntame, pues —le dijo Constitución con una sonrisa, mientras se hacía un taco de chicharrón en salsa verde—. Claro que si no puedes porque se te chingan tus reportajes, yo entiendo.

—Pude ver helicópteros estadounidenses fuertemente artillados, con ametralladoras calibre 7.60 que disparan hasta tres mil quinientas balas por minuto, piloteados por agentes con uniformes de la DEA, sobrevolando los campos de coca, para proteger a las avionetas fumigadoras.

"Vi también aviones militares de carga C130 de Estados Unidos para transportar a las tropas colombianas que reciben asesoría de jefes militares de Washington".

—¡Puta madre!

—Así es, cabrón; y no creas que tuve que ir en secreto a ver estos operativos, los funcionarios colombianos me llevaron y me dejaron tomar fotos, porque están muy orgullosos.

—Así va a ser aquí —dijo Constitución—, con la puta Iniciativa Mérida.

—Así mero, cabrón.

—¡Puta madre! ¡Pinche Calderón de mierda!

—A pesar de los operativos, la producción de coca y el transporte de la droga sigue imparable. En la costa norte de Colombia, por la zona de Santa Marta, a donde no fui, pero un informante muy confiable me dio los datos y me entregó fotografías, hay playas y ensenadas desiertas, rodeadas de ríos y montañas, a donde llegan los pequeños cargamentos de coca a bordo de lanchitas y camiones viejos, y al final del día, por esas aguas sale cada noche, al menos, una tonelada de cocaína rumbo al Caribe y a las costas de México. Deben ser unas trescientas sesenta toneladas al año.

—¡Puta madre!

—En Miami, por ejemplo, una tonelada de coca vale ya un millón de dólares, mientras que a los cargadores y a las llamadas "mulas" colombianas, que son campesinos pobres y jóvenes desempleados, los narcos de allá les pagan, cuando mucho, diez dólares por jornada.

—¡Puta madre!

—A los sicarios que vigilan esos caminos y esos ríos les pagan más, porque son los que deben interrumpir un operativo o enfrentarse a balazos con soldados y gatilleros de cárteles rivales. Esos cabrones son responsables de que los cargamentos lleguen sin problemas a las zonas de acopio.

"Una vez empacada en bolsas de plástico al vacío, la coca sale de esas playas desiertas en horas de la noche, y la transportan en lanchas rápidas en las que van tres o cuatro hombres armados hasta los dientes, en travesías que duran hasta doce horas, para llegar a las costas de Honduras y Guatemala, desde donde otros equipos de hombres y sicarios la transportan a México por tierra y aire. Uno de los sitios preferidos por los narcos para el "bombardeo" de cocaína es Quintana Roo. Las cargas bajan en paracaídas.

—¡Puta madre! —reiteró Constitución—. Trescientas sesenta y cinco toneladas de coca al año salen sólo de esa costa norte de Colombia. Es un negocio imparable.

—Y te estoy hablando sólo de Santa Marta. La costa colombiana del Caribe tiene una extensión de más de mil quinientos kilómetros. Claro que la Guardia Costera de Estados Unidos y las patrullas militares de la Armada logran detener algunas de esas lanchas, pero el año pasado, por ejemplo, según datos de la DEA, confiscaron en las rutas marítimas de esa zona apenas cincuenta toneladas. Se les escaparon más de trescientas.

—Calderón está jodido —dijo Constitución, dándole después un trago a su vaso de Coca-Cola—. Nunca podrá detener este pedo; se le van a acumular los muertos aquí, año con año, pero se la va a pelar.

—¡A huevo! Y en Estados Unidos seguirán muriéndose también cientos de miles de drogadictos cada año.

—Me vale madres que se mueran los gringos, por mí mejor… el pedo son los jóvenes mexicanos que ya están enganchados, y los miles de civiles asesinados por el narco y el ejército…

—Tienes razón. Cuánto desperdicio de vidas.

—¿Cómo vas a arrancar esta serie?

—No he comenzado ni siquiera a escribir un borrador. Estoy apenas tanteando el material. Voy a empezar con un poco de historia. Voy a recordarle a mis lectores que la fuerza y el poderío de los actuales cárteles mexicanos nació en los años ochenta, tras la ofensiva estadounidense contra el negocio de la droga en el Caribe, y que eso convirtió a México en el principal puente de entrada del narcotráfico procedente de Sudamérica hacia Estados Unidos.

"Y que para evitar lavados de dinero, los cárteles colombianos empezaron a pagarle a las bandas mexicanas con droga, en lugar de en efectivo, y que éstas empezaron a crear su propio mercado.

"Les quiero recordar también que más adelante los colombianos, acosados por Estados Unidos, se fueron concentrando más en la producción que en la distribución, y que esa parte del negocio fue quedando en manos de los cárteles mexicanos".

—De eso ya habías escrito algo, ¿no?

—Sí, pero como es una serie nueva necesito ubicar de nuevo al lector, darle los antecedentes, porque muchos no habrán leído la otra serie. Tengo que recordarles que los narcos de cierto nivel en esas estructuras mexicanas ilegales son claramente identificables por sus camionetas blindadas y su descarado estilo de vida. Hacerles entender que los capos controlan cada movimiento que se realiza en sus zonas de influencia, que toman fotografías de cada persona que llega o se va. Decirles que la mayoría de los cárteles están dirigidos ahora por ex potentados agrícolas o ex comandantes de policía procedentes de las zonas, como Sinaloa o el Pacífico, donde florecieron los cultivos de droga durante la prohibición de los años veinte y treinta en Estados Unidos.

—Suena bien todo eso, mi estimado Durán, pero ¿qué sucede del otro lado, del lado de las víctimas?

—Las víctimas son, y tú lo sabes, todo el mundo lo sabe, miembros de cárteles rivales, y cualquier persona que se les oponga, desde agricultores a empresarios y políticos, pasando por militares. Acuérdate que hace apenas dos semanas, antes de irme a Colombia, aparecieron degollados trece miembros del ejército en una zona de León.

—La bronca, mi querido Durán, es que también asesinan a periodistas.

—Ya lo sé, cabrón, está de la chingada. Desde el año 2000, Reporteros sin Fronteras ha contabilizado más de cincuenta asesinatos y una decena de desapariciones de periodistas en México. Casi todos esos colegas estaban investigando casos ligados al narcotráfico.

—¡Hijos de la chingada!

—Y son muy crueles los hijos de puta. Muchas ejecuciones están pensadas para que se conviertan en ejemplos públicos, ya sea como una amenaza, como una demostración de poder o como el cumplimiento de una venganza o un castigo. En Tijuana fueron asesinadas cincuenta personas sólo en la primera semana de septiembre. Dos de los cadáveres estaban en la vía pública. Uno tenía la cabeza sobre las piernas; el otro, a un lado. Otros cuerpos aparecieron amordazados y maniatados, desnudos o sin parte de su ropa, con la cabeza cubierta con una bolsa de plástico y con un disparo en la sien. Algunos presentaban amputaciones de dedos y lengua.

—¡Puta madre! —dijo Constitución nerviosamente, pero sin dejar que su rostro lo delatara.

—En Chihuahua —continuó Durán sin escuchar a su amigo—, cuatro personas fueron decapitadas y sus cabezas fueron entregadas por un servicio de paquetería en una comandancia de la policía. Un ganadero fue asesinado de seis balazos en la cama de un hospital de León, donde convalecía de un atentado que había sufrido en su casa. Acuérdate que en mayo, Edgar Guzmán, de 22 años, hijo del Chapo, fue asesinado en el estacionamiento de un centro comercial de su natal Culiacán. Le dispararon más de quinientas balas.

—¡Puta madre!

—Además de crueles y sanguinarios, los cárteles mexicanos se jactan de que producen una heroína muy pura, y el mercado les da la razón.

—¡Hijos de puta!

—Junto al tráfico de armas, de órganos humanos y la industria del sexo, el de las drogas es uno de los negocios que mayor volumen de dinero mueve en el mundo. Y una parte del dinero que el gobierno de México utiliza para funcionar proviene del narcotráfico o está relacionado con esa actividad ilícita.

—¿Vas a escribir eso?

—Estoy tanteando el material. No me digas que no crees, como la mayoría de los mexicanos, que algunos de nuestros presidentes han estado involucrados con el narco… Espero que el director me de chance de escribir eso; si no, pondré los datos que traje de los puertos de Colombia.

—¿Vas a escribir del narco de Colombia o del de México?

—De los dos. No es lo mismo, pero a la vez es lo mismo. Los cárteles de allá actúan igual que los de aquí: para conseguir sicarios y guardaespaldas reclutan a jóvenes drogadictos en los centros de rehabilitación, a chavos de la calle y a muchachos alcohólicos para ponerlos a trabajar a sus órdenes. Les pagan bien, los sacan del vicio y los aleccionan para que no consuman el producto que venden; a los que fallan, los matan y listo.

—¡Puta madre! —dijo Constitución—. Con qué frialdad lo dices.

—Es la neta, no hay de otra sopa. Y aquí, los cárteles mexicanos obtienen, en conjunto, cerca de cien mil millones de dólares de beneficio neto al año, y de esos, utilizan unos veinte mil millones para sobornar a policías, militares y funcionarios. Acuérdate que el gobierno de México se vio obligado a disolver el Instituto Nacional para el Combate a las Drogas, y tuvo que crear una nueva agencia, porque el director del INCD, el general Jesús Gutiérrez Rebollo, protegía al Señor de los Cielos.

—¡Cien mil millones! —exclamó Constitución.

—Haz la comparación: Bill Gates, el hombre más rico del mundo, tiene una fortuna que se estima en cincuenta mil millones de dólares.

—¡Puta madre! —reiteró Constitución.

—Así está el pedo.

—Tú sabes que no soy periodista, mi querido Durán, pero ¿puedo hacerte una sugerencia?

—Adelante, maestro, por favor. Hablar de esto me sirve para ir calibrando el material, y para ver por dónde le entro.

—Me preocupa la juventud mexicana. Tendrías que decir algo acerca de que las drogas crean en el individuo una terrible dependencia fisiológica y que éste queda esclavizado para consumirlas cíclicamente, sin importarle qué deba hacer para conseguirlas. Las chavas se prostituyen para poder pagar un "fix", según dicen, y los chavos son capaces de matar hasta a sus padres para robarles dinero.

—Claro que voy a decir eso, y que miles de ellos acaban trabajando para el narco antes de terminar muertos por rencillas internas y traiciones, o por enfrentamientos con policías y militares. Pero también quiero recordarle a mis lectores que los cárteles mexicanos se apoyan en poderosos grupos de distribución en Estados Unidos. No podrían operar sin una gran red de administradores de alto nivel dentro de Estados Unidos, de contadores, banqueros, transportistas, personal de confianza para almacenamiento y expertos en comunicación. Los cárteles mexicanos pagan con droga para conseguir armas, tecnología, transportes, servicios, bienes raíces y todos los otros insumos necesarios para el negocio allá. El dinero en efectivo lo usan para comprar más droga en Colombia y hacer crecer el negocio.

"Y aquí, con la ayuda de prestanombres, tienen inmobiliarias a través de las cuales compran y venden hoteles, fraccionamientos, clubes, campos de golf, discotecas, bares, restaurantes y centros comerciales; tienen también casas de cambio, y muchas veces aumentan el capital de esos negocios sin demostrar el origen de los fondos, luego de sobornar a algún funcionario de Hacienda para que firme los papeles.

"Con la ayuda de prestanombres realizan también operativos financieros en bancos y en la Bolsa de valores, y luego envían el dinero limpio a bancos de Suiza o de Estados Unidos. En las zonas costeras tienen empresas para la venta de yates, botes y motores, y en todo el país tienen distribuidoras de automóviles y camiones nuevos y usados. Algunos autos y camiones usados son robados y tienen cambiados los números de serie del motor. Todo eso les sirve para blanquear el dinero que, ya lavado, entra al circuito de la economía legal del país. Los grandes capos del narcotráfico son ahora hombres acaudalados, pero son muy violentos y desafiantes. En algunas áreas del país los cárteles tratan de convertir la droga en moneda corriente. Con esto, el grupo que la distribuye pasa a controlar la economía de esa zona".

—¡Hijos de puta! —volvió a decir Constitución, con un creciente sentimiento de terror inundándole el cuerpo, y después le dio un trago a su vaso de Coca-Cola, pensando que quizá sería mejor ordenar un whisky, pero decidió no hacerlo.

—Empiezan con intercambios pequeños —continuó Durán, sin reparar en la interrupción de su amigo—, de cien o doscientos gramos de coca por cada distribuidor, por ejemplo, para su venta directa al menudeo por gramo, al tiempo que van conformado grupos de represión contra otros grupos de distribución en la zona, o contra las autoridades no compradas o posibles focos de resistencia.

"Suelen adquirir inmuebles modestos en la zona para tener acceso a casas de seguridad, que se convierten también en centros de interrogatorio y tortura, y les ayudan a demarcar sus áreas de influencia. Organizan fiestas y reuniones de jóvenes en los barrios que van infiltrando para fomentar el consumo anónimo de la droga, que al principio se distribuye gratis, para enganchar a los chavos. Buscan barrios con un marcado exceso de pobreza para comprar a las bandas de delincuentes de la zona y hacerlos trabajar para ellos, pagándoles con mercancía, haciendo que la droga fluya y se extienda hacia otras zonas.

"Utilizan las rencillas con otros grupos de distribución, y escenifican enfrentamientos con mucha violencia para hacer desaparecer la seguridad de la zona y para que la policía se sienta amenazada. Las autoridades cooperan muchas veces por miedo, aunque en la mayoría de los casos es por la paga".

—Te vas a meter en un pedo muy cabrón... —le dijo Constitución— Ya ni chingas.

—Todo esto es cierto, y mucha gente lo sabe. El pedo va a ser cuando empiece a escribir y ponga nombres, fechas y datos duros, porque también tengo videos y grabaciones que me hicieron llegar en forma clandestina. Los nombres reales, los apellidos y los rostros son los que te chingan como periodista; hablar en general yo creo que hasta les sirve a los narcos de publicidad. Muchos chavos y chavas leen estas cosas y sueñan volverse narcotraficantes y tienen la fantasía de que Los Tigres del Norte les van a hacer un corrido y se van a volver muy famosos, además de millonarios.

"Los chavos no saben que los locatarios de los comercios de las zonas invadidas se vuelven espías por miedo o por necesidad, que los narcos comienzan a controlar la compraventa de artículos robados en el área, la prostitución, la venta de bebidas adulteradas y el contrabando, que planean robos a personas con lujo de violencia, para asustar a la población. Y que si hay comercios en la zona que puedan pagar seguridad, ellos mismos prestan el servicio y, si se niegan, vienen los secuestros y los asesinatos. A veces dan regalos a los niños y arreglan alguna escuela o iglesia del barrio para ganarse a la población, que comienza a verlos como modernos Robin Hoods. Suelen otorgarle poder a los grupos locales de delincuentes, mientras les sirvan para distribuir la droga.

"Y modifican la forma de pensar de los niños y los jóvenes, porque muestran con toda impunidad su boato y estilo de vida, para que las nuevas generaciones aspiren al dinero fácil. Buscan aumentar la desigualdad social y económica para enrolar, entre la población más vulnerable, a miles de jóvenes dispuestos a dar la vida por un puñado de dólares y unos cuantos meses de una vida dizque digna.

"Los cárteles hacen arreglos entre ellos para gobernar los estados del país que les resulten rentables, y si no pueden negociar, entonces los consiguen a través de asesinatos y torturas. Muchos se asocian y funcionan como una estructura federativa, se convierten en cárteles autónomos, con reglas para sus interrelaciones y para la diversificación de sus negocios en áreas como el turismo, bienes raíces, grandes centros comerciales y hasta inversiones en el extranjero. Están dirigidos por hombres inteligentes, muchos de ellos con grados universitarios, que no son los imbéciles que nos muestran en los noticieros de la televisión, que se nota a leguas que son tipos que apenas saben leer.

"Los policías, con lógico miedo a cumplir misiones inexplicadas por sus jefes, porque no hay objetivos claros, ya que ni Calderón sabe a dónde va, tienen miedo de perder la vida sin más retribución que las pensiones raquíticas que les darían a sus familias, sin ningún reconocimiento oficial.

"Todos esos cabrones, los policías y los soldados buenos, que también los hay, mueren en el anonimato; por eso algunos prefieren ser informantes del narco.

"Los altos mandos de la policía y el ejército son tipos orgullosos y arrogantes, gracias a que no corren riesgo alguno, y aunque se les paga bien, prefieren multiplicar sus ganancias y vivir con increíble esplendidez; por eso se asocian con el narco. Y eso, por supuesto, incide en el desánimo de las bases".

—¡Pinches ojetes de mierda! —gruñó Constitución, exasperado y muerto de miedo—. ¡Deberían matarlos! Alguien debería matarlos... a todos.

—Está muy cabrón este pedo —dijo Durán, y se quedó callado.

Los dos permanecieron en silencio.

Durán carraspeó y le preguntó después a Constitución:

—¿Estás metido en algún pedo grande?

—No —dijo Constitución.

—¿Seguro?

—Seguro.

—¿Y ese Moy?

—No sé pa'qué lo quieren; yo sólo les doy los datos.

—Yo te averiguo, pues... —dijo Durán, quitándose la servilleta del cuello de la camisa— ¿Dividimos la cuenta?

—Yo pago —dijo Constitución.

—Gracias... —dijo el otro, y se tomó de un solo trago lo que quedaba de su cuarta cuba libre— Ya te debo varias invitaciones —agregó.

—Algún día, mi querido Durán —dijo Constitución con una amplia sonrisa—, voy a cortar una flor de tu jardín; no te apures.

—Gracias —reiteró Durán, poniéndose de pie.

—No me des las gracias, maestro: consígueme esos datos.

—En cuanto sepa algo, te llamo por teléfono.

15

CONSTITUCIÓN HABÍA DECIDIDO, por puro miedo, ir a esconderse en un cuarto de hotel, y dos días después recibió una llamada en su celular.

—No sé si ya se te chingó el negocio —le dijo Durán al otro lado de la línea—, y supongo que el mío también. Los datos que conseguí ya no te van a servir. Hablé con uno de mis informantes y me dijo que al Moy le dieron piso hace poco más de una semana, exactamente el día en que viajé a Colombia, y aunque la policía no tiene pistas, los jefes del Moy ya saben quién fue.

—¿Y cómo? —preguntó Constitución, confundido, con el rostro blanco como el papel, mientras una ola de terror le invadía el alma. Esa misma mañana había destruido el celular del ayudante del Moy, para no dejar pistas.

—Al Moy —continuó Durán— lo encontraron muerto en un departamento que tenía en Mixcoac para guardar droga y dinero. Estaba tirado boca arriba, en medio de un gran charco de sangre, con los ojos abiertos y un balazo en el corazón. A su guardaespaldas le desfiguraron el rostro con una bala expansiva, pero el otro, que al parecer era el chofer, quedó vivo. Los vecinos escucharon dos potentes disparos en la mañana de ese día y llamaron a la policía. Antes de eso, nadie en el edificio sabía quién era el Moy ni a qué se dedicaba; a veces lo veían llegar con una mujer alta y esbelta, de muy buen cuerpo, que tenía la voz muy ronca, como de hombre. El caso es que esa mañana, luego de que los vecinos dieron aviso, la puerta del departamento estaba entreabierta, los agentes entraron y encontraron a los dos muertos y al tipo que quedó vivo, que estaba desmayado. Tenía fractura de cráneo y lo llevaron a Xoco, pero en la tarde de ese mismo día, un sujeto que se identificó como su hermano entró al hospital y esperó ahí, a su lado, por si recobraba el conocimiento.

"Una enfermera contó después, durante un interrogatorio de la policía, que ella vio cuando el tipo de las vendas en la cabeza abrió brevemente los ojos y le hizo una seña al supuesto hermano para que se acercara. Y ella, que estaba detrás de un biombo, escuchó cuando el herido le dijo al otro el nombre del asesino. A ella la metieron después a la cárcel, bajo cargos de conspirar para cometer un crimen, porque no recordaba el nombre; dijo que era un nombre raro, poco común, y no se acordó nunca... pero dijo que el tipo de las vendas le comentó al otro, con una sonrisa burlona, que lo sabía porque el que mató al Moy llamó después por teléfono a alguien y le dijo su nombre al que le contestó".

—¡No puede ser! —gruñó Constitución, tratando de impedir que su voz denotara la ola de terror que lo había invadido.

—Son pendejos; te lo he dicho siempre. Esos pinches narcos de mierda tendrán mucho dinero y mucho poder, pero son incultos y pendejos. ¿A quién se le ocurre llamar desde la escena del crimen?

—¿Y cómo sabes todo esto?

—No te puedo revelar mis fuentes.

—¿Pero cómo sabes que los narcos saben, y que la policía no?

—Porque después de hablar con el herido, el supuesto hermano le metió dos tiros en la cabeza para rematarlo y salió corriendo del hospital, amenazando con su pistola a todos los que se interpusieron en su camino, y otro sujeto, a bordo de una motocicleta con el motor en marcha, lo estaba esperando a la salida.

—¡Puta madre! —fue lo único que acertó a decir Constitución.

—¿Qué? —preguntó Durán, con tono preocupado—. ¿Se nos chingó el negocio?

—¡Puta madre! —reiteró Constitución.

—De todas maneras te voy a dar los datos. Yo no sabía, pero resulta que el Moy era un tipo importante. Era uno de los hombres más cercanos a Armando Paredes, apodado El Albañil, y ese cabrón, El Albañil, que es un asesino despiadado al que le gusta vestir siempre con mucha elegancia, es el jefe de la distribución de cocaína, marihuana y anfetaminas en las colonias Centro, Condesa, Juárez, Roma, Peralvillo, Tlatelolco y Santa María la Rivera, es decir, de casi toda la Delegación Cuauhtémoc. El Albañil, a su vez, recibe órdenes del Cuz, y de su amante, La Culiche.

—¿Quién es El Cuz? Tiene un apodo muy extraño.

—No es apodo, son las iniciales de su nombre. Se llama Carlos Ugarte Zamora.

—¿Y La Culiche?

—Ella es en realidad la que manda. Se llama Esmeralda Salcedo.

—Entonces El Moy y El Albañil —dijo Constitución, recuperando su aplomo— son subordinados del Cuz.

—El Moy era… —le recordó Durán— Como te dije, ya le dieron piso.

—¿Y ese güey, El Cuz, no es un cabrón que se la pasa apostando en carreras parejeras? —preguntó Constitución, recordando la entrevista que había leído.

—Es él. Es famoso por el derroche que hace de su dinero.

—¿Y La Culiche?

—Es una de sus amantes, la más cercana. Hay otra, que es también muy importante, La Francis…

—¿Es gringa?

—No, hombre —dijo Durán con una sonrisa—, es mexicana, se llama Francisca, pero le dicen La Francis. A esa cabrona la mandó a Colombia, para no tener pedos con Esmeralda.

—Pinches viejas —dijo Constitución—, son todas iguales. Vieja que no chinga, es hombre.

Durán siguió hablando, como si no hubiera escuchado a Elizondo:

—El Moy hacía sus propios negocios con la mercancía que le robaba al Albañil.

—¿Y quién le avisó al narco de su muerte? —preguntó Constitución, tratando de darse ánimos—. ¿Cómo llegaron los tipos de la motocicleta hasta Xoco?

—Fue la policía, maestro.

—¿Cómo sabes?

—La enfermera dijo después en sus declaraciones al Ministerio Público que el tipo que se identificó como hermano del herido le preguntó a ella si su "hermano" había hablado con alguien, y ella le dijo que no, que al doctor de guardia los camilleros de la ambulancia le habían dicho que el tipo había estado inconsciente todo el trayecto.

—¿Pero quién le avisó al narco? —insistió Constitución, nervioso y angustiado—. ¿Cómo llegaron tan pronto los tipos de la motocicleta hasta Xoco?

—Algún policía les dio el pitazo, o alguien de la ambulancia, o un informante en Xoco. Casi todo el mundo está comprado; por eso nadie los agarra, porque saben todo de antemano.

—¡Puta madre! —volvió a decir Constitución, y luego preguntó—. ¿Y El Albañil?

—Seguramente ya despachó al asesino del Moy al otro mundo. O estará a punto de hacerlo. Esos cabrones son muy ojetes, muy vengativos y muy hijos de la chingada. Y la policía no puede hacer nada porque la enfermera no se acuerda, y fuera del "hermano" que mató al herido, nadie más escuchó el nombre.

Constitución no dijo nada. Se quedó en silencio durante varios segundos. No sabía si decirle a Durán que él era el asesino, pero prefirió callarse.

—¿Estás ahí? —preguntó Durán.

—Sí, sí —dijo Constitución—. Me tengo que ir, pero no te apures, te debo mil quinientos dólares. La próxima vez que nos veamos te los llevo.

—¿Estás seguro? ¿No será que los que te contrataron no irán a pagarte porque el tipo ya está muerto?

—Ya me dieron la lana, así que les voy a tener que decir que está muerto, pero tienes que darme algunos datos del Albañil. No les voy a soltar esa información; sólo en caso de que me pregunten, y entonces les cobro otra lana y la divido otra vez contigo.

—El Albañil vive en una mansión que le cuida al Cuz en el camino al Desierto de los Leones. Vigila que los empleados trabajen y mantengan las instalaciones. El Cuz casi nunca está ahí, pero tiene caballos pura sangre en los establos y un veterinario de planta, y tiene además un zoológico chingón, con cebras, tigres, gacelas, avestruces, monos y víboras. Y dentro de sus terrenos construyó un lago artificial grandísimo con una islita en el centro, y un muelle con lanchas.

—¡Puta madre! —volvió a decir Constitución, y se sintió perdido.

—La mansión es una chingonería. La construyó hace años el famoso arquitecto Artigas, pero luego la vendió. Sé que la propiedad se ha vendido varias veces desde entonces y no sé de quién es ahora, oficialmente, porque siempre hay prestanombres, pero el Albañil vive ahí, cuidándola para El Cuz y La Culiche, a pesar de que casi nunca van, porque los dos pasan más tiempo en sus ranchos, en el norte del país.

—Gracias, maestro —dijo Constitución, tratando de aparentar mucha calma—. Me tengo que ir. Pero ya me pagaron, así que la próxima vez que nos veamos, te llevo tus mil quinientos dólares.

—Al contrario, gracias a ti —dijo Durán, y colgó.

Al cerrar la tapa de su celular, Constitución se quedó mirando hacia la calle por la ventana de su cuarto de hotel, y exhaló después un largo suspiro.

Le había sucedido de pronto lo que había deseado toda su vida: ahora tenía en su poder miles de dólares y podía no trabajar, dedicarse a lo que más le gustaba, que era practicar el boxeo chino con su entrañable amigo Wong, hablar de política con Ulises, hacer el amor con Alicia, escuchar jazz, leer periódicos y, a veces, libros de historia y tratados de psicología, tomar fotografías artísticas, que eran desnudos de Alicia, y tomar whisky en silencio, en las noches, solo, para recordar a su padre y a su madre… Pero El Albañil seguramente lo estaría buscando para cobrarle el asesinato del Moy, así que tendría que atacar primero. Ahora la moneda estaba en el aire, y era su muerte o la del Albañil.

16

La mañana en que Constitución había eliminado al Moy, luego de dejar la maleta negra en su departamento-despacho y de comprobar que no contenía droga sino que estaba repleta de dólares, había cambiado a Álvaro de hotel, por pura precaución, y le había entregado doscientos dólares para ayudarle a pagar sus cuentas, advirtiéndole, una vez más, que no podía ponerse en contacto con Alicia y que debía permanecer oculto todavía.

Y, por pura precaución también, había decidido no ir a dormir a su despacho en las siguientes noches, así que había tomado un cuarto en otro hotel del centro, sin decirle nada a Álvaro.

Además de la ropa que traía puesta, no se había llevado nada de su departamento, salvo su revólver, una pequeña escuadra .22 de repuesto, dos cajas de balas, su funda sobaquera, su teléfono celular, y mil dólares en billetes de cien, para irlos cambiando según fuera necesitando dinero durante los siguientes días.

Un día después de la conversación con Durán, y luego de darse valor para volver al caso y terminarlo, ahora sí, de una buena vez, había llamado a Wenceslao desde su cuarto de hotel y le había pedido que pasara por él.

Como no quería que supiera dónde estaba viviendo, lo citó a la salida del metro Revolución para que lo llevara por la carretera del Desierto de los Leones hasta la dirección que le había dado Durán. Necesitaba ver por fuera la mansión del Cuz.

No le dijo de qué se trataba el servicio, sólo que estaba investigando a un sujeto involucrado con el narcotráfico.

Wenceslao no le preguntó nada al principio, pero se preocupó por su amigo, y cuando iban subiendo por la angosta carretera, le dijo:

—¿Sigues con eso?

—¿Con qué?

—No te hagas... con lo de Álvaro.

—Las cosas se complicaron —dijo Constitución, como sin darle importancia, viendo por la ventana hacia el paisaje urbano—. Hay una conexión que debo investigar para dar por terminado el caso.

Wenceslao comprendió que Constitución no le iba a decir nada más, así que no insistió y se limitó a manejar su taxi, esquivando con mucho cuidado los pesados camiones de carga que bajaban a toda velocidad por la angosta carretera.

—Es increíble —dijo, sin quitar la vista del frente, manejado su taxi con precaución—. En esta zona viven familias de mucho dinero, hombres poderosos del gobierno y el sector privado, pero la carretera es una mierda.

—No le habrán llegado al precio —dijo Constitución, sin dejar de mirar por la ventana lateral—. Seguramente el corrupto delegado pide muchos millones de pesos para reparar o ampliar la carretera.

—¡Qué mierda!

—Si yo tuviera mucho dinero —dijo Constitución mirando al frente, con un tono de hastío en la voz—, como todos estos cabrones, no me compraría una casa por acá ni a chingadazos. Ni regalada la aceptaría.

—¡Esta carretera es una mierda! —reiteró Wenceslao, dado un ligero volantazo para esquivar un auto deportivo que bajaba a toda velocidad—. Hay chingos de accidentes y de muertos todas las semanas, y nadie dice nada ni hace nada.

—Es la corrupción, querido Wences: nadie hace nada si no hay dinero de por medio.

—¡Qué mierda! —volvió a decir Wenceslao, dando un frenazo que impulsó a Constitución hacia adelante.

Entre frenazos y volantazos, sin que Constitución dijera nada más, llegaron por fin a la dirección. La Academia de Policía había quedado atrás.

El portón de la mansión era enorme, de dos hojas de madera finamente labrada, con remaches de cobre y goznes de acero. Parecía la puerta gigante de una iglesia.

A la entrada, del lado derecho, había una caseta de vigilancia. Un hombre con cara de pocos amigos estaba dentro, sentado ante un pequeño escritorio, con un fusil AK47 encima de la mesa.

—Es el colmo —dijo Constitución—. Las autoridades permiten que las mansiones de los narcotraficantes sean vigiladas por matones a sueldo.

Wenceslao detuvo el taxi frente a la casa, a un lado de la carretera.

—Síguete, síguete... —le susurró Constitución—. No queremos que se dé cuenta de que estamos vigilando.

—Disculpa, me apendejé —dijo Wenceslao, y arrancó de nuevo.

El hombre no se dio cuenta. Estaba viendo las lustrosas fotografías de una revista de mujeres desnudas.

Siguieron circulando lentamente por la carretera, estudiando del lado izquierdo un muro de piedra de más de cuatro metros de altura que rodeaba la propiedad.

Medio kilómetro más adelante, el muro doblaba, casi a noventa grados, y se internaba en el monte, corriendo paralelo a una barranca.

—Párate aquí —dijo Constitución—. ¿Te fijas que en esa parte el muro no es tan alto?

—Por la barranca —dijo Wenceslao, mientras detenía su taxi—. Ningún vehículo puede entrar por ahí sin correr el riesgo de caer.

—Con mucho cuidado sí podría hacerse... pero no vale la pena. Mejor estaciónate aquí y apaga el motor. Vamos a verlo de cerca —dijo Constitución, y comenzó a incorporarse en el asiento de atrás para bajar del taxi.

Además de los autos y camiones que circulaban a toda velocidad por la carretera, sobre todo los que venían bajando, no se veía a nadie en los alrededores.

Los dos atravesaron la estrecha carretera a pie, fijándose a ambos lados para no ser arrollados.

Constitución y Wenceslao se internaron en el monte y recorrieron unos cuantos metros junto al muro. El sol de mediodía caía pesadamente sobre sus cabezas y hombros. Notaron que entre el muro y la barranca había un camino de tierra apisonada.

—Seguramente —dijo Constitución, volteando a ver a Wenceslao sobre su hombro, pero sin dejar de andar— los lugareños transitan por aquí. Supongo que el muro no estaba antes y que el dueño lo mandó levantar, y entonces los lugareños tuvieron que ingeniárselas para seguir transitando por aquí.

Constitución se detuvo, levantó la vista y le preguntó a su amigo.

—¿Cuántos metros calculas que tiene aquí?

Wenceslao se detuvo, echó también la cabeza hacia atrás, y midió con la vista la altura del muro.

—Dos metros y medio, cuando mucho —dijo con un tono dubitativo, y luego se pegó a la muralla de piedra, levantó el brazo derecho, estiró la mano y se paró en las puntas de los pies para tocar el remate del muro, que estaba protegido por pedazos de vidrio de botella clavados en el cemento.

—Hazme un banquito con las manos —dijo Constitución.

Con mucho cuidado, porque el camino lateral entre el muro y la honda barranca era muy estrecho en esa parte, Wenceslao le ayudó a Constitución a subirse para ver dentro de la propiedad.

Trepado sobre las manos de Wenceslao, apoyado en parte sobre el remate del muro, y sintiendo en los pies el fuerte temblor del esfuerzo que hacía su amigo para sostenerlo, Constitución entornó los ojos para ver a la distancia y pudo ver al fondo, lejanos, en ese mediodía luminoso y azul, los árboles majestuosos y altos, plantados al parecer siguiendo un plan, para que la sombra de esos gigantes sumiera la enorme mansión en una penumbra de sombras y viento fresco. Y casi cerrando los ojos logró ver más lejos, a un lado del lago, los corrales de los caballos pura sangre y algunas jaulas, grandes y macizas, con animales salvajes dentro, que se desplazaban lentamente, paseando su majestuosidad.

No vio guardias ni hombres armados deambulando por la propiedad, pero sabía que El Albañil no estaría solo. Alguien tendría que cuidarle las espaldas. Distinguió a lo lejos, hacia la derecha, alejada unos cien metros de la casa principal, una caseta de vigilancia más grande que la que estaba a la entrada de la propiedad, y en la que seguramente los matones dormirían en catres de campaña y harían sus guardias, sentados en sillas de madera, limpiando sus revólveres, fumando, viendo fotos de mujeres desnudas y esperando las órdenes del jefe.

Después, con la cacha de su revólver, destrozó con sumo cuidado los vidrios de botella que remataban el muro, haciendo un hueco de casi medio metro, que aplanó todavía más con la cacha. Sabía que iba a regresar esa noche, sin la ayuda de Wenceslao, así que quería dejar preparada la entrada por donde pensaba colarse a la mansión.

Tendría que traer consigo la pequeña escuadra .22 amarrada en el tobillo de una pierna, binoculares para ver de noche, audífonos especiales para utilizarlos en la caja de registro de los teléfonos, algunos micrófonos inalámbricos, cuerdas para trepar por el muro, y carne molida cruda, revuelta con pastillas de valium trituradas, en caso de que hubiera perros guardianes, aunque a la distancia no había visto ninguno.

No quería poner en peligro la vida de Wenceslao, a quien veía como a un hermano menor, así que debía mentirle.

Cuando terminó de limpiar esa porción del remate del muro, y de aplanar los últimos pedazos de vidrio con la cacha del revólver, sintiendo todavía en los pies el fuerte temblor del esfuerzo que hacía su amigo para sostenerlo, midió con la vista la caída del muro hacia el otro lado.

Calculó que serían tres metros, así que con una cuerda podría deslizarse lentamente, sin peligro, en la noche, vestido con ropas negras, para perderse en la oscuridad.

Enseguida le dijo a Wenceslao que lo bajara.

—Necesito marcar el lugar con algunas rocas —dijo Constitución, al poner los pies sobre la vereda de tierra, mientras guardaba su .38 especial en la inseparable funda sobaquera.

Ambos se pusieron a buscar y encimaron tres grandes y pesadas rocas, que quedaron recargadas en el muro, a modo de una rudimentaria escalera.

A un lado, creciendo desde la barranca, había un pino enorme, de tronco muy grueso y ramas anchas, que sobresalía más allá de la altura del muro. Constitución decidió que esa noche, cuando regresara con su equipo guardado en una mochila colgada de los hombros, iba a amarrar del tronco de ese pino una cuerda y después la lanzaría al otro lado del muro.

Podría escalarlo trepándose en las rocas, deslizarse después al otro lado y, además, a su regreso —si regresaba—, tendría la cuerda para subir.

—¿Vamos a regresar más noche? —preguntó Wenceslao, con creciente entusiasmo reflejado en los ojos.

—No —dijo Constitución, aparentando estar pensativo—. Se me está ocurriendo mandar mejor a un tipo que fue judicial y que ahora se mantiene haciendo trabajitos de investigación. Sólo necesito que me diga qué sucede allá adentro.

—Podemos venir nosotros. Si quieres yo te espero aquí afuera, al pie del muro, con un walkie talkie, por si necesitas ayuda.

—No vale la pena. No quiero arriesgarme. Ahorita que regresemos le voy a hablar y él se encargará; pero gracias, de todos modos.

—¿Seguro? —preguntó Wenceslao, con un marcado tono de desilusión en la voz.

—Seguro —dijo Constitución, pensando que quizás Wenceslao no le había creído, pero satisfecho con su decisión de no exponer a su amigo—. Vámonos, pues. Tengo que hablarle a ese cabrón, y espero que no me cobre mucho; ando medio jodido de lana.

—Si quieres, no te cobro este servicio —dijo Wenceslao, todavía triste por perderse la aventura.

—Acuérdate de lo que dicen los judíos: "El que no cobra se sala".

—O si quieres me pagas después, para que puedas pagarle a ese tipo.

—Tu trabajo es tu trabajo, y debes cobrarlo. Así que ni pienses. Llegando te pago.

—Gracias.

—Al contrario, mi querido Wences, gracias a ti, que me ayudas tanto y que guardas mis secretos.

Constitución sabía que nunca iba a cambiar. Tuviera o no dinero, él siempre se quejaba de no tener, para lograr descuentos y evitar que alguien le pidiera prestado.

Nunca había sido presuntuoso con el dinero, casi siempre vivía en medio de una gran austeridad, y se sentía bien al hacerse pasar por un pobre diablo sin un centavo partido a la mitad.

En realidad, el dinero no le importaba. Lo usaba simplemente como una valor de cambio: para vivir… y nada más. No era ostentoso y nunca lo sería. Siempre decía lo mismo: "A los ricos que les den por el culo".

Así que ese mediodía, luego de dejar arreglada su ruta de acceso a la mansión del Cuz, a donde pensaba introducirse clandestinamente esa misma noche para intentar descubrir algo sobre El Albañil que lo ayudara a evitar ser atacado por éste o por alguno de sus sicarios, Constitución le dijo a Wenceslao que ya había visto suficiente y que en un par de días mandaría al ex judicial.

—Aunque… —dijo Constitución, para darle más veracidad a su mentira— a lo mejor regreso en dos días para entrar en la propiedad.

—Me llamas y venimos —insistió Wenceslao, con un renovado espíritu de aventura en la voz.

—No sé —dijo Constitución—. No quiero ponerte en peligro.

—No me estás poniendo en peligro: yo me estoy ofreciendo.

—Igual sí te llamo —dijo Constitución, caminando rumbo a la carretera delante de Wenceslao por la estrecha vereda entre el muro y la barranca—. Por lo pronto tenemos que largarnos de aquí, no nos vayan a ver. Te invito a almorzar en el mercado de San Ángel.

—Órale —dijo Wenceslao, siguiendo los pasos de Constitución—. Ya traigo hambre.

17

Esa misma noche, sin decirle nada a Wenceslao, Constitución empacó en una mochila negra de excursionista su equipo electrónico de espionaje, sus binoculares de visión nocturna y una gruesa cuerda de alpinista.

Se vistió con ropa oscura y zapatos negros con suelas de goma, fijó con correas de cuero la escuadra .22 a uno de sus tobillos, revisó su Colt .38 especial, la metió en la funda sobaquera, se echó en un bolsillo del pantalón un puñado extra de balas expansivas de ambos calibres, y salió a tomar un taxi.

Al chofer le dijo que lo dejara a la mitad de la carretera al Desierto de los Leones, un kilómetro más arriba de donde había estado en la mañana con Wenceslao, y le explicó que era un fanático de las excursiones nocturnas y que pertenecía a un club de noctámbulos que se dedicaban a trazar rutas insólitas, durante las noches de luna, para futuros paseos entre las sombras del bosque.

El hombre, poco convencido, detuvo el taxi, recibió su paga y dejó a Constitución a mitad de la carretera.

Antes de arrancar de nuevo el auto, le dijo:

—Cuídese. Puede haber asaltantes por aquí.

—No se preocupe —le dijo Constitución, de pie, junto a la ventanilla, mientras se echaba a la espalda, con un movimiento rápido, su mochila de excursionista.

Cuando el taxi dio una vuelta en "U" y desapareció en la oscuridad, carretera abajo, Constitución notó que la luna brillaba alta.

La noche era clara y fresca. No había nadie en los alrededores. No se escuchaba ningún ruido. Las copas de los pinos, que se veían plateadas como si hubiera nevado, se mecían lentamente por el suave viento nocturno.

Antes de echar a andar, se quitó la mochila de los hombros, la puso a un lado de la carretera, la abrió, y con ayuda de una linterna de baterías sacó una cajita con tintura negra que se embarró en el rostro para que los reflejos de la luna no fueran a delatarlo.

Volvió a ponerse la mochila en los hombros y comenzó a caminar por la orilla de la carretera, fijando la vista hacia el frente, en busca del alto muro de piedra que marcaba el inicio de la mansión del Cuz.

Al pie del muro encontró, a modo de escalera, las rocas que había colocado en la mañana. Volvió a quitarse la mochila bajo los reflejos de la luna plateada, sacó de nuevo la lámpara sorda, buscó la cuerda y amarró uno de los extremos al grueso tronco del pino.

Se trepó a las rocas, lanzó hacia el otro lado el resto de la cuerda y, con la ayuda de sus binoculares de visión nocturna, recargando los codos en el remate del muro, vio que al fondo, afuera de la mansión, no había nadie.

Notó, sin embargo, que había dos automóviles de lujo y una camioneta *pick-up* estacionados muy cerca de la casa principal, sobre un ancho camino de grava. En la mañana no había visto ningún vehículo.

Eso complicaba su misión. Tendría que burlar a los guardias de seguridad y además hacerse invisible entre los que supuso eran invitados.

De pie, con el remate del muro a la altura del pecho, con la cara embadurnada de pintura negra, silencioso y escurridizo, bajo los reflejos plateados de la luna, estudiando la mansión desde la zona que había limpiado de vidrios, volvió a sentir en las entrañas un creciente odio por aquellos hombres, crueles y despiadados, que ganaban miles de millones de pesos haciendo que los jóvenes mexicanos cayeran en las garras de un vicio terrible que los dejaba incapacitados para vivir con libertad, como le sucedía a él con el maldito alcohol.

Constitución se sintió terriblemente solo y desprotegido esa noche, soportando el peso del mundo sobre sus anchas espaldas. Dejó a un lado, sobre el remate del muro, los binoculares de visión nocturna, y apretó las quijadas.

Esto debe terminar, pensó, sacudiendo la cabeza en un movimiento de desaprobación. El mundo está podrido.

Su rostro, oscurecido por la pintura negra, mostraba una frialdad extrema y sus ojos tenían un destello de odio.

Si me tengo que cargar a algunos, reflexionó con frialdad, pues que se jodan. ¡Hijos de puta!

Antes de saltar el muro hacia el interior de la propiedad, comprobó, dándole varios tirones, que la cuerda estuviera bien amarrada al árbol de la barranca, para tener segura su ruta de escape.

Escudriñó después la oscuridad, en el silencio de la noche, hacia donde estaba la mansión, que tenía dos ventanas iluminadas, y se sintió nervioso por lo que estaba a punto de hacer.

A pesar de que lo había planeado con calma y suficiente tiempo, le pareció que el momento había llegado repentinamente, y que ahora sólo podía seguir adelante.

De nuevo, como casi toda su vida, se sintió atrapado y sin salida.

Al lado de la enorme mansión, cuyos muros claros despedían destellos lechosos por los rayos blanquísimos de la luna, pudo ver que en la caseta interna de vigilancia no había ninguna luz, y pensó que los guardaespaldas estarían dormidos. Esto lo ayudó a sentirse un poco más seguro.

Bajó de las rocas amontonadas hasta pisar de nuevo la estrecha vereda entre el muro y la barranca, y en cuclillas revisó el paquete de carne molida revuelta con pastillas trituradas de valium. Se lo metió después en uno de los bolsillos del pantalón, aunque no había visto perros guardianes.

También metió en los bolsillos, con cuidado, su diminuto equipo electrónico de espionaje, y los pequeños binoculares de visión nocturna.

La mochila, que quedó prácticamente vacía y en la que no había ninguna identificación ni nada que lo pudiera delatar, la dejó al pie de las rocas y volvió a trepar al muro.

Al fondo, lejanos, los árboles majestuosos rodeaban la casa principal, mientras sus altas copas se mecían levemente por el viento nocturno. Y más allá, adivinando apenas en la oscuridad, divisó las cuadras de los caballos pura sangre y algunas jaulas, grandes y macizas, pero los animales salvajes no estaba a la vista.

Finalmente se decidió, lanzó un hondo suspiro, levantó una pierna y se trepó hasta el remate del muro. Quedó sentado, con las piernas colgando hacia el otro lado. Enseguida tomó la cuerda entre las manos y se deslizó hacia el interior de la propiedad apoyando los pies en el muro, ayudándose con la cuerda, para tocar el suelo suavemente.

Se plantó firme en el terreno y tironeó la cuerda otra vez, para estar seguro de que estuviera bien amarrada al árbol de la barranca y dejar así preparada su ruta de escape.

Con la respiración entrecortada por el miedo y por la fuerte descarga de adrenalina, que era la única sustancia, además del whisky, que lo hacía vivir a plenitud y sentirse mejor que nunca, comenzó a caminar encorvado, muy lentamente, hacia la casa de campo.

Cuando Constitución logró por fin acercarse silenciosamente a una de las ventanas iluminadas de la mansión tras haberse arrastrado pecho tierra en el tramo que separaba la vivienda principal de la caseta interna de vigilancia, controlando la respiración, con gotas de sudor perlando su frente, logró escuchar una conversación.

La ventana estaba abierta y, muy despacio, Constitución levantó el rostro pintado de negro en medio del fresco viento nocturno y los rayos plateados de la luna.

—Estaban en la bodega —dijo un hombre de anteojos, totalmente calvo, que vestía un pantalón negro de casimir y una amplia guayabera blanca.

—¿Cuál? —preguntó un hombre bajo, dueño de una enorme melena y un tupido bigote negro, como de morsa. Vestía pantalones de mezclilla y una camiseta negra muy entallada al musculoso torso—, ¿la de Tlatelolco?

—No, güey, la de Peralvillo —dijo el hombre de la guayabera—. No te hagas pendejo.

Los dos hombres estaban de pie, frente a frente, separados apenas medio metro uno del otro.

—¿Qué pedo? —preguntó el hombre fuerte, peinándose con dos dedos su enorme bigote de morsa.

—Ya te dije, güey —reiteró el calvo—. No me gusta que te hagas pendejo.

—¿Qué pedo, cabrón? —reiteró el hombre fuerte, y después miró hacia donde estaba un tercer hombre, sentado en un sillón—. Oye, Armando, no sé de qué me está hablando este güey.

Los dos hombres seguían de pie, serios, mirándose fijamente, en medio de la sala de la mansión.

Armando Paredes, al que todos apodaban El Albañil cuando él no los escuchaba, estaba sentado en un amplio sillón tapizado en cuero rojo. Sin decir nada, se le quedó viendo al hombre del bigote. Tanteando con una mano, tomó de una mesa lateral un cigarrillo con filtro y después, con toda parsimonia, se lo llevó a la boca, sacó de uno de sus bolsillos un encendedor de oro, aplicó el fuego, lentamente también, sin dejar de mirar al hombre del bigote, y le dio una profunda chupada al cigarrillo.

El Albañil era también un hombre fuerte, con el rostro marcado por una profunda cicatriz en la mejilla derecha. Vestía un saco azul con botones dorados y pantalones grises de casimir.

—Desaparecieron veinte kilos de coca —dijo por fin El Albañil, lanzando dos gruesas columna de humo por los orificios de la nariz—. ¡Veinte kilos! ¡Nomás multiplíquenle, cabrones! Nosotros pagamos dos dólares por gramo allá en Colombia, pero aquí se vende a diez. Y la pérdida aumenta porque en Estados Unidos la vendemos a cien dólares el gramo.

—Está cabrón —dijo el hombre fuerte, peinándose de nuevo, con movimientos nerviosos, el enorme bigote de morsa.

—¡Claro que está cabrón! —dijo El Albañil—. Si Cuz se entera me parte la madre. Estamos hablando de cien mil dólares por kilo.

—No chingues —dijo el hombre fuerte—. ¿Cuándo desaparecieron?

—¡No te hagas pendejo! —le gritó el hombre calvo.

—¡Armando! —gruñó el hombre del bigote, volteando a ver a su jefe—. ¡No voy a permitir que este hijo de la chingada me culpe a mí de sus pendejadas!

El Albañil acomodó el cigarrillo, con movimientos muy finos, sobre un cenicero, se puso de pie y caminó, lentamente, hasta donde estaban discutiendo sus dos subalternos.

Un gato de angora blanco que había estado echado en una silla de la sala, trepó por la ventana y saltó ágilmente hacia el exterior de la casona, pasando por encima de Constitución, pero sin hacerle el menor caso.

El negro bigote de morsa del hombre fuerte le recordó a Constitución a un domador de circo que había conocido tiempo atrás, cuando investigó el asesinato de Kayla, la mujer que había sido su prometida. Sintió un dolor agudo en el pecho y decidió no acordarse más de aquellos días. No podía distraerse, y menos en ese momento.

—¡Veinte kilos! —reiteró El Albañil mientras se aproximaba a los dos hombres—. ¡No te quieras pasar de verga!

—Yo no fui, Armando. Tienes que creerme…

El hombre calvo de la guayabera dijo:

—¡No te hagas pendejo!

—Armando, por Dios: yo no fui.

El Albañil, a escasos dos metros de distancia, sacó de uno de los bolsillos laterales de su elegante saco azul una escuadra automática con incrustaciones de diamantes en la cacha y le metió un tiro en la frente al hombre del bigote de morsa, quien salió disparado hacia atrás y rebotó contra un muro, para caer después de bruces en las baldosas rojas de la casa de campo, chorreando sangre que le salía a borbotones de la cabeza.

El estrépito del disparo, que sonó potente en medio del silencio de la noche, hizo que en fracciones de segundo se encendieran las luces dentro de la caseta de vigilancia contigua.

Mientras el fuerte olor a pólvora quemada inundaba la sala de la mansión y se escapaba por la ventana abierta hacia el fresco viento de la noche, Constitución se percató de las luces dentro de la caseta de vigilancia y escuchó voces y pasos apresurados, así que rodó por el suelo rápidamente para ocultarse detrás de unos matorrales.

Dos hombres con el pelo revuelto, uno de ellos sin camisa, cargando un AK47, y el otro, un hombre gordo, con un AR15, corrieron desde la caseta de vigilancia hacia el interior de la mansión, y a pesar de que pasaron a escasos centímetros de Constitución, no se percataron de su presencia.

El hombre sin camisa, de músculos muy marcados, sobre todo en el abdomen, cargaba su cuerno de chivo muy cerca del pecho, casi como si fuera parte de su cuerpo.

El hombre gordo, a quien debajo de la camisa se le notaban dos prominentes y colgados pechos, llevaba su fusil con cierto desprendimiento, como si no quisiera saber nada de él.

Constitución pensó que quien hubiera decidido repartir las armas conocía muy bien a su personal. El hombre fuerte, de cuerpo elástico, se las podría arreglar muy bien con su AK47, que tiene una cadencia de tiro de seiscientos disparos por minuto, mientras que el gordo, mucho menos ágil, se defendería mejor con su AR15, que dispara hasta ochocientas balas por minuto.

Al entrar en la casa de campo, los dos guardias, con las armas en alto y los ojos expectantes, listos para entrar en acción, vieron al Albañil mientras éste guardaba, con ademanes lentos y refinados, su automática en uno de los bolsillos laterales de su elegante saco azul.

Desde joven, cuando lo habían apodado El Albañil, Armando Paredes, a quien le disgustaba el sobrenombre, se había propuesto vestir con finura y distinción, con la esperanza de que alguien, algún día, le dijera que parecía más un arquitecto que un albañil, pero nadie se lo había dicho nunca. Sin embargo, y terco como era, se había convertido en un hombre excesivamente elegante, aunque muy sanguinario y despiadado.

Luego de guardar su escuadra con incrustaciones de diamantes en la cacha, volvió sobre sus pasos y fue a sentarse de nuevo en el sillón de la sala, sin haber volteado a ver a los dos matones que acababan de entrar, y de mal modo le dijo al calvo de la guayabera:

—¿Y tú, pinche pelón de mierda, qué tienes que decir?

—Nada, Armando; lo que tú digas —dijo el otro, con un tono de voz que denotaba terror.

—¡No te quieras pasar de verga conmigo! —le gritó El Albañil—. ¡Tú estabas a cargo de las bodegas!

El otro, de pie, con el rostro más blanco que su guayabera, sólo atinó a decir:

—Yo confié en este cabrón —dijo, volteando a ver al hombre muerto, tirado en el piso. La sangre ya no brotaba a borbotones de la cabeza, lo que significaba que su corazón había dejado de funcionar.

Los dos guardias seguían de pie, listos para actuar.

Constitución, que había vuelto a asomarse a la ventana, temblando, silenciosamente, agazapado en la oscuridad, controlando su respiración mientras gruesas gotas de sudor corrían desde su frente hacia el rostro pintado de negro, volvió a estudiar la situación. No podía hacer nada. Eran cuatro hombres, tres de ellos armados, y el otro, el calvo, quizás tenía también un arma, y él estaba solo, así que decidió quedarse agachado, en cuclillas, en la parte exterior de la ventana.

—¡Entrégale tu arma al Huevo! —le dijo El Albañil al hombre calvo.

Los dos sicarios se aproximaron al sujeto, apuntándole con sus fusiles de asalto, listos para disparar. El guardia apodado El Huevo, con el rostro ovalado y muy blanco, apoyó la culata de su ARI5 en el hombro derecho y extendió la mano izquierda para recibir el arma.

Con voz lastimera, el calvo le preguntó al jefe, mientras entregaba su escuadra automática:

—¿Vas a ordenar que me madreen otra vez?

—No, pinche pelón —dijo El Albañil, con desprecio—. La vez pasada fue la última madriza. Ya te chingaste.

El calvo bajó su reluciente cabeza, con total resignación, suspiró largamente y le dijo a su jefe, sin verlo, porque estaba hablándole al piso de baldosas rojas.

—La Morsa me traicionó; yo no tuve nada que ver.

Armando se dirigió por primera vez a uno de los sicarios.

—Pinche Huevo, agarra a este pelón de mierda y mátalo allá afuera; y tú —le dijo al otro—, llévate al fiambre y dile al Tuercas…

—¡Por favor! —lo interrumpió el calvo, gritando, mientras se dejaba caer de rodillas en el suelo, pesadamente, con las manos juntas, como si estuviera rezando—. ¡Por favor, Armando! ¡No me mates! ¡Tengo hijos! ¡Yo te repongo el producto!

—¡No me interrumpas, hijo de la chingada! —gritó El Albañil, colérico, y repitió la orden—. Agárralo bien, pinche Huevo, y mátalo allá afuera. Y tú —le dijo al otro—, llévate al fiambre y dile al Tuercas que se deshaga de los dos… que les corte las cabezas y que queme después los cuerpos atrás del lago. Y ahorita mismo quiero que mandes a alguien a que tire las dos cabezas en el Periférico, a la altura de Televisa San Ángel; necesitamos a los medios para que la gente siga asustada. Y luego vienes; te tengo una chamba.

—¡Por favor! —suplicó el calvo, sollozando, levantando las manos en un movimiento reflejo, con las palmas hacia afuera y los brazos estirados para defenderse el rostro—. ¡No me mates! ¡No me mates! ¡Te lo suplico!

El Albañil, sentado tranquilamente en el sillón, sacó otra vez de su elegante saco azul la escuadra automática con incrustaciones de diamantes y le metió un tiro en el pecho. El balazo retumbó con gran estrépito y el calvo cayó desplomado ahí mismo, con la guayabera manchada de sangre.

—¡Pinche Huevo, ya te hice tu trabajo! —le dijo al hombre del rostro ovalado y blanco, que ahora estaba más blanco que nunca porque el balazo podía haberlo herido a él, que había estado de pie atrás del hombre calvo hincado, sujetándolo del cuello—. Remátalo allá afuera. Y tú —le dijo al otro—, llévate al fiambre.

El hombre sin camisa, de marcados y brillantes músculos, se aproximó al hombre del bigote de morsa y comenzó a arrastrarlo por los pies.

—¡Cárgalo, no seas huevón! ¡Mira el manchadero de sangre que estás haciendo en el piso!

El hombre musculoso se acuclilló junto al muerto, colocó su fusil sobre el abdomen de éste y, sin esfuerzo, se echó en brazos tanto al muerto como el fusil automático; se puso de pie y, con pasos firmes, salió de la casa.

El Huevo trató de hacer lo mismo con el cuerpo del calvo, que aún jadeaba, pero no pudo y cayó encima del hombre de la guayabera.

—¡Pinche Huevo, no seas pendejo! —le gritó El Albañil, con un tono burlón en la voz—. Trae una carretilla y échalo adentro. No quiero manchas de sangre en el piso. Y luego vienes y limpias todo. Lo rematas afuera, y El Tuercas ya sabe qué hacer.

Constitución seguía agazapado afuera de la ventana, sin moverse, sudando copiosamente y alterado por la conducta desalmada de aquellos hombres.

El sujeto sin camisa, con los músculos abdominales muy marcados y los anchos y poderosos hombros brillando a la luz de la luna, regresó enseguida, con pasos de felino, sin hacer el menor ruido, y se cuadró, con aire marcial, ante El Albañil, con su AK47 pegado al pecho; listo para recibir y realizar cualquier orden para ganarse la confianza del jefe y lograr así una promoción, lo que le significaría más dinero, y muy seguramente, más mujeres hermosas.

El jefe, tranquilamente sentado, le dijo:

—Vete en chinga a apagar el circuito cerrado; le pones una cinta nueva a la cámara que cubre la sala, y me traes la cinta de hoy. No quiero aparecer matando a este par de cabrones. No quiero que El Cuz sepa nada. Si sabe que me robaron veinte kilos me carga la chingada a mí. Y no prendas el sistema de vigilancia hasta que yo te diga; todavía tengo que hablar contigo.

Constitución miró hacia el techo de la sala y vio una diminuta cámara que apuntaba directamente hacia el sillón donde estaba sentado El Albañil, y supuso que era muy probable que hubiera captado también la ventana donde él estaba apostado.

Molesto por no haberse dado cuenta desde el principio, se recriminó en silencio su falta de astucia.

Sabía que el rostro pintado de negro le ayudaría a no ser reconocido, y que además la noche, bastante oscura, protegería su identidad, pero la luna brillaba alta y no sabía si la cámara lo habría captado acuclillado afuera de la ventana de la casa de campo.

Sin previo aviso, el viejo Wong apareció en su mente, con sus ojos risueños y sus sabias palabras:

"Si permites que pequeños grupos infrinjan los derechos de la mayoría y permites que los débiles sean oprimidos por los fuertes, las armas te matarán".

El tipo sin camisa salió de la sala sin decir nada y Constitución agachó la cabeza para evitar ser visto, pero aguzó el oído. Cuando escuchó sus pasos alejándose en la grava del camino de la entrada, se reincorporó lentamente y comprobó que El Albañil seguía ahí, fumando plácidamente, observando al hombre calvo que, medio muerto, tirado en medio de un charco de sangre, jadeaba pesadamente.

Constitución escuchó de nuevo ruidos sobre la grava y se tumbó rápidamente, pecho tierra. El gordo venía empujando una carretilla, hablando consigo mismo, en voz baja, con cara de pocos amigos: "Pinche Albañil de mierda. Un día te va a llevar la chingada, por mierda y por hijo de puta".

Cuando el gordo entró en la casa, Constitución volvió a colocarse en cuclillas para espiar por la ventana.

—Ya era hora, pinche gordo. Te tardaste mucho, cabrón, y la sangre se regó más.

—No encontraba la carretilla —acertó a decir el gordo, a manera de disculpa.

—¡Cómo eres pendejo, pinche gordo! —dijo El Albañil con aire displicente—. Llévate a ese güey, lo rematas, y regresas en chinga a limpiar toda esta mierda. Y si no queda bien, te voy a obligar a que limpies la sangre con la lengua.

El gordo, pasando muchos trabajos, logró subir al hombre calvo a la carretilla, mientras éste jadeaba y trataba de decir algo. Una pierna que quedó colgando hacia fuera, comenzó a temblar insistentemente.

El Albañil, divertido, lo estuvo mirando en silencio, y después le dijo:

—Súbele la pierna, ¿no ves que se quiere bajar? —y soltó una sonora carcajada.

El gordo, con cierta repugnancia, agarró la pierna del hombre calvo y la subió a la carretilla, pero el empecinado temblor hizo que la pierna saltara de nuevo hacia afuera.

—¡Pinche gordo! —le gritó El Albañil, molesto—. ¡Ya llévatelo así! ¿No ves que está manchando todo de sangre?

El hombre gordo levantó la carretilla con su temblorosa carga y pasó delante del Albañil, quien se le quedó viendo sin decir nada más.

Minutos después, el tipo musculoso regresó con la cinta y se la entregó al jefe con una amplia sonrisa en el rostro, satisfecho de sí mismo.

—¡Ve a ponerte una camisa! —le gritó El Albañil, exasperado—. No estamos en un concurso de Míster Universo.

El otro salió enseguida, sin decir nada, como un perro reprendido por su amo, con el rabo entre las patas.

El hombre fuerte regresó de nuevo, con una camiseta muy ajustada, aparentemente para seguir presumiendo su cuerpo.

—¡Te dije que una camisa cabrón, no una camiseta! Ya me tienes hasta la madre. ¡Ve a ponerte una camisa si no quieres que tu cabeza aparezca también mañana en los noticieros!

El otro, pálido, dijo en voz baja:

—No tengo camisas; siempre uso camisetas.

—¡Pues ponte una del gordo! Y regresas enseguida. Te tengo una chamba.

El sujeto volvió a salir con el rabo entre las patas, y en menos de un minuto regresó con una camisa muy holgada, sosteniendo su AK47 junto al pecho, como si el fusil fuera parte de su cuerpo.

—Así está mejor —le dijo El Albañil, sentado en el sillón rojo, con una pierna cruzada sobre la otra, fumando plácidamente—. Escucha muy bien lo que te voy a decir, porque no quiero errores. Tienes que buscar al pinche judicial de mierda, al tal Constitución Elizondo, para darle piso. No sé si es de la Procu grande o de la Procu chica, pero es el nombre que dijo el tipo del hospital. Y espero, por tu bien, que hayas escuchado bien. Lo encuentras, le das piso y tiras su cadáver en el Zócalo, en medio de la plaza.

El otro, muy serio, escuchaba de pie, en silencio, abrazando su AK47.

—Ni El Cuz ni Esmeralda tienen que saber nada —continuó El Albañil, muy serio—. Tampoco sabían nada del Moy y no tienen por qué saber ahora. El Moy nos ayudaba comprando dólares con sus contactos en las casas de cambio del aeropuerto, y el hijo de puta nos robaba dinero y producto, pero yo me hacía pendejo porque no era mucho y porque el cabrón nos era muy útil. Ni pedo; lo mató el judicial de mierda y va a pagar con su vida. Ya buscaremos a otro cabrón que nos compre los dólares. Por lo pronto encuentras a ese judicial de mierda y te lo chingas. El Moy y sus dos ayudantes están muertos, sólo me falta el judicial para cerrar el círculo y que nadie sepa nada. Pero esto debe quedar entre tú y yo. No quiero que nadie te ayude. El Tuercas te esperó en la moto a la salida de Xoco, pero ahora vas a actuar solo. Y no quiero errores… El Tuercas no sabe el nombre del judicial, hiciste bien en no decirle nada, por eso te tengo confianza. Ese nombre solamente lo conocemos tú y yo. Si me cumples, subes en la organización… dile al pinche Huevo que después de que haya limpiado toda esta sangre encienda el sistema de vigilancia, y tú ya vete a hacer tu trabajo. Pero antes, dale esta cinta al Tuercas y dile que la queme junto con los dos fiambres.

—¿Por dónde empiezo? —preguntó angustiado el hombre fuerte.

—Ése es tu pedo, para eso te pago. Y te pago muy bien, cabrón —le dijo El Albañil, con tono autoritario—. Busca a alguno de nuestros judiciales en la del Distrito, puede ser que por ahí salga el asunto. Y no me llames ni te pongas en contacto con nadie. Cuando le hayas dado piso, vienes y me lo haces saber en persona. Nadie debe saber esto. Nadie conoce el nombre de ese güey. Lo matas, lo tiras en el Zócalo, vienes a decírmelo en persona y te dejo Peralvillo para ti solo, para que manejes la colonia a tus anchas, con tu propia gente. Toma, llévate estos cinco mil dólares; espero que te alcance para lo que tengas que gastar en estos días. Y no te quiero ver por aquí hasta que me vengas a informar.

El otro se disponía a salir, pero El Albañil lo detuvo, alzando una mano en el aire.

—Espérate —le dijo, con una frialdad extrema en el rostro—. Deja aquí el cuerno, ve a mi cuarto y llévate el Barrett que me regaló El Cuz. Y me lo cuidas, cabrón. No quiero que me lo devuelvas ni con un rasguño. Te lo presto para que no falles. Tiene silenciador, mira telescópica de visión nocturna, rayo láser para localizar el blanco y alcance de más de 800 metros, así que no puedes fallar. Y nadie se va a enterar porque nadie escuchará el disparo. Con un solo disparo le puedes dar piso cualquiera de estas noches, y vas y lo tiras al Zócalo y me regresas mi fusil intacto. ¿Entendido?

18

CONSTITUCIÓN VIO AL HOMBRE fuerte dejar su AK47 en un sillón, meter el fajo de billetes verdes en una de las bolsas delanteras de su pantalón de mezclilla, guardar la cinta del circuito cerrado en otro bolsillo y desaparecer después de la sala para regresar casi al instante con el fusil de asalto: un poderoso y moderno REC7 que Constitución había visto en un catálogo de armas del Cisen.

Enseguida lo vio salir de la mansión, subirse a una camioneta *pick-up* blanca estacionada cerca de la casa, dejar el REC7 en el asiento del copiloto y encender las luces, pero antes de poner el motor en marcha, el sujeto se bajó y caminó hasta donde estaba el gordo, iluminado por los faros del vehículo, batallando con la carretilla y con el hombre calvo, cuya pierna seguía temblando.

Vio a los dos matones hablando brevemente, y después el hombre fuerte, que todavía llevaba puesta la camisa holgada, le entregó al gordo la cinta del circuito cerrado y entró en la caseta de vigilancia.

Constitución aprovechó el momento y saltó, en medio de la noche y con gran sigilo, a la parte de atrás de la camioneta. Se tapó con unos costales de arpillera vacíos que encontró en el piso. Olían a fertilizante, pero no le importó. Deseó que los vigilantes de la caseta de la entrada no fueran a revisar la camioneta a la salida. De todas formas, por precaución, empuñó su .38 especial en una mano, y la .22 en la otra.

Necesitaba estar cerca del tipo que tenía órdenes de asesinarlo, para sorprenderlo. Un minuto después, el hombre fuerte salió de la caseta de vigilancia vistiendo una camiseta ajustada al torso, se subió a la *pick-up*, puso el motor en marcha y arrancó suavemente, casi sin hacer ruido.

Constitución no podía ver nada porque la tela pestilente de los costales vacíos se lo impedía, pero sintió bajo los neumáticos de la camioneta el crujiente camino de grava que llevaba hasta la entrada principal de la mansión. Apretó sus dos revólveres y deseó tener suerte.

La *pick-up* se detuvo y alguien preguntó algo, pero Constitución no pudo entender qué era lo que decía.

—¡Abre la puerta, cabrón! —dijo el chofer, molesto, bajando la ventanilla de la *pick-up*—. Tengo órdenes de Armando.

Tras un breve silencio, que a Constitución le pareció una eternidad porque tuvo que contener la respiración, la otra voz dijo, en voz alta y con un tono muy molesto:

—¡No me estés cabroneando!... ¡Abre ya, maestro! Traigo un chingo de prisa... Así está mejor.

Constitución escuchó pasos y enseguida el ruido que hacían las dos pesadas puertas al ser abiertas.

La camioneta arrancó de nuevo y el chofer, al pasar junto al vigilante, le gritó:

—¡Gracias, cabrón! —y cerró la ventanilla.

—¡Chinga tu madre, pinche güey! —contestó el otro, pero la *pick-up* iba ya a toda velocidad, y Constitución escuchó una sonora carcajada retumbando en el interior de la cabina de la camioneta.

Enseguida el hombre fuerte puso música y empezó a escuchar un corrido norteño que elogiaba el honor y el valor de los narcotraficantes.

Constitución no sabía si el tipo había encendido el radio o había puesto un disco, pero la letra le pareció detestable.

Lo importante en ese momento era sorprender al chofer antes de que entrara en contacto con algún judicial. Hacía muchos años que Constitución había dejado la Judicial del Distrito Federal, pero alguien podría recordarlo todavía, ir a los archivos y dar sus datos por una buena suma de dinero.

El olor a fertilizante comenzó a provocarle un agudo dolor de cabeza. Con ademanes muy lentos guardó sus dos revólveres y se quitó de encima los costales de arpillera para respirar el refrescante aire de la noche. Notó que ahora había más claridad. El cielo estaba estrellado y la luna brillaba en lo alto.

El chofer dobló en una curva de la carretera y Constitución salió disparado contra uno de los costados de la *pick-up*. No se golpeó fuerte, pero se quedó inmóvil, aguantando la respiración y aguzando el oído, para saber si el chofer habría notado que traía carga en la parte trasera.

Desenfundó su .38 especial, censurándose por el descuido, y se quedó quieto, preparado para un enfrentamiento sorpresivo, en espera de que el hombre fuerte detuviera el vehículo y bajara a revisar la parte de atrás.

La música seguía a todo volumen y, al parecer, el sujeto no se había percatado de nada. Supuso que el hombre fuerte habría pensado que los bultos de fertilizante estaban llenos todavía, así que respiró profundamente y se sintió más tranquilo.

Siguieron circulando, carretera abajo, a toda velocidad, y Constitución apalancó una pierna contra la parte comba de metal que cubría una de las llantas, para no volver a salir disparado en otra curva.

Aunque no podía darse el lujo de ser descubierto, sabía que si el tipo que manejaba la *pick-up* llegaba a sorprenderlo, no sabría —no tenía forma de saber— que Constitución era su presa. Para saberlo, primero tendría que hablar con alguien de la Procuraduría del Distrito Federal, y eso no se lo iba a permitir.

Tirado en el piso de la parte trasera de la *pick-up*, con una pierna bien apalancada, el rostro todavía pintado de negro y sujetando su revólver con una mano, sintió el fresco aire de la noche sobre sus facciones y pensó que tenía que actuar rápidamente, esa misma noche.

Tenía que planear una forma infalible de sorprenderlo, pero no debía dejar huellas. No podía, bajo ninguna circunstancia, dejar pistas que le permitieran al jefe de este miserable asesino seguirle los pasos.

A pesar del peligro en que se encontraba, volvió a sentirse dueño de la situación. Estaba seguro de que no tendría problemas a la hora de eliminar al hombre fuerte de la camiseta ajustada al cuerpo.

Lo siento por ti, pensó Constitución. Nunca antes te había visto y vas a perder la vida esta noche sin haber cumplido tu encargo. El mundo se acabará para ti esta noche.

Y enseguida levantó un poco la cabeza para ver al individuo a través de la ventana posterior de la camioneta. El tipo manoteaba sobre el volante, al ritmo de la canción, y silbaba la tonada. El sujeto bajó de nuevo el vidrio de la ventanilla de su lado y estiró el brazo derecho, inclinándose un poco, para bajar también el vidrio de la puerta del copiloto. Regresó las dos manos al volante y siguió silbando y manoteando al ritmo de la canción.

Constitución comenzó a fraguar su plan, concentrándose ahora en la forma de manejar del hombre fuerte, y sonrió satisfecho. Lo primero que tenía que hacer era no perder la calma. Actuar rápidamente y con decisión, para controlar la situación. Tenía que actuar con la rapidez de un rayo.

Decidió que en cuanto el hombre detuviera la *pick-up*, aunque sólo fuera un minuto, saltaría de la parte trasera de la camioneta, con el revólver en la mano, y se colaría en la cabina.

Para no fallar, metería la mano libre y abriría por dentro la portezuela del copiloto, apuntándole al rostro todo el tiempo, gritándole muy fuerte, para sorprenderlo, y se instalaría en la cabina.

Al llegar a la lateral del Periférico, a pesar de que era todavía de noche, el hombre fuerte detuvo la camioneta en el semáforo que parpadeaba en rojo, indicando precaución, y miró hacia la izquierda para comprobar que no viniera algún vehículo.

Constitución aprovechó el momento, saltó de la parte de atrás, y se metió a la cabina dando un tremendo portazo y gritando a todo lo que daban sus pulmones:

—¡Hijo de tu puta madre! ¡Asesino de mierda!

El hombre, sorprendido, se le quedó viendo fijamente, sin mover un solo músculo. Las manos sobre el volante, el cuello echado un poco hacia adelante y hacia el lado derecho. La espalda recta y los hombros tensos. No dijo nada. Lo miró fijamente y después pestañeó.

La letra de la música, a todo volumen, seguía honrando el valor de los narcotraficantes.

—¡Ya te llevó la chingada! —volvió a gritarle Constitución, a voz en cuello, aparentando estar molesto, apuntándole al rostro con su .38 especial.

—Tranquilo —le dijo el otro, tratando de calmarse a sí mismo—. ¿Quién te mandó? ¿Armando?

—¡Qué Armando ni qué la chingada! —le gritó Constitución, con la cara pintada de negro—. Sigue manejando, cabrón.

—¿Eres judicial?

—¡Cállate, hijo de puta, y sigue manejando!

El hombre, paralizado por el miedo, con el cañón del revólver a pocos centímetros del rostro, no se movió.

—¡Que sigas manejando! —le gritó Constitución, sin dejar de apuntarle. Estiró después el otro brazo hacia el tablero de la *pick-up*, sin quitarle al tipo la vista de encima, y estuvo tanteando los botones hasta que pudo apagar el radio—. ¡Pinche música de mierda!

El hombre fuerte echó a andar la camioneta y giró a la derecha, muy lentamente. El Periférico estaba vacío a esas horas.

—Síguete hasta San Jerónimo —le dijo Constitución, un poco más calmado, pero sin dejar de apuntarle al rostro—, das a la izquierda y bajas por Revolución hasta Barranca del Muerto.

En el asiento de la *pick-up*, en medio de los dos, Constitución vio claramente, gracias al brillo que le arrancaba al acero la luz del alumbrado público según iban circulando debajo de las farolas, el REC7.

Lo tomó y lo colocó en el piso, entre sus pies, con mucho cuidado, como si fuera de cristal y pudiera romperse, pero sin dejar de apuntarle con la .38 especial.

—¡Eres un pendejo! —le gritó de nuevo—. Un pendejo de mierda. ¿Cómo se te ocurre llevar este fusil de asalto a la vista de todos? ¿Te sientes muy chingón?

El otro siguió manejando, viendo hacia el frente, sin decir nada.

—¡Contéstame cabrón! ¿Te sientes muy chingón?

—Lo iba a guardar al llegar al Periférico —dijo el otro, sin dejar de ver hacia el frente, mientras conducía la camioneta con lentitud.

—Y dale más rápido, no te hagas pendejo.

Siguieron circulando en silencio, en medio de la noche, sin que nadie se interpusiera en su camino. Constitución se le quedó viendo fijamente al hombre, sin dejar de apuntarle al cuerpo. Había bajado el arma para evitar que alguien se diera cuenta.

—Y no te me pongas nervioso, cabroncito de mierda —le dijo con tono seco.

—No estoy nervioso —respondió el otro, sin dejar de mirar hacia el frente.

—Muy chingón ¿verdad? Con muchos huevos. Pero así está mejor: no tienes ningún motivo para estar nervioso. Tú y yo vamos a hablar esta noche; vamos a hablar largo y tendido.

El otro echó una mirada al espejo retrovisor, y no dijo nada.

—Y más te vale hablar, si quieres quedar vivo.

El otro siguió conduciendo en silencio, viendo hacia el frente.

Constitución no había decidido aún a dónde llevaría al sujeto. A su departamento-despacho era imposible, porque la dueña del edificio vivía en uno de los apartamentos y se enteraba de todo; tampoco a El Oasis, porque siempre había mucha gente, ni al restaurante de Wong. Necesitaba un lugar tranquilo, y un estacionamiento para esconder la *pick-up*.

Pensó que podía meter al tipo en el cuarto del hotel que había rentado en el centro, pero era un hotel de paso, lleno de putas y de clientes saliendo y entrando a todas horas.

Recordó que enfrente del edificio donde vivía Alicia había una pensión de autos que cobraba mensualmente, por adelantado, pero en la que nadie hacía preguntas. Siempre había sospechado que ahí escondían autos robados.

Ahí podría estacionar la camioneta y subir después al hombre de la camiseta ajustada al apartamento de Alicia, para explayarse y golpearlo y amenazarlo de muerte si no hablaba.

Decididamente iba a "sopearlo", como decían sus ex compañeros judiciales cuando le arrancaban una confesión a un sospechoso.

La idea representaba un grave peligro para Alicia, pero era parte del plan que estaba fraguando en ese instante para terminar con las despiadadas conexiones al mundo del narcotráfico que Alicia había adquirido sin siquiera darse cuenta.

Pensó de nuevo, con creciente furia, que Alvarito era el culpable. ¡El hijo de la chingada había involucrado a la pobre de Alicia!

Al llegar a la avenida Revolución, Constitución golpeó con fuerza al hombre en las costillas con el cañón del revólver. El sujeto, que seguía con la vista al frente y no se había esperado el impacto, se estremeció de dolor y se dobló ligeramente, pero no dijo nada y siguió conduciendo lentamente, con la vista fija en el parabrisas.

—¡Te dije que más aprisa, cabrón! —le dijo Constitución, y volvió a sumirle el cañón en las costillas, aunque con menos fuerza esta vez.

—Enfrente hay una patrulla —dijo el otro.

—¿Y qué quieres, pinche culero?, ¿llamar a la policía?

—Si nos paran por exceso de velocidad…

—Si nos paran —lo interrumpió Constitución—, me identifico con ellos y tú vas a parar a la cárcel, hijo de la chingada.

—Prefiero la cárcel que seguir viajando con un judicial asesino.

Constitución volvió a sumirle el cañón del revólver en las costillas, esta vez con demasiada fuerza, y el otro casi se dobló sobre el volante.

—¡Cállate, cabrón! Y maneja bien; si nos paran, antes de que lleguen a tu ventanilla ya estarás muerto, ¡hijo de puta! —y le puso, durante una fracción de segundo, el cañón del revólver en la sien derecha.

El otro no dijo nada, se enderezó lo mejor que pudo, y siguió conduciendo la *pick-up*, un poco más aprisa, viendo hacia adelante.

Al pasar junto a la patrulla, Constitución echó un vistazo y vio a los dos guardias, cuya unidad estaba estacionada enfrente de un hidrante, dormidos plácidamente, uno de ellos con la boca abierta, los dos con las cabezas echadas hacia atrás y recargadas en sus respaldos.

Finalmente tomó la decisión: escondería la camioneta en la pensión que estaba frente al edificio donde vivía Alicia. Claro que sin decirle nada a ella. Pagaría dos meses al contado, quizá tres… y se evitaría problemas.

—Estaciónate ahí —le dijo al chofer.

—¿Y la patrulla?

—¿No que querías llamarlos?

—Yo no dije eso; dije que prefería la cárcel.

—¡Cállate y estaciónate ahí! —le gritó Constitución, furioso esta vez.

—¿Dónde?

—Ahí —dijo Constitución, apuntando con su revólver—. Enfrente de ese árbol.

El otro detuvo la camioneta y Constitución, con la velocidad de un rayo, le propinó un fuerte golpazo atrás de la oreja derecha con la cacha de su arma.

El tipo se desplomó sobre el volante y se escuchó un sonido fuerte, como el de una rama seca cuando se rompe.

—Pendejo —le dijo Constitución al hombre desmayado—. A ver si no te rompiste la nariz con el volante y empiezas a sangrar por todos lados.

Con el revólver en la mano, tomó al hombre por un hombro, lo levantó ligeramente y le revisó la nariz, que estaba hinchada pero no sangraba.

—Menos mal —le dijo, y enseguida se bajó de la camioneta, sin soltar el revólver, cerró la puerta de su lado con seguro, dio la vuelta por enfrente de la *pick-up*, y abrió la puerta del chofer—. A ver —le volvió a hablar al hombre desmayado— te voy a empujar para el otro lado.

Constitución se colocó detrás del volante y, antes de arrancar, subió los cristales de las dos ventanillas y revisó que las dos puertas estuvieran cerradas con seguro.

—Bueno, cabrón —le dijo al tipo desmayado que quedó recargado sobre el cristal de la ventanilla del copiloto, cuya nariz se iba hinchando por segundos—. Esta es la historia: te pusiste pedo y yo te estoy cuidando.

Después se vio en el espejo retrovisor y notó que tenía el rostro pintado de negro. Sacó un pañuelo de uno de sus bolsillos y comenzó a frotarse la cara con fuerza mientras conducía.

De vez en cuando se veía de nuevo en el espejo, para comprobar el resultado, pero sin dejar de conducir.

Poco a poco, la pintura comenzó a desaparecer. Frotó con más fuerza algunas manchas que le quedaban, luego de mojar el pañuelo con saliva. Al terminar de limpiarse, bajó la ventanilla de su lado y tiró el pañuelo a la calle. No quería guardar ninguna evidencia.

Mientras conducía decidió que no era conveniente esconder la *pick-up* en la pensión de autos frente al edificio de apartamentos de Alicia porque era correr un doble riesgo.

Llevar al tipo a la casa de Alicia era un riesgo, pero tendría que correrlo.

Lo que tenía que hacer era bajar al tipo desmayado y subirlo hasta el departamento, fingiendo que era un amigo borracho si alguien se cruzaba en su camino. Amarrarlo bien y amordazarlo, y bajar después a la calle, para llevar la camioneta a la carretera vieja de Cuernavaca y dejarla abandonada en algún lugar remoto, fuera de la vista de los automovilistas que utilizan esa vía.

Eventualmente alguien la encontraría, pero ya para entonces él habría terminado su trabajo y habría sacado a Alicia del enredo en que la había metido el pendejo de Álvaro.

Y además, era muy probable que la camioneta fuera robada, así que nada ataría ese vehículo al Albañil de mierda, y Constitución podría hacer su trabajo tranquilamente, sin que nadie se diera cuenta.

Al tocar a la puerta de Alicia, tendría que explicarle, rápidamente, con el tipo desmayado recargado sobre sus hombros, los problemas en que estaba implicada por culpa de su cuñado.

Suponía que Alicia no le negaría la entrada, a pesar de haber discutido la última vez que se vieron, y que le ayudaría a mantener encerrado al desconocido hasta que él le hubiera sacado toda la información que necesitaba para resolver el problema en forma definitiva.

Y si tenía que liquidarlo, le mentiría a Alicia y lo sacaría de ahí, desmayado otra vez, para acabar su trabajo en otro lado, fuera de la vista y de la vida de Alicia.

19

El edificio donde vivía Alicia era viejo y no tenía intercomunicador en la puerta principal. Los inquilinos y sus
visitantes entraban sin timbrar en el número del departamento. Sólo tenían que abrir el gran portón, traspasar el umbral
y subir por la escalera hasta llegar al piso que buscaban.

A esas horas de la noche, Constitución detuvo la camioneta
enfrente de la entrada del edificio. No había otros vehículos
estacionados porque la calle era muy estrecha y además había
un letrero que prohibía estacionarse en ese tramo.

Después de apagar el motor y las luces, metió su revólver en un bolsillo, se bajó rápidamente, rodeó el vehículo y
abrió la otra puerta para sacar en vilo al hombre fuerte, que
seguía desmayado.

Al sacarlo de la camioneta como si fuera un bulto y echár-
selo sobre un hombro, Constitución dudó otra vez acerca de
la conveniencia de meter al tipo al departamento de Alicia,
pero se dijo que no tenía otra opción.

El hombre fuerte pesaba como si estuviera muerto, y
Constitución, preocupado porque necesitaba primero la
información, se detuvo unos segundos y le revisó el pulso.
Con satisfacción comprobó que el tipo seguía vivo y volvió

a cargarlo hasta llegar a la puerta de entrada del edificio.

Antes de abrir el pesado portón, volvió a bajarlo y lo recargó contra el muro de la entrada. El tipo seguía sin reaccionar, con la cabeza echada hacia delante y los brazos caídos, como si estuviera muerto.

—A ver cabrón —le dijo, muy serio, deteniéndolo con una de sus grandes manos de oso—. Para empezar vas a darme los cinco mil dólares que te dio el mierda del Albañil —y le metió la otra mano en el bolsillo delantero del pantalón, donde había visto que se los había guardado.

Con el dinero en su propio bolsillo, Constitución se sintió reconfortado. Pensó que estaba actuando de acuerdo a las leyes del Universo porque el dinero, el bendito dinero, había comenzado a llegar a su vida en forma casi espontánea, y eso lo alegró. Era una señal de que estaba actuando dentro de los cánones de la Justicia Universal.

Alicia vivía en el segundo piso, así que Constitución no tuvo problemas para llevar a cuestas por la estrecha escalera al tipo desmayado, como si se tratara de un amigo borracho. No se topó con nadie en el camino y no tuvo que dar ninguna explicación.

Al llegar al departamento colocó al tipo sobre uno de sus hombros, como si fuera un costal de papas, y tocó la puerta tres veces, muy fuerte, con los nudillos de la mano derecha.

A los pocos segundos, Alicia preguntó desde el otro lado de la puerta, sin abrirla.

—¿Qué desea? ¿No ve la hora que es?

—¿Puedo pasar? —preguntó Constitución, sin saber qué más decir.

—¿Constitución? —preguntó Alicia, extrañada.

—Necesito verte.

—Espérame tantito —dijo Alicia.

Constitución, de pie ante la puerta cerrada, con el tipo sobre uno de sus hombros, se preguntó cómo podría explicarle a ella todo este enredo y cómo evitar que Alicia se molestara con Ulises, porque Ulises lo había metido a él en este embrollo de narcotraficantes y asesinos.

Con ojos desconfiados, Alicia entreabrió la puerta, asomó el rostro por la rendija y vio a Constitución con ropa negra, manchas negras en la cara y un tipo inerte sobre un hombro.

—¿Qué pasó? —preguntó mientras se hacía a un lado y abría la puerta de par en par—. ¿Está muerto?

Alicia traía puesta la bata raída de la última vez que Constitución la había visto. Estaba despeinada, sin pintar, y con las mismas pantuflas desgastadas.

—Te voy a regalar unas pantuflas —fue lo primero que se le ocurrió decir a Constitución cuando entró en el departamento, y se sintió como un imbécil al decirlo.

Al verlo ahí, en medio de la sala, con su cabeza de oso, sus grandes manos, anchas y poderosas, y el tipo muerto al hombro, Alicia volvió a preguntar:

—¿Está muerto?

—No —dijo Constitución, mientras lo echaba sobre el sofá—. Es una historia muy larga —y comenzó a quitarle el cinturón al tipo.

—¿Lo vas a desvestir? —preguntó Alicia—. ¿Para qué?

—Le voy a amarrar las manos en la espalda. Es un tipo muy peligroso. Un asesino a sueldo.

Alicia, sin saber qué decir o qué hacer, le preguntó, todavía confundida:

—¿Quieres un whisky?

—No —respondió Constitución, casi sin pensarlo—. Préstame un pañuelo o una pañoleta.

—Claro —dijo ella, con una sonrisa forzada—. ¿Qué pasó? —volvió a preguntar.

—Préstame el pañuelo, para amordazarlo, y enseguida te cuento todo.

—No te he visto, no sé nada de ti —dijo ella, asustada.

—Ve por el pañuelo y luego hablamos.

Después de amordazar al hombre, y de amarrarle también los pies con el cable de una vieja plancha, lo cargó en vilo, lo sentó en el suelo, con la espalda contra una pared, y ambos se sentaron en el sofá de la sala en silencio, viendo al tipo desmayado como si fuera un bulto.

Constitución se percató de pronto de que había dejado el REC7 en el piso de la *pick-up*, así que se levantó deprisa y le dijo a Alicia:

—Ya vuelvo —y caminó hasta la puerta del departamento—. No le abras a nadie. No me tardo.

—¿A dónde vas? —preguntó ella, angustiada—. ¿Qué hago si despierta?

—No va a despertar, no durante un buen rato… —dijo Constitución, y salió de prisa, dando un portazo.

En menos de un minuto regresó, jadeando, con el fusil de asalto, que dejó sobre la mesita de centro de la sala. Se sentó de nuevo en el sofá y sacó de sus bolsillos, con sumo cuidado, el paquete de carne molida revuelta con pastillas trituradas de valium, su diminuto equipo electrónico de espionaje y los pequeños binoculares de visión nocturna, y los puso también sobre la mesita de centro. Y pasó después una buena parte de la noche poniendo a Alicia al tanto de las cosas.

Cuando terminó de contarle todo, Alicia, que había permanecido en silencio, abriendo los ojos desmesuradamente con cada nuevo detalle, se tapó el rostro con las manos, se agachó sobre sí misma y se puso a llorar.

Constitución se acercó y la abrazó para confortarla, sintiendo que en realidad era él quien necesitaba que alguien o algo lo fortaleciera, porque durante las últimas tres semanas, desde que había sabido del asesinato de Tina, las cosas se habían ido poniendo cada día más peligrosas para él.

Ambos permanecieron así, en silencio, abrazados, sin saber qué más decir: Alicia sollozando y Constitución pensando en la manera de terminar con esta pesadilla, sintiéndose culpable por haber traído al tipo a la casa de Alicia, y por haberle contado todo.

Pensó que tenía que haber resuelto las cosas sin que ella se enterara de nada, pero ya era demasiado tarde. Ahora ella sabía y, además, podrían dar también con ella. Si Álvaro la había expuesto al peligro, Constitución había empeorado las cosas al traer a ese tipo de mierda hasta su casa.

Tras un largo silencio, escucharon un sonido ronco y ambos voltearon a ver al asesino.

El hombre despertó con los ojos vacíos, pero enseguida se dio cuenta que estaba amordazado, sentado en el piso, recargado contra una pared, las manos amarradas atrás de la espalda, los pies atados por los tobillos y, con un sonido quejumbroso, se les quedó viendo largamente, con mirada inquisitiva, a Constitución y a la mujer, que estaban sentados en el sofá. Miró después en torno, pausadamente, para averiguar la situación en que se encontraba. Miró de nuevo a Constitución, desoladamente, con el rostro ensombrecido, y le preguntó con la mirada: ¿dónde estoy?

La expresión de Constitución era fría, vigilante, sin remordimiento. Su voz sonó sosegada:

—Te dije hace rato que íbamos a hablar, y vamos a hablar —le dijo pausadamente.

El hombre amordazado se quejó, agachó los hombros y bajó la mirada al piso. Segundos después se incorporó sobre sí mismo, como si hubiera encontrado el aplomo necesario. Quedó sentado en el piso, con la espalda muy recta recargada en la pared; levantó entonces el rostro y miró de nuevo a Constitución con dureza en los ojos. Eran los ojos de un asesino.

—Te va a cargar la verga —le dijo Constitución con voz pausada, mirándolo a los ojos—. Guárdate tus poses de matón profesional. A mí me la pelas, hijo de puta. Vamos a hablar, hijo de la chingada. Te voy a quitar el pañuelo de la boca, y si haces algún ruido, o gritas, te parto la madre.

El tipo resopló y lanzó un ronco sonido. Había en sus ojos algo salvaje, algo muy profundo, mortal.

—Serás muy cabrón, hijo de la chingada —le dijo Constitución—, pero conmigo te chingas, hijo de puta.

Enseguida miró su reloj de pulsera y supo que estaba a punto de amanecer. Antes de hablar con el tipo debía primero esconder la camioneta.

No pensaba dejarla en el estacionamiento de enfrente, pero tampoco la llevaría hasta la carretera vieja a Cuernavaca, porque tomaría mucho tiempo.

Decidió que la metería en el estacionamiento del aeropuerto, donde podría estar semanas sin que nadie la notara y, además, ahí podría tomar un taxi de regreso sin tener que hablarle a Wenceslao.

—Cuando regrese vamos a hablar —le dijo al tipo, que seguía ahí, con los ojos ofuscados —. ¡Asesino de mierda!

Constitución volvió la cabeza hacia Alicia, y le dijo:

—Tengo que salir unos minutos. No tardo.

Alicia, que no había dejado de mirar al sujeto, volteó el rostro y le dijo a Constitución, mirándolo de frente, con angustia en la voz:

—¿Y qué tal si se desamarra?

Constitución se puso de pie y con movimientos lentos se acercó hasta el hombre fuerte, se puso en cuclillas a su lado y, con los brazos estirados para mantenerse lejos del sujeto, revisó con precaución que el cinturón que le ataba las manos atrás de la espalda estuviera firme, revisó el cable eléctrico de la vieja plancha que utilizó para amarrarle los tobillos, y también se aseguró de que el pañuelo que lo amordazaba estuviera fijo, con un nudo doble detrás de su nuca.

El tipo, con ojos huidizos, fríos y calculadores, se dejó hacer.

Constitución se puso de pie, lentamente también, y le dijo a Alicia:

—Está bien amarrado, no te apures.

Ella, fruncidos los labios, volteó a ver al sujeto amordazado, sentado en el piso, recargado contra la pared, las manos amarradas atrás de la espalda, las piernas estiradas y los pies atados por los tobillos, y después volvió los ojos hacia Constitución, sin decirle nada.

Constitución, de pie, fijó la vista en el tipo y le dijo a Alicia, sin voltear a verla:

—No te apures, no me voy a tardar, está perfectamente amarrado, no se va a mover de ahí, no hagas caso si trata de decirte algo, pero vigílalo —y le entregó la escuadra .22 de repuesto que traía escondida en un tobillo—. Cualquier movimiento brusco que haga, lo amenazas, y si es necesario, le disparas.

El tipo hizo un movimiento violento de cabeza, soltó una especie de gruñido y comenzó a hacer fuerza con la espalda, para enderezarse un poco más, mirando a Constitución con un odio mortal en los ojos.

Alicia se estremeció y, sin decir nada, tomó la pistola que le estaba entregando Constitución y se le quedó viendo al sujeto.

Antes de salir, Constitución se detuvo un instante bajo el umbral de la puerta y se volvió a contemplar al hombre, que seguía tirado ahí, con cara de pocos amigos.

Alicia caminó hasta Constitución, le apretó una mano y le dijo:

—Tengo miedo.

—¿Estás molesta? —le preguntó Constitución.

—No te reprocho nada —dijo Alicia, recargando su rostro en el pecho de él—. Al contrario, sé que lo haces por Tina. Gracias.

Constitución asintió con la cabeza, en silencio, mirando al tipo, que seguía tirado ahí, con ojos ofuscados.

No le había dicho a Alicia, ni pensaba decirle, que el sujeto tenía órdenes de localizarlo y matarlo. Esa parte de la historia no se la había contado para no preocuparla, y para evitar que el tipo supiera que estaba delante de Constitución.

Sin decir nada, se zafó del abrazo de Alicia, le besó la frente, le dio la espalda y salió deprisa del departamento, cerrando la puerta tras de sí.

A pesar del terror que sintió Alicia en las entrañas cuando la puerta se cerró, porque comprendió que estaba sola junto a ese asesino, la escuadra .22 que traía en la mano le dio cierta sensación de seguridad.

Sin saber qué hacer, fue a sentarse al sofá, con la pistola en la mano, y se le quedó viendo al tipo con angustia, pero decidida a no mostrar su miedo.

El sujeto la miró con ojos salvajes, mortales, y lanzó después un ronco gruñido.

Alicia volvió a estremecerse internamente, pero se dijo a sí misma que debía dominarse y vencer su miedo, tal como había logrado sobreponerse a todas las calamidades de su vida.

Pensó en las penalidades de su existencia y supuso que el destino de la humanidad era padecer en este valle de lágrimas. Su vida había sido muy dura, pero desde niña había comprendido que la vida de las mujeres siempre es más dura.

Había vivido muchos años sin saber cuál era la finalidad de la vida, al menos de su vida. Nunca había sabido por qué había nacido, por qué su madre la había traído a este mundo.

Alicia seguía sola en la vida. Algunas noches las pasaba acostada al lado de Constitución, sin atreverse a decirle que lo amaba, que lo necesitaba, pero algunas otras, desgraciadamente (y ella lo lamentaba más cada vez), había tenido que tenderse de espaldas en una cama de hotel con algún cliente de El Oasis.

Sin embargo, esto era cada vez más esporádico, porque cada vez más, había ido atando su alma a Constitución, aunque ella sabía que él, a su vez, seguía persiguiendo su libertad.

Alicia pensaba que con paciencia llegaría a casarse con Constitución y que entonces dejaría de trabajar en El Oasis, para dedicarse a cuidarlo y a darle hijos…

Recordaba con cariño las noches que había pasado con él. Acostada a su lado, en medio de la oscuridad, se sentía segura y entendía que ese era su destino: amar a Constitución.

Esa noche, mientras empuñaba una escuadra, muerta de miedo, mirando a un asesino, Alicia comprendió que no podría obrar en contra de su propio destino, y entonces su alma se sintió más libre, sosegada.

Ahora sabía que su vida sería al lado de Constitución.

El sujeto decidió cambiar de táctica. De nada le serviría aterrorizar a esa joven mujer, así que con una mirada serena, le pidió, con movimientos amables de cabeza, que se acercara a él…

Entre tanto, camino al aeropuerto, Constitución seguía pensando en el problema que había dejado atrás, en el predicamento en que había metido a Alicia, así que trató de distraerse fijándose en los carteles de publicidad, en los rótulos de las farmacias, en los grandes aparadores de los almacenes de ropa, en anuncios de medicinas y pastas de dientes, en puertas de talleres automotrices, en las cafeterías…

El rostro de Constitución tenía una expresión de fatiga. Estaba convencido de que no podría recobrar su vida si no resolvía de forma definitiva este asunto, pero tampoco sabía cómo iban a desarrollarse los acontecimientos.

Lo primero que tenía que hacer era esconder la camioneta en alguno de los estacionamientos del aeropuerto, cambiar unos cuantos dólares en una casa de cambio que estaba abierta las 24 horas del día, tomar después un taxi y regresar deprisa al departamento de Alicia.

Volvió a verla con los ojos de la mente: pequeñita, con su bata raída, aterrorizada, con una escuadra .22 en la mano… y recordó de pronto, con creciente pánico, que el fusil de asalto de alta precisión había quedado en la mesita de centro de la sala, y se reprochó por no haber pensado en esconder esa arma mortal en otro lado, lejos de la vista del tipo que, la última vez que lo vio, antes de cerrar la puerta tras de sí, estaba ahí todavía, tumbado, recargada la espalda en la pared, con las manos y las piernas amarradas, pero con una dureza salvaje y mortal en los ojos.

Estos pensamientos hicieron regresar sus antiguos terrores, sus viejas desesperanzas, que sentía más pujantes desde que había dejado de beber.

Constitución trató de calmarse, y empezó a ver, tranquilamente, hacia uno y otro lado de la calle, mientras conducía la *pick-up* durante las últimas horas de oscuridad, antes del amanecer, cuando tímidos resplandores violeta comenzaban a asomar en el firmamento.

Trató de mirar, con el rabillo del ojo, hacia un lado y otro de la calle, observando los letreros y tratando de distraerse, pero sin dejar de ver hacia delante para evitar un percance y no ser detenido por la policía.

Su rostro mostraba un sentimiento de molesta contrariedad, de enfado.

Aunque dudaba por segundos, se sentía capaz de ponerle fin al asunto, que había consumido ya más de tres semanas de su vida, y de resolverlo positivamente.

Estaba decidido a resolverlo él solo, como siempre había hecho con sus casos, sin tener que agradecerle nada a nadie salvo, claro, a Alicia en este caso.

Sobre el cielo se recortaban, a la luz del amanecer, enjambres de cables telefónicos. Las lámparas del alumbrado público seguían encendidas, con su luz amarillenta.

Constitución siguió avanzando, sin dejar de observar a derecha e izquierda, y controlando la velocidad para evitar ser detenido por alguna patrulla.

Lo importante era hacer hablar a su prisionero, "sopearlo", como decían sus ex colegas de la judicial.

Constitución comprendía, no sin cierto dolor, que estaba inhabilitado para convivir con sus semejantes de una manera normal, debido a la forma en que había conducido su vida, pero decididamente pensaba resolver ese problema, y resolverlo a fondo con el amor duradero y estable de su querida Alicia.

De pronto sintió que él era uno más de los millones de seres que transitan por el mundo sin que nadie sepa, uno más de los millones de hombres y mujeres que nacen, crecen y mueren sin que nadie repare en ellos; que Alicia no era nadie tampoco, que Ulises y Wong eran también seres abandonados a su suerte, que el mundo estaba podrido, lleno de sufrimientos y adversidades... pero se sobrepuso y decidió llegar hasta las últimas consecuencias y resolver el asunto para que Alicia y él pudieran vivir su destino.

Finalmente decidió, y aceptó, que Alicia debía ser su mujer. Ya había dejado el trago... ahora se dedicaría a trabajar más, y quizás hasta podría casarse con ella para sacarla del bar de Ulises, quien sería su padrino de bodas, junto con Wong.

Le dio gusto pensar que por fin sus dos amigos se iban a conocer... y que vengaría además a sus padres. Una vez más, vengaría a sus padres.

Pero la imagen del tipo sentado en el suelo, con las manos amarradas a la espalda, y los tobillos atados también, con esa dureza salvaje y mortal en los ojos, seguía regresando a su mente.

Constitución llegó de pronto a un cruce donde los autos transitaban en todas direcciones. Detuvo la *pick-up* unos segundos para cederle el paso a un camión de carga. Revisando sus acciones, se convenció de que no había tenido otra alternativa.

Sin embargo, tenía que apresurarse y regresar cuanto antes para evitar que el sujeto le causara algún daño a Alicia.

El tipo, mientras tanto, seguía insistiendo, pidiéndole a Alicia, con movimientos amables de cabeza, que se acercara a él para decirle algo.

Tenía la mirada serena, amordazado como estaba, amarrado y tumbado contra la pared.

Alicia, más aterrorizada con cada minuto que pasaba, había decidido permanecer sentada en el sofá, apuntándole con la escuadra. Cuando se le cansaba un brazo, se pasaba la pistola a la otra mano y seguía apuntándole.

Por fin, después de lo que le había parecido un siglo en compañía de ese tipo de mirada salvaje, escuchó unos golpecitos leves al otro lado de la puerta y la voz de Constitución.

Sintiéndose más segura, se puso de pie, sin dejar de apuntarle, y fue hasta la puerta.

—¿Eres tú? —preguntó, con angustia en la voz.

Constitución agradeció a su buena suerte que Alicia no hubiera dicho su nombre. Lo primero que tendría que hacer, antes de interrogar al tipo, era esconder en un clóset el potente fusil de asalto, y llevar después a Alicia hasta la cocina para decirle al oído que no pronunciara su nombre.

Luego de esconder el fusil y de hablar con Alicia en la cocina, le pidió que se metiera en la recámara y que cerrara la puerta. No quería que viera la golpiza que iba a propinarle a su prisionero para obligarlo a hablar.

20

Constitución revisó con la mirada que el tipo estuviera bien amarrado y pensó que no tenía caso violentar la situación, así que decidió interpretar el papel de policía bueno que muchas veces había tenido que actuar durante sus años en la judicial, cuando él y otro colega "sopeaban" a alguien para sacarle información.

No necesitaba tener a un policía golpeador a su lado porque el tipo estaba suficientemente asustado y Constitución ya había representado el papel del policía nefasto.

El hombre fuerte de la camiseta ajustada abrió desmesuradamente los ojos cuando vio que Constitución se le acercaba, y un escalofrío recorrió su espalda.

El sujeto fijó la vista en el rostro duro de Constitución y vio los ojos oscuros y fríos de su captor. Enseguida miró el cañón corto del revólver .38 que el hombre que lo había golpeado empuñaba en la mano derecha.

Constitución se aseguró de tener todo bajo control, y decidió quitarle la mordaza.

Al sentirse parcialmente liberado, el tipo pensó que iba a morir y se puso a gritar, presa de un enorme pánico.

Constitución frunció los gruesos labios y se vio obligado a propinarle un duro golpe en la cabeza con el cañón del revólver.

—¡Cállate! —gruñó exasperado, mientras hacía un movimiento con el revólver como si fuera a golpearlo de nuevo.

El sujeto, que luchaba con el miedo que se le iba despertando en las entrañas, obedeció y dejó de gritar.

El hombre de la camiseta ajustada al cuerpo sentía cómo sus músculos habían empezado a entumecerse y con un destello de esperanza en la mirada, le dijo a Constitución:

—Tengo que ir al baño… por favor.

Los ojos de Constitución, fríos e impenetrables, no parecían haber escuchado la súplica. Con un movimiento lento, acercó de nuevo el cañón del revólver al rostro del sujeto.

—Por favor… —reiteró el hombre fuerte, con voz suplicante.

—¡Cállate! —dijo Constitución con un tono frío, sin asomo de cordialidad—. Aguántate. Primero vamos a hablar.

El otro bajó la cabeza en silencio, resignado.

Constitución se puso en cuclillas junto al sujeto.

—Si te calmas —le dijo en un susurro, casi hablándole al oído—, podremos hablar… y espero que me des las respuestas adecuadas.

Al estar tan cerca, Constitución comprobó de nuevo que los músculos del hombre eran enormes y que estaban muy bien marcados.

El tipo, sin mover los labios, le hizo saber a Constitución con la mirada que comprendía que estaba a merced de su captor y que, además, no tenía la menor posibilidad de defenderse.

Constitución, que parecía tener mucho tiempo a su disposición, se puso de pie con calma, se dirigió al sofá y se dejó caer pesadamente.

Para ganarse la confianza del hombre, comenzó a aplicar una técnica que había aprendido en la Policía Judicial del Distrito Federal.

Era un método muy sencillo, pero daba buenos resultados. Se trataba de hablar de las cosas que pudieran interesarle al sujeto: hablar de su juventud, de sus sueños, de sus metas. Y el tipo, que se sabía prisionero, y que además estaba seguro de que nada de eso le interesaba a su captor, buscaba al menos escapar durante algunos minutos de la violencia y se ponía a hablar de todo y de nada con tal de evitar más golpes, y los policías sabían que durante esas conversaciones los sujetos terminaban, sin darse cuenta, revelando datos importantes.

Aunque estaba aplicando esa técnica, Constitución mantenía el revólver en la mano derecha, listo para disparar.

El hombre de la camiseta ajustada al torso notó que la escuadra .22 había quedado en la mesita de centro de la sala, pero inmediatamente fijó la vista en el rostro de Constitución, para saber si éste había seguido el movimiento de sus ojos.

Al parecer, su captor no se había percatado.

—¿Por qué te metiste a esto? —le preguntó Constitución.

—Me cansé —dijo el otro meditativamente.

—¿De qué te cansaste, pinche mierda?

—De eso: de la mierda. De estar viendo todos los pinches días anuncios en los periódicos para encontrar trabajo.

—Se me hace que eres muy huevón —lo interrumpió Constitución—. Hay chingos de trabajo.

—Sí —dijo el otro—, de cerillo, en los pinches supermercados.

—Peor es nada.

—¿A mi edad? —preguntó el hombre de la camiseta ajustada al cuerpo.

—Hay otras chambas —le dijo Constitución, sabiendo que el tipo tenía razón. En México hay muy pocas oportunidades para los jóvenes; él mismo, si no hubiera sido policía y fotógrafo, y ahora investigador privado, a pesar de sus estudios universitarios de sociología, estaría desempleado y muerto de hambre—. Lo que pasa es que no quieres trabajar honradamente. A ver, dime ¿en qué has trabajando antes?

—Fui a una empresa de publicidad que se anunciaba en los periódicos y el trabajo era vender a comisión discos de computación. Duré un mes… nunca vendí nada.

—¡Por huevón, ya te dije!

—Nadie tenía dinero, y todo era pura comisión, así que no gané nada en ese mes, y gasté además mucho dinero en camiones y peseros y tortas y refrescos en la calle, porque cada mañana me daban una lista con posibles compradores que yo tenía que visitar, y todos me mandaban a la verga.

—¿Y eso es todo? ¿Esa es tu experiencia laboral, cabrón?

—Después fui a una empresa en donde me pusieron a concertar citas por teléfono para ofrecer financiamientos.

—¿Eres banquero o qué? —lo interrumpió Constitución.

—Me dieron una hoja en donde estaban escritas unas frases que tenía que leer en cada llamada. Se ofrecían financiamientos para comprar casas.

—Y tampoco vendiste nada ¿verdad? —le dijo Constitución con sorna—. Así que te decepcionaste de la vida y pensaste en suicidarte.

—La verdad, sí —dijo el otro, y bajó la vista al suelo.

—¿Y cómo ibas a suicidarte, pendejo? —le preguntó Constitución con una sonrisa cínica— ¿Con un fusil de asalto como el que acabo de quitarte?

—Con un mecate. No tenía dinero. Compré cuatro metros de mecate en una tlapalería.

—¿Y luego? —preguntó Constitución, sintiendo pena durante una fracción de segundo por este hombre joven que había caído en las garras del narcotráfico por desesperación, pero después recordó que estaba frente al asesino que tenía órdenes de localizarlo y matarlo—. ¿Y luego? —volvió a preguntarle.

—Me amarré el mecate al cuello y la otra punta la amarré a una viga gruesa de cemento que pasaba por el techo del apartamento donde vivía con mi jefa.

—¿Y? —lo volvió a interrumpir Constitución.

—Me subí a un banquito de madera y le di una patada, y me quedé colgado, pero el mecate se rompió.

—¡Eres un pendejo! —le gritó Constitución, aparentando estar de mal humor. No quería sentir compasión por ese hombre que intentaría asesinarlo a sangre fría en cuanto supiera su nombre—. Ni siquiera puedes matarte. Eres un pendejo de mierda. ¿Y luego que hiciste?

—Me compré una botella de ron y me emborraché.

—¿Y después?

—Me sentía muy mal, pero volví a buscar trabajo. Encontré un anuncio que decía "Únete al Club de los Optimistas", y fui y había una habitación grande, con un piano y una pianista viejita, y nos pusieron a cantar unos coros religiosos a la Virgen de Guadalupe. Y ahí estaba yo, junto a una bola de fracasados, cantando pendejadas, y luego, después de cantar, nos pasaron a una sala y nos dijeron que compráramos sus productos. Mil pesos en cremas, para que las vendiéramos y ganáramos mucho dinero.

Constitución no quería involucrarse en la vida personal de este hombre que tenía la misión de localizarlo y asesinarlo, pero no pudo evitar preguntarle:

—¿Qué estudiaste?

—Terminé la secundaria.

—¿Nada más?

—No tiene caso hacer la prepa; no garantiza nada. Hice chingos de entrevistas en donde sólo se pide la secundaria, pero no hay trabajo.

—Se me hace que eres puro huevón. ¿Qué hiciste durante todo el tiempo en que no trabajaste ni estudiaste?

—Comencé a robar partes de coches que vendía después en la Buenos Aires. A mi jefa le decía que estaba estudiando la prepa y trabajando como asistente de un ingeniero en las obras del Metro.

—Eres un huevón, un bueno para nada.

El otro agachó la cabeza y se quedó mirando al suelo.

—¿Y cómo fue que te conectaste con ellos?

—En la Buenos Aires. Un chavo me compraba las partes y me pagaba con mota, y empecé a venderla en mi colonia.

—¿Así nomás?

—Sí… pero no.

—¿Cómo que sí, pero no?

—Un día que estaba parado en mi esquina, pasaron cuatro monos en un auto y me levantaron.

—¿Y?

—Me metieron al asiento de atrás, entre dos cabrones que comenzaron a madrearme durísimo mientras los dos de enfrente se iban cagando de risa.

—Te partieron la madre y te tiraron después por ahí —le dijo Constitución—. Estoy seguro que los tipos estaban protegiendo su territorio.

—Me llevaron hasta Tres Marías, por la carretera vieja, y en un camino de tierra me bajaron del auto y me patearon entre los cuatro y luego me miaron, los hijos de la chingada, los cuatro.

—Te miaron y se fueron. Y aprendiste la lección.

—Los hijos de la chingada comenzaron a apuntarme con sus pistolas y me hicieron entrar, vestido, en una poza de agua helada que había por ahí. "Métete al agua, cabrón", me dijo el que parecía el jefe. "Hueles a puros miados".

—¿Y?

—Me tuve que meter, y los cuatro comenzaron a reírse de mí. El agua estaba helada y comencé a temblar. Tenía el agua hasta el pecho, parado sobre el fondo de la poza, que no estaba muy honda, con la ropa pegada al cuerpo. Pero casi no me podía mover por el frío y por los zapatos, que me comenzaron a pesar un chingo. El jefe me apuntó a la cabeza y me dijo: "Ya te chingaste, puto", y yo me agaché y metí la cabeza dentro del agua, y así me quedé, muerto de frío, con los ojos cerrados, hasta que ya no aguanté la respiración y saqué la cabeza, y los cuatro se estaban riendo.

—Y te dispararon a los lados, muy cerca, pero sin darte, para asustarte.

—No... el jefe me dijo: "Si quieres vender mota, nos la compras a nosotros. Si quieres hacer negocios, mañana nos vemos en esa esquina y hablamos. Si no estás ahí no hay pedo, quiere decir que no quieres hacer negocios, pero no quiero volver a verte vendiendo mota que no sea nuestra", y se subieron al auto y se fueron. Y me dejaron ahí, mojado, oliendo a miados y muerto de frío.

—Y al día siguiente fuiste a la esquina... —le dijo Constitución, sosteniendo todavía su revólver en la mano derecha, pero sin apuntarle.

—Así fue como empecé: desde abajo.

Constitución comprobó con satisfacción que los golpes y la conversación habían logrado ablandar al tipo, así que siguió preguntándole cosas, con supuesta amabilidad.

—¿Y subiste en el escalafón?

—Al principio no, porque hay un chingo de ojetes haciendo méritos, pero poco a poco. Y además me puse a hacer pesas, para ganarme el respeto de los demás.

—¿Y en qué nivel andas ahora?

—Usted es judicial...

—Así es.

—Para qué le digo más… ya me chingué.

—Si cooperas, no. Tenemos un programa para testigos protegidos.

—¿Qué es eso?

—Nos pasas información y nosotros te protegemos.

—¿De qué?

—De ellos… ¿De quién va a ser?

—Nadie está a salvo con ellos.

—Te cambiamos de ciudad, y te damos otra identidad.

—No importa: nadie se salva; ahorita mismo ya han de saber que me agarró la judicial.

—No creo.

—Tienen ojos y oídos en todos lados, a todas horas.

—En ese caso estás más obligado a cooperar: si ya saben, te van a quebrar…

—Ya me jodí.

—Nosotros te ayudamos.

—Ya me jodí —repitió el hombre, viendo el revólver.

—¿Cuánto cuesta un kilo de coca? Nosotros tenemos información, pero quiero comparar tus respuestas, para ver si sabes y si estás en un buen nivel, o si resulta que eres un simple matón a sueldo.

—El precio aumenta desde el lugar de su producción hasta su venta en las calles de Estados Unidos.

—Eso todo el mundo lo sabe —le dijo Constitución con fingida inocencia—. Yo creo que eres nomás un matón, y que no eres nadie dentro de la organización. No nos sirves para el programa de testigos protegidos. Y si, como tú dices, ya saben que te agarramos, pues ya te chingaste, porque te van a matar. Pensarán que soltaste la sopa.

—Un campesino colombiano recibe entre quinientos y mil dólares por un kilo de pasta básica, que es la materia prima para producir la cocaína.

—Eso también todo el mundo lo sabe —reiteró Constitución—. Dame cifras duras.

—Nuestros socios pagan en Colombia unos dos mil dólares por un kilo de cocaína ya procesada. Ese precio se multiplica unas seis veces cuando es colocado en México, donde se pagan hasta doce mil dólares por cada kilo de coca, pero el precio se triplica cuando se coloca en Estados Unidos.

—¿Treinta y seis mil dólares por kilo en Estados Unidos?

—Más o menos, pero todo depende de los contactos y de la pasada, y de la cantidad, y de las bodegas y la vigilancia, porque todo se cobra. Nada es gratis. A veces llega hasta los cuarenta mil dólares.

—¿Y al menudeo?

—Su valor en la calle, en Estados Unidos, llega a unos cien mil dólares por kilo, porque el gamo se vende a cien dólares.

—Nada de eso es nuevo —dijo Constitución, para disimular—. Son los mismo datos que nosotros tenemos; cualquiera sabe eso. Háblame de tus jefes inmediatos. ¿Quién es El Albañil?

—¡¿El Albañil?! —preguntó el hombre fuerte, sorprendido y con miedo en los ojos.

—Armando Paredes —le dijo Constitución, con una frialdad extrema en el rostro—. Tenemos su expediente. Y háblame también de los jefes del Albañil.

—Están metidos en todo —dijo el hombre fuerte con voz grave, midiendo sus palabras—. Minería, bancos, periódicos, radio, televisión, ganado, vivienda, inmobiliarias, transporte, construcción, hoteles, tiendas de autoservicio…

Constitución no pudo reprimir un gesto de satisfacción. El tipo, al parecer, había comenzado a abrirse, así que le hizo un guiño de complicidad.

—Ya nos vamos entendiendo —le dijo—. Creo que puedes calificar para el programa de testigos protegidos. Cuéntame de sus tácticas… ¿Cómo toman un barrio?

—Cuando llegamos a un barrio nuevo empezamos a controlar los giros negros, y abrimos además bares y tugurios sin permiso de la autoridad. Y si los vecinos se quejan y el delegado manda al director de licencias para revisar los permisos de operación, secuestramos al pinche funcionario, lo torturamos muy gacho, y luego tiramos su cadáver a mitad de la calle más transitada.

Constitución giró la cabeza con un reiterado movimiento de desaprobación.

—¿Qué más hacen?

—Compramos las tiendas de abarrotes y las vinaterías, y los dueños que no quieren vender son también asesinados, así que los otros venden, y luego las convertimos en "tienditas" para venta de drogas. La policía lo sabe, pero no hace nada. Por miedo o porque sus agentes están comprados.

—O por las dos cosas —dijo Constitución, y suspiró largamente.

—Al dueño de una gasolinera le ofrecimos gasolina y diesel robados, a precio más bajo. El tipo se negó, a pesar de que otros competidores suyos ya estaban comprando más barato y ganando más. Así que una noche lo secuestramos, lo madreamos gacho y al regresarlo a su negocio comenzó a comprar combustible de contrabando.

Constitución se sintió terriblemente solo. Lejos de todo. Atrapado y sin salida, así que gruñó exasperado.

—¡Eres una mierda, cabrón! ¡Una mierda!

El otro quedó sorprendido ante la vehemencia del exabrupto y dijo, meditativamente:

—No me diga que no saben todo esto.

—¡Claro que lo sabemos! Tenemos los expedientes de todos ustedes, bola de ojetes.

—¿Entonces?

—Me lo estás diciendo con un tono muy presumido, como si ustedes fueran unos chingones.

—Conseguimos siempre lo que queremos, y además, los militares y los judiciales, no se ofenda, nos sirven para proteger pistas clandestinas de aterrizaje y cuidar el transporte de la droga en las carreteras.

—Ustedes son una mierda. Y no todos los militares y judiciales están a la venta. Lo que pasa es que ustedes logran todo a punta de extorsiones, de sometimientos, de asesinatos y torturas, de sembrar pavor en amplias zonas del país, cobrando protección a los comerciantes y empresarios bajo la amenaza de secuestrar a sus familiares o de quemar sus negocios si no pagan el servicio.

—Así es este negocio.

—El mundo está podrido —dijo Constitución, pero sus ojos tenían un destello de esperanza. El tipo parecía estar dispuesto a seguir hablando—. ¿Quién es el jefe del Albañil?

—¿No saben? —preguntó el otro, con voz sorprendida.

—Claro que sabemos, ya te lo dije. Tenemos los expedientes de todos ustedes en la Procuraduría, pero quiero corroborar los datos.

—El Cuz.

—¿Cómo se llama El Cuz? —lo interrumpió Constitución—. Vamos a ver si coinciden nuestros datos.

—Carlos Ugarte Zamora.

Constitución recordó su última conversación con Durán y supo que el tipo no le estaba mintiendo.

—Carlos Ugarte Zamora es el nombre que tenemos; vas bien, cabrón. Síguele.

—En realidad, El Cuz y La Culiche.

—Dame el nombre —lo volvió a interrumpir.

—Esmeralda Salcedo.

—Sí coincide —dijo Constitución, haciendo un gesto de asentimiento.

—El Cuz y La Culiche —repitió el otro—, son sus jefes. En realidad es El Cuz, pero La Culiche, su amante, domina al Cuz, así que son los dos.

—¿Quién manda a La Culiche? —preguntó Constitución—. Al Cuz y a La Culiche.

—El Cuz es gente de Arturo Beltrán Leyva.

—El Barbas —dijo Constitución.

—Sí —dijo el otro—. Es un hijo de la chingada.

—Era gente del Chapo —dijo Constitución—. O sea que tú trabajabas para El Chapo Guzmán.

—Antes sí, pero cuando agarraron al Mochomo, El Barbas le echó la culpa al Chapo y dijo que su hermano había caído preso porque El Chapo había dado el pitazo.

—Y se asoció con Los Zetas —dijo Constitución—. Y ahora tú trabajas para Los Zetas, que ya son dueños del cártel del Golfo.

—Trabajaba —dijo el otro, bajando la vista al suelo—. Cuando sepan que solté la sopa me van a matar.

—No me has dicho nada; esos nombres están en nuestros expedientes.

—De todas formas, me van a matar —reiteró el otro meditativamente y alzó la vista para ver a Constitución a los ojos—. Cuando sepan que me agarró un judicial pensarán que no aguanté la tortura y que canté.

—No seas pendejo… te vamos a mandar al programa de testigos protegidos. Nadie va a saber nada de ti.

—No creo; ya me chingué.

—¿Cómo funciona la seguridad en la casa del Desierto?

—El Huevo y yo somos los guardaespaldas de Armando —dijo el tipo, con cierto orgullo—. Siempre estamos con él, hasta cuando se coge a sus viejas. No en el cuarto, claro, pero afuera, cuidando la puerta. El Tuercas es el mecánico. También sabe disparar, pero él se encarga de los vehículos y de las motos. Y a veces lo mandan a quemar algunos cuerpos.

Constitución sintió que algo se le había removido en el estómago.

—¿Cómo los quema?

—Con gasolina, dentro de un tambo, o a veces en el suelo, atrás de las caballerizas; los rocía con gasolina.

Constitución respiró un par de veces profundamente. Su corazón latió más deprisa al escuchar la fría explicación. Al parecer el tipo musculoso no sabía ni de escrúpulos ni de remordimientos: era un simple matón buscando siempre el beneficio económico para sí mismo.

—¿Quién le da las órdenes al Tuercas?

—Armando.

Constitución clavó la mirada en los ojos del matón. Sintió que se le revolvía el estómago, así que lo trató con más dureza.

—¿Y te sientes muy chingón, hijo de puta?

—Yo no doy las órdenes —dijo el otro, con pánico en la voz—. Es Armando. Nada más Armando puede mandar matar.

Constitución quería eliminar al Albañil y terminar de una buena vez con este asunto. El Albañil era el único que sabía su nombre… además de este tipo, claro, pero éste ya había firmado su sentencia de muerte. Ni modo.

—No me has dicho cómo funciona la seguridad en la casa del Desierto.

—Somos El Huevo y yo, y El Tuercas. Y dos guardias a la entrada.

—¿Nada más?

—A Armando no le gusta llamar la atención. No quiere que se note mucho movimiento. Prefiere pasar desapercibido. Cuando hay fiestas hay más guardias de seguridad, pero casi nunca hay fiestas, sólo cuando El Cuz le ordena que haga una.

—¿Qué tipo de fiestas?

—Les dicen "Fiestas Romanas"; son para atender a algún delegado y a sus funcionarios de confianza, o a algún militar de alto rango, un juez o un gobernador. Los invitados llegan siempre con sus propios guardaespaldas, pero como allá adentro no hay peligro, nadie pone mucha atención en la seguridad y todos terminan viendo los espectáculos.

—¿Qué espectáculos?

—Quitamos algunos muebles de la sala grande y metemos en el centro dos camas matrimoniales, con sábanas negras de seda, y ahí actúan las mujeres que contrata El Albañil, y tanto los invitados como sus matones se quedan siempre con la boca abierta de todo lo que ven. Y nosotros nos dedicamos a servirles tragos y hacemos que vuele el perico.

—¿Qué hace El Albañil ahí adentro cuando no hay fiestas? ¿Nunca sale de la casa?

—Casi no. El Tuercas le trae a sus viejas y luego las regresa.

—¿Y qué hace todo el pinche día?

—Da las órdenes y revisa la venta de los productos y la compra de los dólares, y moviliza desde ahí, desde su teléfono celular, a un ejército de más de trescientos hombres y mujeres que tienen tienditas.

—¿Qué más hace?

—Ahí vive un veterinario de planta, en la parte de atrás, donde El Cuz construyó una pequeña clínica para cuidar a los animales.

—¿El médico nunca sale?

—Tampoco. Lo trajeron de Reynosa. Es un jovencito, recién salido de la facultad. A veces El Tuercas le lleva una puta, pero no siempre, y también la regresa esa misma noche. Armando habla todos los días con el veterinario y se asegura de que tenga todas las medicinas que necesiten los animales del zoológico y los caballos. En las noches, siempre, todas las noches, Armando revisa personalmente los caballos, porque según dice, "para el cabrón del Cuz, un caballo de estos vale más que cualquiera de nosotros".

Constitución volvió a sentir un profundo desprecio por el matón.

El tipo se quedó callado unos segundos, mirándolo fijamente, como si estuviera calculando sus posibilidades, y después, con voz suplicante, le dijo:

—Ya le contesté todo lo que me preguntó; por favor, necesito ir al baño, me estoy miando.

—¿Y qué quieres, cabrón de mierda? —dijo Constitución, molesto—. ¿Qué te cargue hasta el baño, te abra la bragueta, te saque la verga y te la detenga mientras orinas? ¿También vas a querer que te la sacuda?

—Desáteme, por favor, le juro que no haré nada; necesito ir a miar.

Constitución se compadeció, se puso de pie, caminó hasta donde estaba el tipo y se acuclilló a su lado para desamarrarle los tobillos, con la .38 en la mano derecha.

—No se te ocurra hacer una pendejada —le dijo, mientras le apuntaba al rostro con el revólver—, porque aquí mismo te mato.

El tipo asintió con la cabeza y después de sentir las piernas liberadas, se inclinó hacia adelante para que Constitución le desatara las manos, que sentía adormecidas detrás de la espalda.

Al sentirse libre, con la velocidad de un rayo el hombre fuerte dio un manotazo. El revólver de Constitución voló por los aires y cayó cerca de la entrada de la cocina del departamento, con un ruido metálico.

Constitución volteó el rostro durante una fracción de segundo para ver en dónde había caído. El tipo de la camiseta ajustada aprovechó la distracción de su captor para escabullirse, poniéndose de pie como si sus piernas fueran dos potentes resortes, y se abalanzó sobre la escuadra .22 que había quedado en la mesita de centro de la sala.

Al escuchar que no había ruidos de violencia en la sala, como supuso que habría a juzgar por el rostro de Constitución cuando le dijo que se encerrara en la recámara, Alicia había abierto la puerta lentamente para espiar, y se había recargado en el quicio.

Constitución había notado su presencia con el rabillo del ojo, mientras le hacía preguntas al sujeto, pero no le había dicho nada y la había dejado estar ahí, en silencio, recargada en el quicio de la puerta. No tenía tiempo para explicarle todo el asunto.

Al ver los movimientos de felino del hombre fuerte, Alicia se abalanzó sobre él para evitar que tomara la escuadra.

—¡No! —le gritó Constitución—. ¡Tírate al piso! ¡Cúbrete!

El hombre fuerte, con la escuadra en la mano, giró en redondo y le apuntó a Constitución, que estaba recogiendo su revólver del suelo.

—¡Nooo! —gritó Alicia, y de un salto se interpuso entre el hombre fuerte y Constitución.

El sujeto disparó y Alicia cayó frente a la mesita de centro, con una herida en el vientre.

En una fracción de segundo, Constitución saltó sobre el tipo, le sujetó el brazo y ambos forcejearon unos instantes hasta que el sujeto dejó caer la escuadra. Y, sin voltear a ver a Alicia, comenzó a molerlo a golpes.

El tipo, sangrando profusamente y con el rostro destrozado, levantó ambas manos para protegerse, pero ya era demasiado tarde. Cayó al piso, inconsciente.

Constitución comenzó a patearlo con saña, y le pisó después el rostro varias veces, aplastándoselo contra el piso, recargando todo su peso en esa cara sangrante y deformada.

—¡Hijo de puta! —le gritó, mientras se paraba encima del rostro otra vez y lo machucaba contra el piso.

Se puso después a horcajadas sobre el torso del sujeto, lo agarró de los hombros, y empezó a estrellarle la cabeza contra el duro piso.

—¡Hijo de puta! —le seguía gritando—. ¡Hijo de puta!

No sabía si Alicia estaba malherida, pero quería terminar primero con el maldito asesino. Acabar con él de una buena vez.

El esfuerzo de golpear con tanta fuerza al individuo lo había hecho sudar tremendamente. Constitución tenía la cara pálida. El pelo mojado por el sudor se le pegaba a la cabeza.

Enseguida se arrodilló al lado de Alicia, para revisar la herida. Pensó que después vería la forma de deshacerse del muerto: primero tenía que atender a Alicia que estaba ahí, quietecita, con los ojos abiertos y un chorrito de sangre escapándosele de la boca, sin que al parecer pudiera comprender qué era lo que había sucedido.

Volvió la mirada un segundo para asegurarse: el asesino seguía tendido ahí, sobre el piso, con la cara desfigurada y llena de sangre, inmóvil.

Constitución estaba más desconcertado que Alicia, arrodillado a su lado. Ella lo miró brevemente y le sonrió, y después cerró los ojos.

La bala había penetrado en el abdomen. Constitución recordó la herida que hacía varios años él mismo había recibido en el abdomen.

Se puso de pie y fue hasta la recámara para hablar por teléfono. Tenía que hablar con Ulises para que éste, a su vez, llamara al doctor Fernández.

Necesitaba llevar a Alicia a la clínica particular y secreta que el doctor Fernández tenía en su casa. Ahí atendía heridas de bala y de cuchillo sin que la policía se enterara.

Al pasar por encima del muerto, le escupió en la cara, y le aplastó de nuevo el rostro con un pie, mientras le decía:

—¡Hijo de tu puta madre!

El departamento estaba en total silencio. Constitución escuchó sus propios pasos cuando se desplazaba hacia la recámara en busca del teléfono.

Antes de entrar en la recámara volvió sobre sus pasos y fue a recoger su revólver .38, que había caído cerca de la entrada de la cocina, lo metió en uno de sus bolsillos y volteó a ver al sujeto, que seguía tendido ahí, inerte, y a Alicia, también inmóvil, aunque ella abría y cerraba los ojos, llenos de incredulidad.

El agrio olor a pólvora seguía presente en la sala. Constitución pensó que los vecinos no habrían escuchado el disparo porque el sonido de una pistola .22 no es tan estrepitoso y puede confundirse con un portazo o con cualquier otro ruido seco, y no necesariamente con un balazo. Estaba seguro de que nadie daría aviso a la policía.

Por lo pronto, tenía que llevar a Alicia a la casa del doctor Fernández.

Antes de hablar por teléfono, entró en la recámara y arrancó a tirones una de las sábanas de la cama. Fue hasta la sala, envolvió al muerto en ella y lo cargó de regreso, como un bulto, para esconderlo debajo de la cama.

Pensó que después se haría cargo de él.

Alicia necesitaba urgentemente cuidados médicos. Fernández tenía que salvarle la vida, como se la había salvado a él después de que recibió aquel disparo en el abdomen.

Constitución respiró un par de veces profundamente. Ahora que había decidido pasar su vida con Alicia, la vida de Alicia podía apagarse por culpa de unos matones sin escrúpulos.

¿Por qué…?, se preguntó. ¿Por qué…?

Deseaba con todo el corazón que no fuera una herida grave; quería salvar a Alicia. Salvarse él mismo de perderla.

Pensó que en apenas cuatro semanas, a partir de que Ulises le había mostrado las fotos de Tina, tirada boca abajo en medio de un gran charco de sangre, su vida había dado un giro impensable.

Finalmente había decidido atar su destino al de Alicia, y cuidarla y protegerla como no había sido capaz de hacer con su madre.

Y se reprochó de nuevo porque tampoco había podido salvar a Kayla.

Constitución comprendió en ese momento que si Alicia moría, su vida se iría a pique sin remedio.

Al parecer, sus intentos de relacionarse seriamente con una mujer y comprometerse, habían fracasado en cada intento. Si Alicia moría, Constitución ya no podría esperar nada de la vida, y poco a poco se iría resbalando hacia el alcoholismo y la miseria espiritual.

A pesar de esta amarga experiencia, y de culparse por haber traído al matón al departamento de Alicia, en el fondo de su ser tenía todavía una gran ilusión: la de que Alicia se salvaría y él, por fin, se encargaría de ella, y ambos pasarían juntos el resto de sus vidas…

Así que se sobrepuso y decidió no perder las esperanzas; de algún modo lograría salir del brete.

Juntaría su destino con el de Alicia. Estaba decidido a que su vida miserable, de borracho incurable, terminara de una buena vez.

Antes de empujar el cadáver del tipo debajo de la cama, abrió la sábana ensangrentada y miró fijamente el rostro del sujeto.

Comenzó a odiarlo más porque podría haberle arruinado el destino, pero la experiencia del doctor Fernández haría que Alicia se salvara, y él y ella podrían por fin disfrutar juntos de la vida.

Alicia lo ayudaría a no caer en la pendiente a la que el alcoholismo lo había empujado tantas veces, y él la ayudaría a dejar su miserable y triste trabajo en el bar de Ulises.

Constitución se quedó inmóvil un instante, comprobando el tremendo destrozo que habían causado sus golpes y patadas en el rostro del muerto, al que ahora le faltaba un ojo.

21

CONSTITUCIÓN CUBRIÓ AL TIPO con la sábana ensangrentada y lo empujó debajo de la cama. Se puso de pie, salió de la recámara y cerró la puerta tras de sí. No quería que cuando llegara Wenceslao para llevarlos a la casa del médico, se diera cuenta del muerto.

Era ya muy entrada la noche, así que tenía que darse prisa y llamar a Ulises y después a Wenceslao. Los dos tendrían que saber del asunto. No había otra solución. Era muy urgente tratar médicamente a Alicia, pero en secreto.

Después de hablar con Ulises y de contarle rápidamente el asunto, sin darle muchos detalles ni darle tiempo a que hiciera preguntas, le pidió que llamara al doctor Fernández para que el médico los esperara en su casa y la atendiera de emergencia en su clínica privada.

Estaba hablando desde su celular. Había decidido no comprometer la línea telefónica de Alicia.

Enseguida marcó el teléfono de Wenceslao. También le contó rápidamente el asunto sin darle los detalles ni tiempo de hacer preguntas, y le pidió que pasara por los dos para llevarlos a la casa del doctor.

Cerró su celular y se dirigió a la cocina, tomó una bolsa de plástico con el logotipo de un supermercado, fue a la sala y comenzó a guardar ahí su equipo electrónico de vigilancia nocturna que había quedado sobre la mesita de la sala.

Después tomó una toalla del baño y la echó encima de la sangre que había dejado el tipo en el suelo, para que Wenceslao no viera nada.

Alicia casi no había sangrado. Sus heridas debían ser internas, y eso era más peligroso, pensó angustiado.

Enseguida se asomó por una ventana que daba a un patio interno, y vio que la luna todavía estaba alta. Todo parecía deshabitado, las superficies parecían estar bañadas por rayos de plata, fríos y silenciosos. Supuso que las calles seguirían oscuras también.

Cerró de nuevo las persianas para asegurarse de que nadie se enterara de lo que estaba sucediendo ahí.

Se arrodilló otra vez junto a Alicia y la abrazó con sumo cuidado, diciéndole al oído que todo iba a salir bien, que no se preocupara, que iba a sanar de la herida, como había sanado él, cuando ella lo había cuidado... que después se irían a vivir juntos para siempre... a otra ciudad quizás, junto al mar... que era sólo cuestión de esperar a Wenceslao para que los llevara en su taxi a la casa del doctor Fernández.

Alicia seguía desmayada, con los ojos cerrados, respirando con mucha dificultad.

Sin saber cuánto tiempo habría pasado, Constitución escuchó que alguien tocaba a la puerta dando tres golpes secos, tal como habían acordado por teléfono.

—¿Wenceslao? —preguntó, hincado junto a Alicia, sin moverse.

—¿Puedo entrar? —preguntó a su vez Wenceslao desde el otro lado de la puerta.

—Pásale, está sin llave.

Cuando Wenceslao entró en el departamento, el sudor todavía perlaba la frente de Constitución, quien tenía manchas de sangre en la ropa y en las manos.

Wenceslao vaciló un poco al ver a Alicia, pero movió la cabeza en señal de asentimiento.

—¿Te ayudo? —le preguntó, casi en un murmullo, sintiendo un hondo pesar.

—No —dijo Constitución mientras se incorporaba y tomaba a Alicia delicadamente entre sus brazos. Se sorprendió de que ella pesara tan poco. A pesar de que tenía un cuerpo escultural, pesaba menos que una adolescente.

Después se agachó un poco, cargando todavía a Alicia, y tomó las llaves del departamento de la mesita de centro para cerrar por fuera cuando salieran, y la llevó en brazos hasta la puerta.

—Vámonos —dijo, con voz apesadumbrada, y le hizo una señal con la cabeza a Wenceslao, quien repitió secamente:

—Vámonos.

Al cerrar la puerta tras de sí, Constitución permaneció quieto, con Alicia entre los brazos, durante unos segundos, tratando de adivinar si alguien en el edificio habría escuchado el balazo.

Al parecer nadie había escuchado el disparo, porque una .22 no hace tanto estruendo.

Volvió a hacerle una seña con la cabeza a Wenceslao, y finalmente enfiló hacia las escaleras, produciendo un leve sonido con las suelas de goma al pisar cada uno de los escalones.

Constitución comenzó a descender, lentamente, con Alicia en brazos, en silencio, como un autómata, siguiendo a Wenceslao.

Al salir a la calle todo estaba sumido en las sombras de la noche, reflejando apenas los plateados rayos de la luna.

Al otro lado de la calle, en uno de los edificios de enfrente, se encendió la luz en una de las ventanas del piso superior e instintivamente Constitución dio media vuelta para que nadie se fijara en la mujer desmayada que traía en brazos, con manchas de sangre en el rostro y en la ropa.

Wenceslao, que había estacionado su taxi frente a la puerta de entrada del edificio de Alicia, corrió deprisa a abrir la puerta de atrás y, con movimientos lentos y cautelosos, le ayudó a Constitución a subir a Alicia.

En menos de un minuto Constitución y Alicia estaban sentados en el asiento posterior del taxi.

Wenceslao cerró la puerta, dio la vuelta frente al auto, ocupó deprisa el lugar del conductor dando un portazo, puso en marcha el motor, encendió las luces y arrancó en medio de la noche, con un chirrido de llantas, hacia la casa del doctor Fernández.

Las farolas del alumbrado público seguían encendidas, irradiando su luz amarillenta. Casi no había tráfico y Wenceslao, en silencio, manejó con habilidad.

En el asiento delantero, junto a Wenceslao, había un periódico vespertino doblado. Constitución leyó, en grandes letras negras: "Un cártel le pagaba 720 mil dólares al mes". Suspiró sin decir nada, cerró los ojos y recargó la cabeza en el respaldo, pensando en la fragilidad de la vida y en la rapidez con que ésta puede escaparse.

Wenceslao se dio cuenta de que Constitución había leído el titular del diario y le preguntó:

—¿Quieres verlo? ¿Te lo paso?

Constitución abrió los ojos, sin mover la cabeza, y dijo, viendo hacia el toldo del auto:

—No, gracias —y abrazó a Alicia con más fuerza, pero con creciente ternura y sin lastimarla.

Constitución volvió a cerrar los ojos, abrazando a Alicia, con la cabeza recargada en el respaldo, y no dijo nada más.

Después de circular por la ciudad casi vacía en la madrugada, en un viaje que a Constitución le pareció eterno, llegaron por fin a la casa del doctor Fernández y Wenceslao se bajó del auto para abrir la puerta de atrás.

Constitución cargó de nuevo a Alicia y, dando grandes zancadas, caminó hasta la puerta y tocó el timbre insistentemente, sin importarle la hora.

El doctor Fernández, bajito y delgado, de mirada inteligente y manos de mujer, abrió la puerta de su casa y les dijo:

—Adelante. Los estaba esperando —y se hizo a un lado para dejarlos pasar—. Es arriba, ya saben, para ver a la enfermita.

Constitución subió las escaleras primero, con Alicia en brazos. Sentía que las piernas le temblaban. No por el esfuerzo de cargarla, sino por el temor de enterarse de que quizás la herida fuera grave.

La clínica privada —y secreta—, era una estrecha habitación en el tercer piso, en cuyas paredes blancas aparecían alineados y numerados gran cantidad de instrumentos médicos y vitrinas con frascos y pócimas.

En un rincón de la habitación había un lavabo y un perchero donde colgaban varias batas blancas, impecables. En la bolsa izquierda superior de una de ellas, con letras bordadas en hilo rojo, se leía: "Dr. Fernández".

El doctor tomó una de las batas y se metió en ella, sacudiendo un poco los estrechos hombros, mientras dirigía la mirada hacia Constitución y le decía:

—Póngala ahí, sobre esa mesa —y comenzó después a abrocharse todos los botones de la bata, metódicamente.

A Constitución le temblaba todo el cuerpo, sus ojos denotaban temor.

Después de colocarla suavemente sobre la mesa de metal, le preguntó al médico:

—¿Cree que se salvará, doctor? ¿Es muy grave?

—No sé —dijo el doctor, y se quedó como una piedra, mirándola fijamente, sin tocarla y sin voltear a ver a los dos hombres.

Después fue al rincón de la habitación a lavarse las manos, y viendo a Constitución mientras se las secaba, le dijo:

—Como de costumbre, no voy a preguntarle nada porque sé que nunca me dirá nada. Sólo dígame el calibre, si lo sabe.

—Fue una .22… una escuadra.

—Muy bien —dijo el médico, colocando la toalla blanca en su lugar, metódicamente también, fijándose que no tuviera dobleces—. Necesito quedarme solo con la enfermita para revisarla y ver qué puedo hacer.

—¿No necesita ayuda? —preguntó Constitución, resistiéndose a la idea de dejar sola a Alicia.

—Usted sabe, y Ulises también, que mi esposa es enfermera. Ya no ejerce, pero si necesito algo, ella me ayudará. Déjenme solo.

Constitución suspiró.

—Haga usted todo lo que pueda —dijo Constitución resignado, y se dirigió hacia la puerta de la estrecha clínica privada. Antes de salir, volteó a ver al médico—. ¿Qué puede decirme de momento, doctor?

—Lo único que le puedo decir es que está grave —dijo el médico, aproximándose a la mesa de metal en donde estaba Alicia—. Tan grave como estaba usted cuando ella lo estuvo cuidando. ¿Se acuerda?

—Me acuerdo —dijo Constitución nerviosamente, y pensó, mientras sus ojos adquirían una expresión de astucia, que el médico podría salvar a Alicia—. Sé que está en buenas manos.

—Váyanse ya… déjenme trabajar.

Antes de salir, parado junto a la puerta de la clínica, Constitución se quedó inmóvil, viéndola respirar pesadamente.

—Espero aquí afuera —dijo, sin querer salir de la habitación.

—No, no, no —dijo el médico con voz autoritaria—. Seguramente tendré que operar. Esto va a tomar tiempo —y vio su reloj de pulsera—. Son las dos de la mañana. Váyanse a El Oasis. Yo le aviso a Ulises.

—Confío en usted —dijo Constitución, sin querer salir de la habitación, viendo fijamente a Alicia.

—Váyanse ya —repitió.

Constitución abrió finalmente la puerta y le hizo una seña con la cabeza a Wenceslao para que saliera primero.

Después se acercó a Alicia y la besó en la frente.

—Váyase —reiteró el médico—, déjeme trabajar. Y cierre bien la puerta de la calle.

Ya dentro del taxi, Constitución le dijo a Wenceslao:

—Llévame a la pensión donde tengo la furgoneta.

Debía regresar al departamento de Alicia —él solo—, antes de que amaneciera, para deshacerse del cadáver y tomar sus equipos electrónicos de vigilancia, sus binoculares de visión nocturna y el fusil de asalto con mira telescópica, visión nocturna y silenciador que había guardado en el clóset, para ir a matar al Albañil a la casa del Desierto de los Leones y terminar con el asunto.

No quería tener ningún nexo con el cruel mundo del narcotráfico y sus sicarios. Esa misma noche borraría su rastro.

Pensaba disparar desde el muro donde había dejado la mochila y la cuerda. El fusil Barrett tenía rayo láser para localizar el blanco y un alcance de más de 800 metros, así que no podía fallar.

—¿No quieres que te lleve a El Oasis?

—No —dijo Constitución. Su rostro mostraba una frialdad extrema—. Necesito ir por la furgoneta.

Pensó que en el camino hacia el Desierto resolvería la cuestión del muerto. Tenía que arrojarlo por ahí, en algún callejón oscuro, para que la prensa dijera que se trataba de otra víctima del narcotráfico.

—¿Te acompaño? ¿Quieres que la maneje yo?

—No —reiteró Constitución con tono grave—. Vete a descansar. Te pago mañana.

Wenceslao se quedó inmóvil, como una piedra, con las dos manos en el volante y con una expresión de desconsuelo en el rostro.

—¡Arranca! —gruñó Constitución—. ¿Qué esperas?

Wenceslao volteó el rostro hacia Constitución y, viéndolo fijamente, le preguntó con voz sorprendida:

—¿No quieres que te ayude?

—No —dijo Constitución con voz fría, sin asomo de cordialidad—. Déjame donde está la furgoneta. Necesito hacer algo yo solo.

—En serio, ¿no quieres que te ayude? —insistió Wenceslao—. Siempre hemos estado juntos en incidentes graves.

—No —reiteró Constitución, meditativamente—. Esto es personal. Déjame donde está la furgoneta.

Constitución, que iba en el asiento delantero del taxi, no dijo una sola palabra más durante todo el camino. Iba mirando hacia el frente, con los puños cerrados y los nudillos blancos por la presión.

Durante todo el trayecto, su rostro permaneció con una expresión irritada, casi criminal, las fuertes mandíbulas apretadas.

Después de llegar a la pensión donde guardaba la furgoneta y de despertar al velador con fuertes golpes en la enorme puerta de lámina para que le abriera, despachó a Wenceslao a su casa a pesar de los intentos de su amigo de acompañarlo en lo que tuviera que hacer.

Al quedarse solo, le dio al velador, a modo de compensación por las molestias dos billetes de cien pesos de los dólares que había cambiado en el aeropuerto, se subió a la camioneta y manejó rápido, aunque con precaución, hasta el departamento de Alicia.

Todavía era de noche y debía apresurarse para poder actuar libremente al abrigo de la oscuridad.

En el camino reflexionó en que no le había pagado a Wenceslao, pero no era por hacerlo sufrir: no quería romper la costumbre de pagarle siempre un día después de sus servicios.

Al llegar al edificio se estacionó enfrente, sin hacer caso del letrero que lo prohibía. La calle estaba vacía y no pensaba tardar más de un par de minutos.

Subió deprisa las escaleras, haciendo un leve ruido con sus suelas de goma, abrió la puerta del departamento de Alicia, la cerró quedamente tras de sí y se dirigió a la recámara. Se hincó junto a la cama y sacó al muerto, envuelto en la sábana ensangrentada.

Le quitó la sábana, que escondió bajo la cama, y lo envolvió en una sábana limpia. Lo cargó deprisa y fue hasta la mesa de centro de la sala para tomar la bolsa de plástico donde había metido sus equipos electrónicos de vigilancia y sus binoculares de visión nocturna, y después abrió las puertas del clóset para sacar el fusil de asalto.

Salió del departamento en silencio, cargando al muerto entre los brazos, con la bolsa del supermercado en una mano y en la otra el poderoso fusil de asalto con mira telescópica.

Al cerrar la puerta tras de sí y echarle llave con cierta dificultad porque tenía las manos y los brazos ocupados, Constitución permaneció quieto, con el muerto entre los brazos, durante unos segundos, tratando de adivinar si alguien en el edificio lo habría visto subir.

Finalmente, en silencio, con el muerto metido en la sábana limpia, comenzó a descender los escalones deprisa, produciendo un leve bisbiseo con sus suelas de goma, mientras la bolsa del supermercado se balanceaba en el aire y le pegaba en un muslo a cada paso, haciendo un leve ruido con cada golpe.

Los pies del muerto sobresalían grotescamente de la sábana, así que al salir a la calle se dio prisa, al abrigo de la noche, para aventarlo con fuerza a la parte de atrás de la furgoneta.

Una vez que estuvo frente al volante, se sintió mejor. Nadie había visto nada.

Al llegar a la casa del Desierto siguió conduciendo con precaución para que los dos guardias de la entrada no lo notaran, y al final del muro que limitaba la propiedad, dio vuelta a la izquierda y metió la camioneta de reversa, con mucho cuidado y las luces apagadas, lo más cerca que pudo de las rocas que había dejado ahí como escalera.

Constitución tomó el poderoso fusil de asalto con mira telescópica nocturna, rayo láser y silenciador, y la bolsa de supermercado donde había metido su equipo de vigilancia; bajó de la furgoneta silenciosamente y cerró la puerta con sumo cuidado.

Se deslizó aprisa por entre los arbustos, y a los dos minutos ya estaba junto al muro de la propiedad. Se quedó inmóvil un instante y vio, con la ayuda de su linterna, que la mochila seguía ahí, junto a las rocas que había amontando. Comprobó también que nadie se había percatado de la cuerda, que seguía atada al árbol y caía al otro lado del muro.

Dejó el fusil de asalto y la bolsa de plástico junto a la mochila. Tomó sus binoculares de visión nocturna y se subió a las rocas, que le sirvieron de nuevo como escalera.

Con los binoculares, que hacían que todo se viera de un color verde oscuro y difuso, notó varios vehículos estacionados sobre el camino de grava, a un lado de la casa principal: una pesada camioneta Chevrolet Suburban que parecía estar blindada, un Buick Riviera de lujo, un Chevrolet Camaro y una camioneta *pick-up*, pero ninguno le tapaba la visión.

Al enfocar hacia la casa vio las dos camas matrimoniales en medio de la sala, tal como le había contado el muerto, y ahí estaban actuando cuatro mujeres desnudas.

Los invitados y sus guardaespaldas estaban muy pendientes de lo que estaban haciendo las mujeres, mientras el hombre gordo al que apodaban El Huevo, que llevaba puesta una estrecha filipina de mesero, servía tragos con cara de pocos amigos y pasaba bolsitas de plástico que Constitución pensó estarían llenas de cocaína.

Vio que en una de las camas una mujer joven, de buen cuerpo, con un pene artificial largo y ancho como macana de policía amarrado con correas y hebillas a sus muslos y cintura, estaba penetrando por atrás a otra mujer que estaba en cuatro patas.

En la otra cama, dos mujeres esbeltas, de grandes senos, puestas a gatas, mirando cada una hacia la dirección opuesta, pegadas de las nalgas, meciéndose hacia atrás y hacia delante con movimientos voluptuosos e impúdicos, tenían un largo pene artificial de dos cabezas, una en cada extremo, metido en la raja de cada una de ellas, y se penetraban mutuamente ante los aplausos de los invitados, cuyos ávidos ojos se abrían como platos en los rostros felices, beodos y drogados.

La orgía, pensó Constitución, tenía distraídos a los guardaespaldas y a los invitados, y eso le permitiría acercar el cadáver hasta las rocas, subirlo con mucho sigilo y arrojarlo después hacia el otro lado del muro.

Pero antes tenía que localizar al Albañil entre toda esa gente y dispararle para despacharlo al otro mundo. Sabía que el tipo era inteligente y violento, así que no podía fallar.

Constitución se bajó de las rocas con cuidado y caminó de regreso hasta la furgoneta.

El cadáver, envuelto en la sábana, había comenzado a presentar el inconfundible rigor mortis. La rigidez y la inflexibilidad de las extremidades le complicaron la tarea de sacarlo de la furgoneta y llevarlo hasta el pie del muro, donde lo tiró junto a la rocas.

Sentía mucho calor. Estaba sudando copiosamente. Se desabrochó la camisa para refrescarse un poco.

Tomó de nuevo sus binoculares de visión nocturna y se subió a su improvisada escalera para observar con cuidado a los invitados, entre quienes estaría El Albañil haciendo su labor de relaciones públicas para asegurarse una mayor protección oficial.

Lo descubrió casi inmediatamente, de pie, elegantemente vestido, con un suéter de cuello de tortuga y un saco deportivo con parches de cuero en los codos. Como telón de fondo tenía las dos camas y a las cuatro mujeres desnudas haciendo sus piruetas eróticas.

El Albañil estaba hablando con ademanes serviles, explicándole algo a un hombre bajito y grueso que vestía de civil, y que tenía un corte de pelo militar.

Después, con movimientos que querían ser elegantes, El Albañil se llevó a la boca, con toda parsimonia, un cigarrillo, sacó un encendedor de uno de sus bolsillos y aplicó el fuego, también lentamente.

El hombre bajito parecía ser el jefe, porque todos lo miraban con respeto. Todos los invitados vestían de civil, pero todos tenían cortes de pelo tipo militar.

El Albañil le dijo algo al oído al hombre bajito y grueso, dándole unas palmaditas en la espalda. Ambos rieron discretamente, y después El Albañil salió de la casa solo, seguramente para ir a las caballerizas, tal como también le había contado el muerto.

Constitución lo vio caminar lentamente hacia los corrales, fumando muy quitado de la pena. Al llegar se quedó afuera, bajo los reflejos de la luna, para terminarse el cigarrillo.

Constitución revisó el fusil, que hizo un chasquido metálico, para asegurarse de que en la recámara hubiera una bala. Después verificó que el silenciador estuviera perfectamente ajustado a la boca del cañón, se llevó el fusil al hombro y apuntó con calma, aguantando la respiración, para centrar la cabeza del Albañil en la mira telescópica.

El rayo láser marcó la nuca del sujeto con un pequeño círculo de luz y Constitución levantó un milímetro el fusil, para centrar bien el disparo.

Escuchó la primera detonación, seguida de un eco débil, como si el disparo no hubiera tenido fuerza. Segundos después sobrevino el segundo tiro, con un sonido débil también, casi trivial, aunque poderoso al dar en el blanco. Los caballos no se inmutaron.

El cuerpo del Albañil, tumbado en el suelo como consecuencia del primer disparo, recibió el segundo impacto, potente, y la mitad superior del cuerpo se levantó unos centímetros del suelo antes de volver a caer de bruces, inmóvil, sin señales de vida, con el rostro besando la tierra.

Constitución echó un poco hacia atrás el cuerpo, parado aún sobre las tres grandes y pesadas rocas recargadas en el muro, para observar al Albañil con la mira telescópica, tendido ahí, boca abajo, inmóvil, despatarrado junto a las caballerizas, con un boquete en la cabeza y otro en la parte alta de la espalda.

Dejó el fusil a un lado, con mucho cuidado, como si fuera de cristal y pudiera romperse. Y apoyando el cuerpo sobre el remate del muro, ahora con ayuda de sus binoculares de visión nocturna, lo observó con una mirada desprovista de curiosidad aunque grave, sabiendo que, por fin, había terminado su trabajo en este caso.

Se estuvo ahí, quieto, completamente inmóvil, durante unos segundos, mirando el cadáver del Albañil, y después dijo en voz baja, con una expresión fría y vengativa: "Ya está, cabrón... chingaste a tu puta madre".

Luego enfocó los binoculares hacia la casa. Nadie se había dado cuenta de nada. Las mujeres seguían trabajando arduamente en sus actos sexuales, y los hombres continuaban distraídos, con los rostros felices, borrachos y drogados.

La luna iluminaba la noche con un halo suave, etéreo, sin un color determinado, con reflejos que no producían ninguna sombra.

Constitución bajó de las rocas con el fusil en una mano y los binoculares en la otra y los depositó junto a la mochila. Levantó después el cadáver del otro asesino, todavía envuelto en la sábana ensangrentada, y lo subió, con gran esfuerzo, sobre el muro, para dejarlo caer al otro lado.

Cortó después la cuerda del árbol, guardó todo dentro de la mochila, se la echó sobre un hombro, y regresó sobre sus pasos, con el fusil en la mano, dejando débiles huellas con sus zapatos de goma, apenas visibles, que el tiempo y la naturaleza se encargarían de borrar.

Al acercarse a la furgoneta, su imagen se reflejó vagamente en el cristal de la ventana, y mientras observaba sus rasgos ligeros y difusos, dijo con rencor, en voz baja, salvajemente: "Se acabó".

Y pensó que nadie más sabía su nombre dentro de esa organización de muerte, delación y torturas... así que estaban salvados. Alicia y él estaban libres de esa maldición.

Enseguida se subió a la camioneta, arrancó el motor sin encender las luces y, con cuidado, muy lentamente, puso en marcha la furgoneta junto a la orilla del barranco.

La carretera que va del Desierto de los Leones hasta la ciudad estaba completamente vacía. Al salir del camino de tierra dobló a la derecha, y al pasar frente a la caseta de vigilancia de la entrada de la lujosa mansión vio que un guardia estaba dormido y el otro estaba limpiando un revólver.

Faltaba muy poco para que amaneciera.

"Se acabó", dijo de nuevo, en voz alta, y luego encendió las luces y pisó con fuerza el acelerador.

Tenía la intención de ir directamente a la casa del doctor Fernández.

En el camino, durante el amanecer, mientras poderosos rayos color violeta le cegaban la visión, pensó que cuando descubrieran los cadáveres, cuando algún invitado, al notar la ausencia del Albañil, saliera a buscarlo, o algún guardaespaldas, se armaría un gran lío.

Los funcionarios públicos y los militares invitados, junto con sus matones, procurarían salir de ahí rápidamente, sin darse por enterados y sin hacer comentarios.

Nadie quiere estar ligado al narcotráfico, al menos no públicamente.

El Huevo, El Tuercas, el joven veterinario, los guardias de la entrada y las cuatro putas tendrían que enfrentar solos el asunto.

Constitución no sabía, no podía saber, si llamarían a la policía, pero era poco probable. Alguno de los empleados de la mansión, vacía después del macabro descubrimiento, llamaría tal vez al Cuz, con la voz quebrada, muerto de miedo, para informarle.

Y El Cuz, en su rancho de Tamaulipas, cegado por la ira y la sed de venganza, culparía al Chapo y a su gente, y daría las órdenes necesarias para cobrarse la vida de sus elementos operativos.

Constitución siguió manejando y meditando, pensando que por fin, tras cuatro largas semanas, había logrado resolver el asunto, cortar las conexiones y borrar además sus huellas —y las de Alicia—, de ese mundo cruel y despiadado del narcotráfico.

Nadie podría encontrar ahora un nexo entre ellos dos y los sicarios del Barbas.

El único que quedaba vivo y que sabía algo, aunque no todo, era el pendejo de Álvaro, pero Alvarito no había conocido siquiera al Moy, se había quedado en el nivel del bailarín y de su pobre hermana.

Y además, lo tenía agarrado de los huevos: Constitución era el único que sabía la verdad acerca de la muerte de Tina su esposa.

Alvarito podría regresar, si así lo deseaba, a trabajar como chofer del funcionario ratero que se pintaba el pelo, si es que el tipejo lo recibía.

Constitución podría incluso ayudarlo a inventarse una mentira para explicar su súbita desaparición, así que Alvarito no representaba ningún peligro y, además, estaba tan asustado que era probable que quisiera irse a vivir a Acapulco, a pesar de tener que enfrentar a su suegra. Tanto era su miedo, que seguramente preferiría lidiar con la suegra que con los matones del narcotráfico.

Pensó asustarlo más todavía y decirle que los guardaespaldas del jefe del Moy lo habían identificado y lo estaban buscando.

Con eso quedaba cerrado el círculo de muerte y venganzas, Alicia y él estaban a salvo, y Álvaro no abriría jamás la boca.

"Se acabó", dijo Constitución de nuevo, en voz alta, y manoteó alegre sobre el volante, mientras los poderosos rayos color violeta del sol naciente le cegaban la visión.

22

Había apagado su celular para que nada lo delatara mientras cazaba al Albañil. No podía permitirse el lujo de que su teléfono sonara en medio de la noche.

En el camino hacia la casa del doctor Fernández, encendió de nuevo su celular y vio que tenía un par de llamadas. Una era de Ulises y la otra de Wenceslao.

Escuchó primero el mensaje de Ulises: "¿Dónde estás? Te he llamado tres veces, sin dejar recado, pero ahora sí. Es urgente que te comuniques conmigo".

El otro mensaje, el de Wenceslao era muy parecido: "Constitución, háblame cuando puedas. Es urgente".

Constitución se estremeció y se quitó el sudor de la frente. Su camisa estaba abierta casi hasta el ombligo. Se quitó por segunda vez el abundante sudor de la frente. Tenía la sensación de que su cerebro estaba vacío, y sólo pudo pensar: ¿Cuál es la urgencia? Pero en el fondo supo que se trataba de la salud de Alicia. Ya se ocuparía él de cuidarla, para que se restableciera pronto y recuperara su energía.

De pronto tuvo una sensación extraña en el estómago y apretó el pedal del acelerador. Tenía el rostro empapado de sudor y enrojecido. Los ojos casi se le salían de las órbitas.

—¡Hijos de puta! —gritó enfurecido.

Era gente que nunca había visto antes ni sabía de su existencia, una chusma de asesinos miserables.

Y pensó después que si el doctor había fallado, lo iba a liquidar… de eso estaba seguro.

Enseguida se recriminó, y se dijo en voz alta: "No pierdas el control".

No sabía, no podía saber qué había sucedido, pero tenía el presentimiento de que lo peor lo esperaba todavía. Alvarito los había metido en este asunto, a él y a Alicia, y Alvarito pagaría con su vida… seguro. Le daría la lección que se merecía.

Constitución tragó saliva. Este enredo parecía no tener fin, y él no podía seguir matando gente.

Mientras conducía a toda velocidad, se dio cuenta de que estaba muy nervioso. No tenía tiempo de hablarle a Ulises ni a Wenceslao. Quería acabar con todo esto y tomarse un descanso. Se sentía desfallecer, desamparado, como un niño al que hubiesen abandonado.

No obstante, en sus ojos ardía una llama de esperanza.

Llegó por fin a la casa del médico. Ya había amanecido. El sol brillaba en el horizonte con toda su potencia, y casi no había nubes en el firmamento, que estaba despejado.

Se estacionó frente a la vivienda, tapando con la furgoneta la entrada del garaje de la casa, pero no le importó. Se bajó deprisa y tocó el timbre con insistencia, mientras se abotonaba la camisa, para no dar la impresión de un rufián enfurecido.

El doctor Fernández abrió la puerta de la entrada con sus manos blancas y pequeñas, como de mujer, y el rostro compungido.

—Lo hemos estado buscando —le dijo, nerviosamente—. ¿Dónde se metió?

—¿Cómo está Alicia? —preguntó Constitución, con tono grave.

—Pase, por favor —dijo el médico, haciéndose a un lado—. Arriba, en el tercer piso. Ya sabe.

—¿Se salvó? —preguntó Constitución, dando los primeros pasos hacia la escalera que llevaba a la clínica clandestina.

El médico cerró la puerta de la entrada y siguió a Constitución, a dos escalones de distancia. Temblaba por dentro.

—¿Se salvó? —volvió a preguntar Constitución, dando grandes zancadas sobre los escalones tapizados con alfombra roja.

Abrió la puerta del pequeño consultorio y fue tambaleándose hasta la cama metálica, en medio de la habitación. Tenía la impresión de que el suelo se movía bajo sus pies.

El cuerpo de Alicia estaba cubierto con una sábana impecablemente blanca. No había ningún movimiento bajo la tela.

¡Alicia está muerta!, pensó Constitución, y sintió que las rodillas no lo sostenían más. Estuvo a punto de derrumbarse ahí mismo, pero encontró la fuerza necesaria para mantenerse de pie.

Las lágrimas comenzaron a salir por debajo de sus pesados párpados hinchados. No podía respirar. Comenzó a gemir. Se le revolvió el estómago, y fue corriendo al lavabo para vomitar.

Sólo llegó hasta la mitad del camino. Vació el contenido de su estómago sobre las baldosas de la clínica.

Se acercó después lentamente al cadáver, limpiándose la boca con el dorso de la mano. Se detuvo a dos pasos de distancia y sintió que su corazón dejaba de latir. Se repuso y avanzó hacia Alicia, pero le costaba reprimir su sentimiento de temor e inseguridad.

No se atrevía a levantar la sábana para ver el cuerpo. En ese instante le quedó bien claro que Alicia ya no estaría ahí para acompañarlo.

Temblaba de ira al reflexionar en lo que había ocurrido, y todo por aquel cabrón de mierda, un asesino cobarde que había matado a Alicia.

Le dio gusto pensar que lo había molido a golpes y que el tipo había muerto como si fuera un perro rabioso.

Casi como huyendo, se precipitó hacia la puerta de la clínica, sin tocar la sábana y sin fijarse en el médico, quien lo siguió con la mirada.

Bajó las escaleras de la casa rápidamente, dando grandes zancadas, y salió a la calle, aturdido.

El sol lo deslumbró. Se secó las lágrimas con un pañuelo. Estaba nervioso. El miedo lo atormentaba.

En ese momento, cuando ya era demasiado tarde, se dio cuenta de cuánto había querido a Alicia. Cerró los ojos y las imágenes de los acontecimientos de las últimas horas comenzaron a desfilar por su mente con toda rapidez.

El disparo de la .22, la muerte a golpes que sufrió el asesino, su viaje al Desierto de los Leones, el aniquilamiento del otro matón a distancia, con el poderoso fusil de asalto, en la noche, en silencio, en la penumbra de un color verde difuminado…

Ahora tenía miedo de perder el control sobre sí mismo.

Sabía que era un hombre que no tenía muchos amigos. En el fondo era un ser solitario, acorralado por el alcohol, que se había desconectado del mundo exterior desde el accidente de sus padres.

No había podido defender a su madre ni a Kayla, y ahora tampoco había podido defender a Alicia.

Se sintió, como tantas otras veces, atrapado y sin salida. Terriblemente solo y lejos de todo.

No tenía hijos ni familiares, ni nadie que lo ayudara.

Y luego rectificó y pensó, con un leve chispazo de ánimo, en Ulises, en Wong y en el inseparable Wenceslao.

Pero de nuevo el desconsuelo lo asaltó. Había perdido a Alicia y la oportunidad de quererla y de ayudarla.

Por tratar de defender a Alicia se había enfrentado a tipos que eran como animales feroces, decididos a matar a cualquiera que se interpusiera en su camino… pero Constitución les había contestado con toda su brutalidad, su furia y su dureza sin escrúpulos. Y había vencido. Les había enseñado quién era el mejor y el más fuerte. Sólo que también había perdido…

De ahora en adelante su vida se convertiría, estaba seguro, en una tragedia.

En su rostro había una mueca de odio y sintió que su corazón latía apresuradamente.

Comenzó a caminar sin rumbo, dejando la furgoneta estacionada. Parecía resignado y a la vez desesperado. Se quitó el sudor de la frente. Seguía teniendo la sensación de que se estaba precipitando contra un muro.

Su rostro se había oscurecido. Sus facciones eran duras. Sus pensamientos giraban a gran velocidad. La ira sacudía su cuerpo. Sentía la fuerza de una furia tremenda. Su rostro estaba frío, como el hielo. Decidió nunca más volver a acercarse al mundo del narcotráfico.

Ésta había sido su batalla, su única batalla, por una sola vez, y había vencido. Había perdido a Alicia, pero había vencido. Había quedado con vida y nunca más entraría en ese mundo cruel y despiadado.

Al cabo de unos instantes apretó los labios con fuerza. Tenía una sensación desagradable en el estómago. Tenía el rostro empapado de sudor y enrojecido.

Un sol resplandeciente cubría la ciudad, el cielo estaba despejado y la sombra de Constitución, caminando despacio, desconsolado, con la espalda encorvada, se alargaba sobre la áspera superficie del asfalto.

Era demasiado consciente de que su vida acabaría mal. Apretó los puños y se puso rojo. Tenía ganas de volver a matar a golpes al asesino, pero eso era imposible.

Pensó que se hallaba ante un muro insalvable. Jamás calculó que el desenlace de este caso pudiera ser así.

Sabía, lo había sabido siempre, que el mundo estaba podrido y sus habitantes más, pero él se encargaría de limpiarlo, aunque fuera poco a poco, muerto por muerto.

Pasaporte al infierno, de Guillermo Zambrano
se terminó de imprimir y encuadernar en marzo de 2011
en Programas Educativos, S. A. de C.V.
calzada Chabacano 65 A, Asturias DF-06850 MÉXICO

Yeana González, coordinación editorial;
Elman Trevizo, edición; Ave Barrera, cuidado de la edición;
Sergi Rucabado Rebès, formación;
Emilio Romano, diseño de cubierta